KB072372

정원사의 선물

기괴한 레스토랑

①

정원사의 선물

기괴한 레스토랑

①

팩토리나인

목차

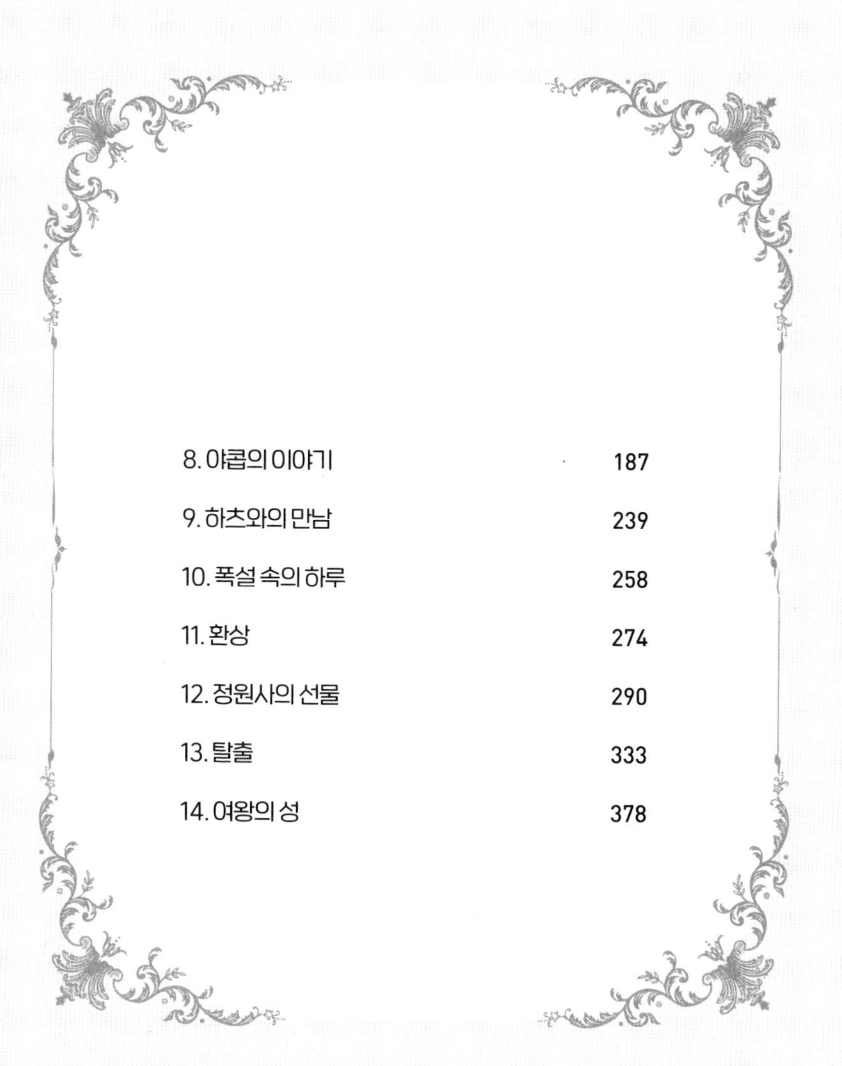

프롤로그

늦은 밤이었음에도 주변은 가로등 불빛에 나름대로 환하게 빛나고 있었다. 사실 시골길에 이 정도 가로등이면 퍽 정비가 잘된 것이었다. 마을 사람들은 시청에 도로를 넓혀 달라는 둥, 신호등을 설치해 달라는 둥 더욱 도시 개발을 해 달라며 요구해 왔지만, 시청에서는 이 정도 시골에 가로등을 설치한 것만으로도 충분히 의무를 다했다고 생각했는지 더는 요구를 들어주지 않았다. 그렇게 해서 시아가 살고 있는 이곳은 그녀가 쭉 자라 오는 동안 바뀐 것이 하나도 없었다. 뭐, 이제 그녀가 더 이상 이곳에서 살 일도 없겠지만…….

시아가 차창 밖을 살피며 거리를 주시하고 있자, 보조석에 앉아 있던 그녀의 엄마는 안절부절못하며 조심스럽게 시아의 눈치를 살폈다. 그런 엄마를 보고 시아는 스스로가 엄마, 아빠에게 너무 심했나 싶어 내심 후회했다. 그러나 그녀의 동의도 없이 갑작스럽게 이사를 결정한 것은 다시 생각해 봐도 화나는 일이었다. 더군다나 그 이사 날이 오늘이라니, 더 말할 것도 없었다.

시아가 여전히 아무 말도 하지 않자, 엄마는 한숨을 쉬더니 신중하게 말을 꺼냈다.

"시아야, 아직도 화난 거야? 말했잖아, 넌 분명 도시로 이사 가서도 잘 적응할 수 있을 거야. 게다가 이제 너도 열여섯 살이야. 한창 친구들도 사귀고 공부도 할 나이에, 좋은 것이라곤 오직 가로등밖에 없는 이 촌구석에 언제까지나 틀어박혀 있을 순 없잖아."

엄마의 말투는 아주 조심스러웠다. 시아의 신경을 건드리지 않으려고 한 단어, 한 단어를 아주 신중하게 골라서 말하고 있다는 것이 시아에게도 느껴졌다. 시아는 한숨을 쉬었다.

'그래, 엄마 말도 일리가 있지.'

사실 이 마을에서 정이 든 것은 그다지 많지 않았다. 이사를 가면 마을 뒤편에 있는 넓고 푸르른 숲이 그립긴 할 테지만…….

"그러게……."

시아는 조그맣게 웅얼거렸다. 겉으로는 시큰둥하게 행동하면서도, 사실 새로운 환경에 대한 궁금증과 기대감이 내심 차오르고 있었다. 그녀의 엄마는 그녀가 더 이상 화가 나 있지 않다는 것을 파악하고 내심 기뻐하며 말을 이었다.

"네가 마을 뒤쪽의 숲을 많이 그리워할 것 같아서 아까 이삿짐을 싸기 전에 숲에서 꽃을 좀 따 왔어. 예쁘지? 봉숭아야. 그런 말도 있잖아. 손톱에 물들인 봉숭아 꽃물이 그해 첫눈이 올 때까지 지워지지 않으면 소원이 이루어진다는 말."

시아는 고개를 돌려 엄마를 쳐다보았다. 설마 열여섯 살이나 된 자신이 그런 허무맹랑한 소리를 믿을 거라고 생각하는 걸까? 만약 그렇다면 엄마는 자신을 소녀 감성의 소유자로 착각하고 있는 거다. 엄마의 표정은 여전히 밝고 천진난만했다. 그런 엄마가 마치 자신보다도 어린 소녀처럼 보여서 시아는 살짝 미소를 지었다.

"엄마, 요즘 학교에선 손톱에 그런 거 못 하게 해. 그래서 매니큐어도 못 바른다고 했잖아."

그러자 엄마는 실망했는지 입술을 삐죽였다. 그리고 차창 밖으로 시선을 옮겼다.

"그럼 꽃병이라도 가져올 걸 그랬나? 손톱에 꽃물을 들이지 못한다면 꽃을 꽃병에라도 꽂아 놓고 싶은데. 네 아빠가 지금 남은 이삿짐을 이쪽으로 가져오고 있으니까 가서 꽃병이 있는지 좀 봐야겠다. 잠깐 기다려, 시아."

말을 마친 엄마는 봉숭아꽃을 든 채로 차에서 내렸다. 시아는 집으로 뛰어가는 엄마를 바라보며 조용히 자리에 앉아 있었다. 그러나 얼마 못 가서 그녀는 지루함을 이기지 못하고 창문을 열었다. 시아는 고개를 창밖으로 빼 마을 뒤쪽 숲 속의 익숙한 나무들을 둘러보았다. 격식을 갖춘 것은 아니었지만, 그래도 시아 나름대로 하는 일종의 마지막 인사였다.

'은행나무, 느티나무, 소나무 그리고…… 고양이?'

하나하나 나무를 살피던 도중 갑자기 고양이 한 마리가 눈에 들어왔다. 달보다 환한 듯한 커다란 두 눈동자가 그녀를 뚫어져라 바라봤다. 한쪽 눈은 보라색, 한쪽 눈은 금색이었다. 시아는 그 특이한 색깔의 눈동자에 빠져들어 그 고양이를 마주 보았다.

그렇게 둘은 한참이나 바보처럼 멀뚱멀뚱 서로를 주시했

다. 고양이의 검은색 털은 달빛을 받아 은색으로 물결치고 있었다. 고양이를 계속해서 바라보고 있자니 시아의 마음속 깊은 곳에서 호기심이 몰려왔다.

'저 고양이는 어디에서 온 걸까? 황금색과 보라색 눈동자를 가진 고양이도 있었나?'

쏟아지는 궁금증을 참지 못한 그녀는 결국 차에서 내려 그 비밀스러운 존재에게 다가갔다. 혹시나 고양이가 달아날까 봐 숨소리도 죽인 채 조심스럽게 움직였다. 그러나 시아가 채 가까워지기 전에 고양이는 다른 쪽으로 재빨리 달려가 버렸다. 깜짝 놀란 그녀는 고양이가 어디로 갔는지 찾기 위해 두리번거렸지만 고양이는 온데간데없이 보이지 않았다. 어두운 밤에 검은색 고양이를 찾는 것이 쉽지 않았던 것이다.

몇 분이 지나고 시아가 고양이를 찾는 것을 막 포기하려고 할 즈음, 갑자기 저만치에서 "야옹." 하는 날카로운 울음소리가 들려왔다. 그녀가 소리가 들리는 쪽으로 고개를 돌리자 어디서 다시 나타났는지 고양이가 그녀를 조용히 지켜보고 있었다.

'뭐야? 지금 날 놀리는 거야?'

은근히 약이 오른 시아가 고양이를 흘겨보았으나 고양이는 그런 시아가 무안해질 정도로 무심하게 그녀를 쳐다봤다. 참 이상했다. 그저 고양이에 불과한데도, 시아는 그 시선이 무척 신경 쓰였다. 매혹적인 눈동자 너머로 고양이는 지금 무슨 생각을 하고 있는 걸까? 여긴 왜 온 걸까? 어디서 온 것일까? 이 고양이에 관한 모든 것이 궁금했다. 이 고양이는 무언가 특별하고, 은밀하고, 비밀스럽게 느껴졌다.

시아가 쳐다보는 걸 멈추지 않자, 고양이는 슬슬 지루해졌는지 다시 몸을 움직이기 시작했다. 그리고 이번에는 아까보다 더 천천히, 마치 그녀를 배려해주듯이 느린 속도로 숲속으로 들어갔다. 시아는 더 망설일 것도 없이 고양이를 따라갔다.

앞서가던 고양이가 멈춘 곳은 트럭 한 대도 다 가릴 만큼 커다란 아름드리나무 아래였다. 시아는 고양이의 뒤에 서 있어서 고양이가 어떤 표정을 하고 있는지는 볼 수 없었지만 어쨌든 지금 고양이는 앞으로 하려는 일에 대해 망설이고 있는 것 같다는 생각이 들었다. 잠시 후, 시아를 향해 갑작스럽게 고개를 돌린 고양이는 신비로운 보라색과 황금색 눈동자로 그녀를 마주 보더니, 마치 높은 곳에서 뛰어내리려는 것처럼 몸을 잔뜩 웅크렸다.

시아는 그제야 그 앞에 있는 커다란 굴을 발견했다. 주변이 어두워서 아름드리나무 뿌리 사이로 그렇게 커다란 굴이 파여 있었다는 것을 몰랐다. 고양이는 마지막 울음소리로 시아에게 다음 일을 예고하며, 순식간에 굴속으로 사라졌다.

그다음부턴 모든 것이 빠르게 지나갔다. 시아가 그날따라 왜 그렇게 대담했던 건지는 그녀 스스로도 알 수 없었다. 그날이 숲을 보는 마지막 날일 거라는 생각에 애틋한 감정이 들어 그런 것일지도 몰랐다. 어쨌거나 한 가지 확실한 것은 그녀는 고양이를 따라 굴속으로 뛰어들었고 그것은 모든 것을 달라지게 했다는 것이었다.

"아아아아아아아아아아아아아악!"

아래로 쭉 뻗어 있는 굴속에서 어딘지도 모르는 목적지로 낙하하며, 시아는 정신없이 비명을 질렀다. 그러나 무섭지는 않았다. 아니, 그녀는 오히려 그 상황을 즐기고 있었다. 미친 듯이 빠른 속도로 낙하하며 비명을 질러 대면서도, 시아는 지금 이 상황이 루이스 캐럴의 《이상한 나라의 앨리스》와 거의 일치한다는 우습고도 별난 생각을 하고 있었다.

어리석게도 그 당시 그녀가 한 가지 잊고 있는 사실이 있었다.

'앨리스는 그 굴속에 들어간 것을 결국 후회했지.'

앨리스의 동굴

끝없이 떨어지던 시아의 발밑에서 딱딱한 감촉이 느껴졌다. 소리를 질러 대던 시아는 그 반가운 감각에 정신을 차리고 고개를 들었다. 놀랍게도 시아의 바로 앞에 이십 대 중반으로 보이는 남자가 서 있었다. 어리둥절해하는 그녀를 보며, 남자가 미소 지었다.

"몸은 괜찮으십니까?"

시아가 방금 전 빠져나온 커다란 굴을 눈짓하며, 남자가 나지막이 물어 왔다. 그러나 시아는 좀처럼 쉽게 대답할 수가 없었다.

"이, 이게 무슨……?"

지금 이 상황이 이해가 되지 않아서 시아가 조용히 물었다. 남자가 답답하다는 듯이 대답했다.

"토끼 굴은 다른 장소로 이동하기에 아주 적합한 통로입니다. 《이상한 나라의 앨리스》에도 나오지 않았습니까."

점점 더 아리송한 말을 하며 그가 시아를 쳐다보았다. 그의 대답을 들었음에도 불구하고, 시아는 여전히 혼란스러웠다. 분명히 고양이를 따라 굴속으로 뛰어들었는데 고양이는 온데간데없이 사라지고, 갑자기 이런 멀쩡한 남자가 나타나 태연하게 안부를 물어 오고 있는 상황이 이해가 되지 않아 머릿속이 꼬여 버렸다.

아니, 사실 이 남자는 그다지 '멀쩡한' 남자도 아니었다. 우선 그의 외형부터가 아주 특이했다. 아래로 날카롭게 뻗어 있는 그의 머리칼 위에는 예전에 서양 신사들이 무도회에 갈 때나 썼을 법한 길쭉한 잿빛 모자가 자리하고 있었고, 목 아래에는 검은 나비넥타이가 반듯하게 매어져 있었다. 그뿐 아니라 뒤쪽이 길게 늘어진 검은 양복을 반듯하게 차려입었고 한 손에는 세련된 지팡이를 쥔 채였다.

시아는 이번에는 그의 얼굴을 찬찬히 살펴봤다. 그는 한쪽 눈에 돋보기안경을 쓰고 있었는데, 그의 눈동자는 꽤나 매력적이었다. 상대를 긴장시키는 날카로운 눈매에, 보라색과 금색의 눈동자가 보석처럼 반짝였다. 시아는 그 특이한 눈동자를 특히 더 신경 써서 자세히 살펴봤다. 그것은 시아가 따라온 고양이의 눈동자와 매우 유사했다.

"혹시…… 아까 그 고양이가 당신인가요?"

시아는 질문을 하면서도 스스로 말도 안 되는 소리란 걸 알았기에 남자가 비웃을 줄 알았지만 남자는 시아의 말을 부정하지 않고 여유롭게 웃어 보였다.

얼음처럼 굳은 시아가 가만히 서 있자 그는 조롱 섞인 웃음을 흘리며 말했다.

"뭐, 그런 셈이죠. 인간들의 세상에 가려면 그곳의 동물 형태로 변해야 하기 때문에 일시적으로 변한 것뿐입니다만……."

시아는 남자의 말에 더 혼란스러웠다. 하지만 저 수상한 남자가 자신을 이곳으로 데려왔다는 사실 하나는 분명한 것 같았다.

"루이라고 부르십시오."

남자는 시아의 속을 아는지 모르는지 태연하게 자신의

이름을 소개했다. 그가 한쪽 손을 시아에게 뻗으며 입을 열었다.

"저를 따라오시겠습니까?"

왜인지는 모르겠지만 그는 또다시 시아에게 자신을 따라올 것을 요구하고 있었다. 상당히 우아하게 뻗어진 손이었으나 어딘가 꺼림칙하여 시아는 눈을 가늘게 뜨며 물었다.

"제가 따라가지 않겠다면요?"

속삭이듯 말한 그 작은 질문에도 루이는 손을 거두지 않은 채 덤덤히 대답했다.

"소용없을 겁니다. 인간 하나를 강제로 데려가는 것쯤은 제게는 매우 쉬운 일이니까요. 그렇기 때문에 굳이 당신을 밧줄로 꽁꽁 묶어 두지도 않은 거고요. 게다가……."

아무런 감정 없이 태연하게 말하는 듯한 루이의 대답은 섬뜩했다. 시아는 긴장으로 머리카락이 삐죽 솟는 것만 같았다.

"당신이 어디로 도망간다고 해도 전 당신을 찾을 겁니다. 지금 당신을 찾은 것처럼요. 당신은 제게서 잠시 도망갈 순 있어도, 영영 숨지는 못합니다. 이런 곳에서 당신이 도망가봤자 길을 잃기밖에 더하겠습니까. 그러니 기회를 드릴 때

순순히 말을 따르는 게 당신에게도 더 좋겠지요."

그는 못 믿겠으면 어디 한번 도망가 보라는 듯 시아를 쳐다보았다. 그러나 이 섬뜩한 말에 겁을 먹은 시아는 차마 도망갈 용기를 내지 못했다. 어쨌거나 그녀는 아직 열여섯 살짜리 소녀였다.

"엄마, 아빠가 절 찾을 거예요."

시아는 곧 비어 있는 차 안을 보고 자신을 찾을 부모님을 떠올렸다. 그러나 루이는 대수롭지 않다는 듯 대답했다.

"당신이 살던 세상과 이곳은 시간이 다르게 흘러갑니다. 그들이 당신이 없어진 것을 발견하고 당신을 찾아다닐 즈음에는 이곳에서 적어도 몇 년이 지났을 겁니다."

루이가 하는 말은 도저히 믿기지 않는 내용이었지만, 담담하고 확신에 차 있는 그의 표정이 그가 하는 모든 말에 힘을 실어 주었다. 시아는 머릿속이 아득해지며 몸에 힘이 풀렸다.

"당신을 따라가면 무엇이 나오죠?"

떨리는 입술을 움직이며 가냘프게 묻는 시아를 향해 루이가 의미심장한 미소를 지었다.

"그건 따라와서 직접 눈으로 확인하는 게 빠를 겁니다."

"……내가 당신의 말을 못 믿겠다면요?"

시아는 힘없이 마지막 질문을 던졌다.

토끼 굴을 통해 다른 장소로 이동했다는 것도, 이 이상한 남자가 자신을 강제로 납치해 가려고 하는 것도 모든 것이 꿈결에 듣는 잔인한 자장가처럼 몽롱하게만 느껴졌다. 차라리 꿈이라면 좋겠다는 생각이 들었다.

"뒤를 돌아보시지요."

루이가 웃었다. 시아는 반항할 힘도 없어 순순히 그의 말을 따랐다. 그러고는 제 앞에 펼쳐진 엄청난 광경에 충격을 받아 그 자리에서 그대로 멍하니 굳어 버렸다. 오, 맙소사.

나무들이 빼곡하게 들어차 있는 숲 바로 앞에는 몽환적인 분위기의 잔잔한 호수가 자리 잡고 있었다. 호수의 물은 진한 푸른빛이었는데, 그 빛깔이 너무나 영롱하고 고와 그저 보는 것만으로도 정신이 맑아지는 기분이었다. 호수와 호수 건너편에 보이는 정원의 만개한 벚꽃들 그리고 그 주변을 맴돌며 별빛을 뿜어내는 반딧불이들의 조화는 마치 한 폭의 그림 같았다. 정원으로 이어지는 호수 위에는 벽돌로 된 넓은 다리가 반딧불이들의 조명을 받아 환하게 빛났다. 그 위로 제법 많은 존재들이 요란하게 걸어 다니고 있었다.

더욱 놀라운 광경은 따로 있었다. 신성한 호수 너머 정원이 둘러싸고 있는 곳에는 또 다른 세계인 것처럼 건물들이 끝없이 펼쳐져 있었다. 에메랄드색 울타리를 따라 복잡한 구조로 엉키고 꼬인 계단 사이로 온갖 잡다한 모양의 요란한 건물들이 덕지덕지 붙어 있었다. 은은한 조명을 받아 환한 계단 위에는 많은 존재들이 바쁘게 움직이고 있었고, 계단 근처에 마구잡이로 자유분방하게 늘어선 건물들 사이로는 수증기가 나고 있었다.

상당히 기괴한 외형이기는 했으나, 장담컨대 그곳은 지금까지 시아가 봐 온 그 무엇보다도 더 매력적이었다. 보라, 노랑, 빨강, 초록 등으로 알록달록한 건물들의 외관이 별처럼 눈부시게 번쩍이며 놀이동산을 연상시켰고, 간혹 보이는 아치형 지붕에는 가지각색의 화려한 무늬들이 잡다하게 새겨져 있었다. 황금색, 붉은색, 파란색, 초록색 등 다양한 조명들이 번쩍번쩍 빛나고 있는 곳은 너무 멀어서 제대로 볼 수는 없었으나 그곳에도 꽤나 많은 존재들이 북적이며 바쁘게 걸어 다니고 있었다.

녹색 빛의 호수와 그 위 다리 건너 정원과 건물들. 이 아찔하고도 황홀한 그림 속에 자신도 한 조각이 되어 있다는 것을 자각한 순간, 세상은 너무나 괴상하고 또 아름답게 변해 버렸다. 결국 시아는 인정해야 했다.

"요괴들의 레스토랑에 오신 것을 환영합니다."

마치 꿈결처럼 다정하게 속삭이는 그의 말이 진실이라는 것을…….

"이곳은 요괴들이 인간들에게서 멀리 떨어져 살기 위해 만든 요괴 섬입니다."

한참 동안 멍하니 제 앞의 풍경을 바라보는 시아에게 루이가 설명했다.

"당신 앞에 있는 저 호수 건너의 건물은 레스토랑이지요. 요괴 섬 최고의 레스토랑이랍니다. 모든 요괴들이 살면서 한 번쯤은 가 볼 수 있기를 간절히 소망하는 그런 곳입니다."

시아는 여전히 건물에서 시선을 떼지 못한 채로 아무 말도 하지 못했다. 루이는 점점 더 믿기 어려운 이야기들을 했지만 그의 말이 옳다는 것이 이미 한 차례 증명된 이상, 이토록 고결한 풍경을 앞에 두고서 더 이상의 골치 아픈 의심은 하지 않기로 했다.

"자, 이제 가 보죠."

이쯤이면 구경할 시간을 충분히 줬다고 생각했는지, 루이가 경직된 시아의 등을 떠밀며 그녀를 재촉했다. 결국 시아도 마지못해 그를 따라 천천히 걸음을 뗐다.

그러나 그것도 잠시, 호수 바로 앞까지 다다른 그녀는 하마터면 무릎에 힘이 풀려 쓰러질 뻔했다.

그도 그럴 것이, 반딧불이의 조명으로 잔잔하게 빛나는, 호수 위에 우뚝 서 있는 벽돌 다리 위로 난생처음 보는 해괴한 형태의 생물들이 요란하게 걸어 다니고 있었던 것이다. 두 발로 걸어 다니는 본 적 없는 종류의 동물들, 얼굴에는 탈을 쓰고 하얗고 긴 털이 뒤덮인 기다란 몸으로 허공을 기어 다니는 요괴, 배가 툭 튀어나온 눈알 빠진 도깨비, 새하얗게 질린 유령 등등 시아가 살던 세상에서 영화에서나 볼 수 있을 법한 존재들이 바로 눈앞에 있었다.

겁을 집어먹고 경직된 시아는 평소보다 훨씬 높아진 불안정한 목소리로 루이에게 바짝 붙어 속삭였다.

"루, 루이. 이, 이게 뭐죠?"

루이는 무심하게 입을 열었다.

"레스토랑으로 이어지는 이 벽돌 다리는 일종의 필터 역할을 합니다. 레스토랑 손님들이 아닌, 다른 외부 침입자들이나 위험 요소가 될 만한 자들은 다리를 건너지 못하도록 마법이 걸려 있지요."

그가 설명했지만 그는 시아의 질문을 완전히 잘못 알아듣고 있었다. 시아는 다리가 무엇인지 물어본 것이 아니었다. 다리 위를 태연하게 걸어 다니는 해괴한 것들에 대해 질문한 것이었다.

"저들이…… 혹시 요, 요괴인 건가요?"

하는 수 없이 스스로 기괴한 추측을 한 시아가 나지막이 속삭였고 루이는 역시나 무심한 투로 대답했다.

"네, 그렇죠. 말했잖습니까. 여긴 요괴 섬이라고. 이곳은 요괴 섬 안의 레스토랑이니 여기 있는 모두가 요괴인 거죠."

차분하게 설명을 마친 그는 더 이상의 질문은 허용하지 않겠다는 듯, 굳어 버린 시아의 팔짱을 끼고 다리 위로 발을 내밀었다. 결국 시아는 마지못해 그를 따라 다리 위로 걸음을 옮겼다. 짧은 다리를 걸어가는 동안, 그녀의 시곗바늘은 그 어느 때보다도 느리게 움직였다. 일 분 일 초가 한 시간처럼 느껴졌다.

시아에게는 한 발짝 나아가는 것에도 엄청난 용기가 필요했다. 혹여 괴상한 요괴들과 살짝 스치기라도 할까, 온몸의 신경이 날카롭게 곤두섰다. 자신을 호기심 가득한 눈동자로 내려다보는 시선들을 애써 마주하지 않으려고 시아는 오직 바닥만 쳐다보았다.

다리를 다 건너고 나서도 상황은 다르지 않았다. 요괴들은 가득했고, 갈 길은 멀었다. 시아는 긴장감에 온몸의 근육들이 빳빳해져 움직이는 것조차 힘겨웠으나, 그녀를 자꾸만 떠미는 루이는 무슨 이유인진 몰라도 아까부터 자꾸만 초조하게 손목시계를 확인하며 조바심을 내고 있었다. 시아는 어디로 가는지도 모른 채 계속해서 루이를 따라가야 했다.

다리를 다 건넌 뒤 아름다운 정원이 선명하게 드러났다. 넓고 넓은 정원에서는 커다란 벚나무들이 향긋한 꽃 내음을 풍기고 있었다. 벚나무에서 떨어진 벚꽃들은 하늘과 땅을 뒤덮으며 연분홍 꽃잎들이 눈앞에 황홀하게 날아다니고 있었다. 꽃잎이 몸 담근 잔잔한 호수 역시 달빛에 은빛으로 물들어 신비롭고 몽환적인 분위기를 풍겼다.

벚꽃과 별들이 섞인 밤하늘 아래, 시아가 복잡하게 틀어진 계단을 올라가며 옆으로 불규칙하게 늘어선 커다란 창문들을 힐끗 보니 상당히 고급스러운 분위기의 레스토랑 내부가 눈에 들어왔다. 사람들의 말소리와 클래식 음악 소리가 섞여 새어 나왔고, 이따금 크리스털 잔이 부딪히는 소리도 들려왔다.

루이를 따라 계속해서 올라가자 살짝 열린 문틈 사이로 접시 부딪히는 소리, 칼질하는 소리가 귓가를 찔렀다. 좁아진 계단 양옆에는 다양한 형태의 요리실들이 파이프처럼 연기를 푹푹 뿜으며 서로를 끌어안고 있었다.

좁은 계단 사이로 비틀어진 길들을 걸어 올라가자니 골목길을 걸어가는 느낌이었다. 줄줄이 나타나는 알록달록하고 독특한 형태의 요리실들이 꽤나 매력적이긴 했으나, 루이가 쉬지 않고 계속해서 계단을 올랐으므로 시아도 더는 한눈을 팔지 못하고 얌전히 따라가야 했다.

요리실을 지나치면서부터는 계단이 두 갈래로 나뉘거나 미로처럼 복잡해지기도 했는데, 그럴 때마다 루이는 자신이 어디로 가야 하는지 아주 잘 알고 있다는 듯 헤매지 않고 거침없이 나아갔다.

얼마나 지났을까. 슬슬 시아의 다리가 후들거리기 시작할 즈음 어느새 계단 주변에는 요리실과는 아주 다른 차원의 대단한 것들이 늘어서 있었다. 그곳에는 번쩍번쩍 별처럼 반짝이는 화려한 성 형태의 건물들이 장엄하게 계단을 감싸고 있었다. 건물들의 어마어마한 크기와 수려한 외관에 시아의 입은 다물어질 줄을 몰랐다. 루이는 더 이상 계단을 오르지 않고 비로소 그 화려한 건물 안으로 들어갔다.

성 안은 소름 끼치도록 근사했다. 샹들리에에서 뿜어져 나온 찬란한 금색 빛이, 누우면 금방이라도 잠들 수 있을 것 같은 붉은 카펫 위로 살포시 내려앉았다. 벽은 제각기 색깔과 개성이 뚜렷했는데, 장밋빛 분홍색, 눈처럼 새하얀 흰색, 밤하늘을 담은 듯한 검은색, 고급스럽게 반짝이는 황금색 등 찬란한 색깔들이 섞여 있었고, 그 위에는 아름다운 보석들이 별처럼 촘촘히 박힌 채 장식되어 있었다.

벽마다 걸린 화려한 그림들과 초상화가 고풍스러운 분위기를 자아냈고, 감각적이고 세련된 장식들이 성 안을 사치스럽게 꾸며 주었다. 눈에 들어오지 않는 부분까지도 섬세하게 조각되어 있어, 만약 지금같이 황당한 상황만 아니었다면 정말 평생 그 자리에 서서 구경하고 싶을 정도였다.

그런데 이보다 시아를 더 놀라게 하는 것이 있었다. 요괴들이 태어나 처음 보는 음식들을 접시에 담아 바쁘게 나르고 있었던 것이다. 시아는 도무지 아무렇지 않게는 볼 수 없는 음식들의 모습에 입을 크게 벌리며 금방이라도 기절할

듯 신음을 냈지만 냉정한 루이는 조금의 동정심도 보이지 않고 계속해서 앞으로 나아가기만 할 뿐이었다.

"루이, 이것들은 다 뭐예요……?"

참다못한 시아가 두려움을 감추지 못하고 말꼬리를 흐리며 질문했다. 눈길이 닿는 곳마다 이전에는 본 적 없는 이상한 것들이 있었다. 이 모든 상황을 태연하게 받아들이는 것은 시아에게는 무리였다.

시아가 가리킨 쪽의 요괴가 들고 가는 접시 위에는 잘 구워진 도마뱀이 모락모락 김을 내며 반듯하게 누워 있었고 그 위엔 핏빛의 붉은 소스가 제법 멋들어지게 뿌려져 있었다.

루이가 입을 열었다.

"말했잖습니까, 여긴 요괴 레스토랑이라고. 요괴들의 음식은 다 저런 식입니다. 인간은 먹지 않는 게 좋습니다."

시아는 처음으로 루이의 말에 격하게 공감했다.

"네, 절대 먹지 않는 게 좋을 것 같네요."

시아가 전적으로 동의하자 루이가 미묘한 미소를 지으며 고개를 저었다.

"아니, 음식의 모습 때문에 그렇다는 게 아닙니다. 인간은 절대로 요괴들의 음식을 먹어선 안 됩니다. 인간이 이곳 음식을 한 입이라도 먹었다간, 아주 끔찍한 죽음을 당하게 될 테니까요."

"……죽음이요?"

"네."

루이가 고개를 끄덕였다.

"인간의 혀에 요괴들의 음식이 닿는 순간, 온몸에 그 음식의 독기가 빠르게 퍼지게 됩니다. 그러면 인간의 심장은 급속도로 썩기 시작하고, 결국 심장에 곰팡이가 잔뜩 낀 채로 죽음을 맞게 되지요."

섬뜩한 말에 시아는 자신도 모르게 꼴깍 침을 삼켰다.

레스토랑은 무척이나 아름답고 화려했지만 알고 보면 무시무시한 것들이 득실득실 모여든 채 어서 희생양이 나타나기만을 기다리고 있는 곳이었다.

그러나 시아에게는 이 끔찍한 음식과 세계에 대해 더 생각할 틈이 없었다. 루이가 시아가 뛰어도 모자랄 정도로 성큼성큼 아주 빠르게 걸어가고 있었던 것이다. 그들은 커다란 다리를 건너 계단을 올라가고, 또다시 복도를 가로질러 열심히 어딘가로 향했다. 그리고 중간중간 복도를 지키고 있는 경비원들을 만날 때면 루이는 경비원들에게 시아가 들지 못할 정도로 작게 무어라 속삭이고는 몇 층 더 올라가기를 반복했다.

그렇게 한참을 가던 도중, 드디어 목적지에 도착한 건지 루이가 시아를 어느 방 앞으로 데려갔다. 그 방문은 다른 문들보다 유난히 더 크고 화려했다. 어찌나 화려한지 문 위가 보석과 황금으로 잔뜩 덮여, 빈틈이 보이지 않을 정도였다. 루이는 지나치게 화려한 문을 열고 성큼성큼 들어갔고, 시아 역시 그 방 안에서 얌전히 그녀를 기다리고 있을 난관을 향해, 비틀비틀 걸어갔다.

넓고 화려한 방 안은 마치 연회장 같았다. 온통 금박을 입힌 벽에는 루비와 사파이어 등 알록달록한 빛깔의 보석들이 덕지덕지 붙어 있었고, 귀족의 것으로 보이는 초상화들이 그 사이를 비집고 삐뚤게 걸려 있었다. 천장은 하늘과 같이 끝없이 높고 아름다웠다.

한쪽에선 오케스트라가 분위기 있는 클래식 곡을 연주하고 있었고, 이상하게 생긴 요괴들은 한껏 차려입고는 여기저기 모여 북적거리며 파티를 즐기는 듯했다. 화려한 식탁 위에는 요괴들의 괴상한 음식들이 가득 놓여 있었다.

한편, 루이는 이런 것들에는 전혀 개의치 않고 시아를 방

끝 쪽으로 이끌었다. 놀랍도록 넓은 방 안을 가로질러 걸어가는 시아는 다리가 심하게 후들거렸지만, 모두가 지켜보는 가운데 비련의 여주인공처럼 힘없이 쓰러지지 않도록 힘을 주고 버텨야 했다.

루이가 걸음을 멈춘 것은 방 안이 어느 정도 조용해졌을 무렵이었다. 루이 앞에는 보석으로 장식된 커다란 의자에 거대한 동물(그것이 정확히 동물인지는 확실치 않았다.)이 앉아 있었다.

그것은 곰과 쥐를 합쳐 놓은 것처럼 생겼는데, 털은 때가 타서 얼룩덜룩한 흰색이었고 몇백 년은 산 것처럼 얼굴과 온몸에 수많은 주름이 축 늘어져 있었다. 보기만 해도 눈살이 찌푸려질 정도로 흉한 모습이었다. 옆에서는 시종으로 보이는 요괴들이 열심히 그에게 부채질을 하고 있었고, 언뜻 보아도 그 값이 만만치 않을 듯한 포도주도 열심히 따라 주고 있었다.

루이는 흉측한 동물 앞으로 몇 발짝 더 다가갔다. 그러더니 갑자기 머리를 조아리며 존경의 표시를 취했다. 시아가 입을 다물지 못하고 놀라움을 금치 못하는 가운데, 그가 고개를 들고 입을 열었다.

"해돈 님께서 시키신 임무를 완수하고 돌아왔습니다."

루이가 말을 마치며 고개를 돌려 시아를 바라보았다. 그의 말 한마디에 방 안이 찬물을 끼얹은 듯 급격히 조용해졌다. 모든 시선이 일제히 시아에게 쏠렸다. 자신을 빤히 쳐다보는 요괴들의 시선과 술렁임이 그대로 시아에게 전해졌다. 시아는 그 자리에서 굳어 손가락 하나 움직일 엄두도 내지 못했다.

해돈은 겁먹은 시아를 한참 동안 끔벅끔벅 내려다봤다. 그의 눈동자와 눈이 마주친 순간, 시아는 등골이 오싹해졌다. 온몸의 세포들이 빨리 달아나라고 아우성을 쳐 댔다. 머릿속도 마찬가지였다. 너무나 긴장한 나머지 머릿속이 새하얘진 시아는 제발 누가 이 기이한 관중들의 관심을 다른 데로 돌려 주기를 간절히 빌었다.

얼마 후, 침묵을 유지하던 해돈이 손을 들어 올려 이상한 손동작을 하기 시작했다. 옆에 있던 요괴가 해돈의 손동작을 보고는 시아에게 말을 건넸다. 그는 해돈의 통역관인 듯했다.

"당신은 인간입니까? 그리고 인간이 맞다면 몇 살입니까?"

"네? 열여섯……."

시아의 대답을 듣자마자, 해돈의 눈동자가 급격하게 커졌다. 동시에 문이 열리듯 힘없이 벌어진 해돈의 입술 사이로 걸쭉한 침이 늘어졌다. 놀란 시아는 더러운 액체를 보지 않으려고 빳빳해진 고개를 애써 돌려야 했다. 그러거나 말거나, 해돈은 또다시 느릿느릿 손동작을 해 보였다.

"열여섯이라니, 너무 어리지도 늙지도 않은 심장이라고 좋아하시는군요. 싱싱하고 쫄깃한 심장이라고 기뻐하십니다."

그 말뜻을 알아채지 못한 시아는 무척이나 혼란스러웠지만 통역관은 미묘한 미소를 지으며 계속해서 말을 이었다.

"축하드립니다. 당신은 이 레스토랑의 영업주, 해돈 님을 위한 영광스러운 죽음을 맞이하게 되셨습니다. 해돈 님께서 지금 걸리신 병은 인간의 심장만이 치료 약인 병……."

통역관의 미소가 짙어졌다.

"지금 당장 해돈 님 병의 치료 약인 당신의 심장을 내놓으셔야겠습니다."

시아는 정신이 아득해졌다. 눈앞에 검은 베일이 깔린 것처럼 아무것도 보이지 않았다. 머릿속에서는 심장 뛰는 소리만이 북처럼 큰 소리로 울려 댔고, 그 속도는 점점 더 빨라졌다. 시아는 지금 자기 귀가 혹여나 잘못된 것은 아닐까

하고 자신이 방금 들은 것을 의심하며 강력하게 부인했다.

"……그럴 리가 없어요. 저를 놀리지 마세요."

시아는 모든 것이 짓궂은 장난에 불과하기를 바라며 통역관을 간절하게 바라보았다. 심장이 터질 듯이 뛰었다.

그러나 이어진 통역관의 대답은 시아의 희미한 희망을 참혹하게 무너뜨렸다.

"죄송하지만 우리는 이런 상황에서 거짓말을 하지 않는답니다."

통역관이 냉랭하게 웃으며 대답했다. 그의 조롱 섞인 목소리가 루이를 연상시켰다.

'루이. 아아, 그의 협박에 넘어가 이곳에 오는 게 아니었는데. 아까 그냥 도망쳤어야 했는데.'

시아는 고개를 세차게 저었다. 마지막 한 가닥의 희망은 무심하게 꺼져 버렸으나 그렇다고 해서 이렇게 쉽게 죽음을 받아들일 순 없었다.

"시, 싫어요. 저는 죽고 싶지 않아요."

너무 흥분한 나머지 시아는 잔뜩 쉰 듯한 거친 목소리를 비명처럼 내질렀다. 통역관이 부드럽게 타일렀다.

"그것은 당신의 의사와는 상관이 없답니다. 해돈 님께 당신의 심장이 꼭 필요합니다."

'말도 안 돼. 이건 아닐 거야.'

눈앞이 또다시 컴컴해졌다. 얼굴은 하얗게 질려 곧 죽을 사람처럼 창백해졌다. 아니, 시아는 곧 죽을 사람이 맞았다. 시아의 심장을 파내기 위해 미끄러지듯 그녀에게로 다가오는 해돈의 손이 그것을 잘 알려 주고 있었다. 얼룩덜룩 더러운 손은 무시무시한 저승사자의 손이 되어, 시아의 목숨을 채 가기 위해 더, 더 가까이 다가왔다.

시아의 온몸에서 식은땀이 차올랐다. 해돈의 손톱이 시아의 가슴 바로 한 뼘 앞까지 다다랐다. 심장은 더 미친 듯이 뛰었다. 다급해진 시아는 절실하게 주위를 둘러보았다. 그러나 절망스럽게도 주위에는 온갖 이상한 형태의 요괴들과 괴상한 음식뿐, 도망칠 길은 보이지 않았다. 시아는 필사적으로 자신의 머릿속을 일깨웠다.

'얼른 이 상황을 빠져나가야 해.'

지금 그녀에겐 별주부전의 토끼와 같은 혜안이 필요했다.

'그래, 음식!'

시아는 온몸에 전율이 돋으면서 눈이 번쩍였다.

그녀는 해돈의 손이 채 닿기 전, 재빨리 요괴 음식들이 놓여 있는 화려한 식탁으로 달려가 끈적이는 눈동자가 가득 담긴 접시를 들어 올렸다. 목숨이 왔다 갔다 하는 상황에 놓여 너무 다급한 나머지, 지금 자신이 무얼 하고 있는지 제대로 생각해 볼 여유조차 없었다. 시아는 무모하지만 대담한 결정을 내렸다.

"인간은 요괴의 음식이 입에 닿자마자 심장이 썩는다고 들었습니다. 당신에게 제 심장이 꼭 필요하다면, 당장 그 손을 치우세요!"

시아는 애써 용기 있는 척, 커다란 목소리로 외쳤지만 말투는 영 어설펐다. 그러나 시아는 더는 망설이지 않았다. 그녀는 본능적으로 접시를 입에 가져다 댔다.

"안 그러면, 이걸 다 먹어 버리는 수가 있습니다."

그 말이 끝나는 순간, 시아에게 다가오던 해돈의 손이 멈칫했다. 방 안의 분위기는 순식간에 차가워졌다. 모두가 숨소리조차 내지 못했다.

요괴 음식을 입 안에 쏟아 넣기 일보 직전인 시아 그리고 그런 그녀를 분노로 가득 차 씩씩거리며 노려보는 해돈, 둘 사이에 팽팽한 긴장감이 흘렀다. 용암처럼 넘쳐 오르는 분노에 온몸이 새빨개진 해돈은 금방이라도 분노를 참지 못하고 터져 버릴 것 같았다.

해돈은 아까보다 더 거칠게 손을 움직이며 말을 꺼냈다. 충격에 휩싸여 넋을 잃고 있던 통역관도 정신을 차리고 통역을 시작했다.

"당신은 어차피 그 음식을 먹어도 똑같이 죽을 목숨입니다. 이래도 죽고 저래도 죽을 거, 이왕이면 해돈 님을 위한 영광스러운 죽음을 선택하는 것이 현명한 것 아니겠습니까."

시아는 고개를 저었다.

"당신들이라면 몰라도 나는 저 괴물을 위해 죽는 것이 전혀 영광스럽게 생각되지 않아요. 저 날카로운 손톱이 내 심장을 후벼 대는 것을 느끼며 죽느니, 심장이 썩어서 죽는 것이 좋겠어요."

모두들 시아의 대담한 말에 깜짝 놀랐다. 사실은 시아도 속으로 자신의 당당함에 놀라고 있었다. 엄청난 공포감에 자신이 드디어 미쳐 버린 것이 틀림없다고 생각했다. 다리는 점점 더 심하게 후들거려 금방이라도 균형을 잃고 쓰러질 것 같았고, 계속해서 조여 오는 긴장감에 숨소리는 점점 더 거칠어졌다. 심장이 밖으로 튀어나올 것만 같았다.

시아는 여전히 후들거리는 손으로 간신히 잡고 있는 접

시를 쳐다보았다. 접시에 담긴 끈적이는 눈동자들도 시아를 보며 끔벅이고 있었다. 눈동자들과 눈이 마주친 순간, 시아는 머리카락이 삐죽삐죽 일어서는 것 같은 느낌이 들었다. 시아가 눈동자들을 먹을 것이 아니라, 눈동자들이 시아를 먹을 것처럼 보였다. 이런 음식은 죽어도 먹고 싶지 않았다. 하지만 해돈의 때 끼고 더러운 손톱이 자신의 심장을 파내는 것은 더욱 끔찍했다.

결론은 간단했다. 시아는 죽고 싶지 않았다.

"제발……."

바싹 말라붙은 입술 사이로 흘러나온 목소리는 더없이 가냘팠지만 그만큼 또 간절했다. 시아는 해돈의 눈동자를 똑바로 들여다보며 애원하다시피 말을 이었다.

"저를 살려 주세요. 전 죽기 싫어요. 분명 인간의 심장을 먹는 것 말고도 다른 치료 방법이 있을 거예요."

시아가 간곡히 부탁하자 통역관이 단호하게 대답했다.

"안타깝게도 지금까지 밝혀진 치료 약은 인간의 심장 단 하나뿐이랍니다. 제가 알기로는요."

"그럼, 제가 다른 치료 방법을 찾아 올게요!"

더 망설일 것도 없이 시아가 간절하게 외쳤다. 그것이 자신이 살 수 있는 유일한 방법이라면, 기꺼이 할 수 있었다.

"제게 조금만 시간을 주세요. 다른 방법을 찾아 올게요."

시아가 간절하게 말하자 해돈도 잠시 깊은 생각에 잠긴듯 했다. 어차피 저 인간 아이의 심장을 먹으려고 해도 그녀가 음식을 먹어 버리면 말짱 소용없는 일이었다. 게다가 유일하게 인간 세상으로 나갈 수 있는 루이도 요괴 섬에 돌아온 이상 요괴 규정에 따라 일정 기간이 지나야 다시 인간 세상으로 갈 수 있었다. 그때쯤에는 루이가 새로운 인간을 데려온다고 해도, 자신의 병은 손을 쓸 수 없을 정도로 악화되어 있을 것이었다. 차라리 지금 저 인간 아이에게 또 다른 치료 방법을 찾아 오게 만드는 것도 나쁜 방법은 아니었다.

파들파들 떠는 시아를 내려다보던 해돈은 마침내 결심을 하고 손을 움직였다.

그의 손동작을 바쁘게 관찰하던 통역관이 말했다.

"만약 실패한다면…… 그때는 저 음식을 먹는 대신, 심장을 해돈 님께 바치겠습니까?"

시아는 좀처럼 쉽게 대답할 수 없었다. 할 말을 잃고 통역관을 바라보자, 통역관은 차가운 눈초리로 대답을 보챘다. 선택은 둘 중 하나였다. 지금 죽거나, 아니면 조금이라도 시간을 벌어서 다른 치료 방법을 찾거나.

시아는 고개를 돌려 해돈을 바라보았다. 그의 눈동자는 당장이라도 시아의 심장을 뜯어 갈 것처럼 활활 타오르고 있었고 또 그만큼 사나웠다. 마치 야수의 눈동자를 보는 것 같았다. 저런 괴물에게 죽고 싶진 않았다. 너무나 두렵고 무서웠지만, 또 앞으로는 더욱더 두렵고 무서울 테지만, 어쩔 수 없었다. 시아는 해돈의 눈동자를 똑바로 들여다보며 입을 열었다.

"네."

놀랍게도 시아의 목소리는 더없이 침착했다. 확신이 들어선 그녀의 말 한 마디에 방 안의 구경꾼들이 술렁이기 시작했다. 그러나 그것도 잠시, 해돈이 또다시 손동작을 하기 시작하자 다시금 아찔한 침묵이 방 안에 내려앉았다.

통역관이 말했다.

"좋습니다. 당신에게 주어진 기간은 정확히 한 달입니다. 대신, 조건이 있습니다. 한 달 동안 이 레스토랑에서 머물며 식당 일을 하셔야 합니다."

"식당 일이라고요? 하지만 전 치료 방법을 찾아야……."

시아가 용기 내어 항의했지만 통역관은 시아의 말을 단호하게 잘랐다.

"해돈 님께선 당신이 아무 일도 하지 않고 그저 편하게 레스토랑에 머무르는 것을 원하지 않으십니다. 당신은 주어진 한 달 동안 식당 일을 도우며 치료 방법을 알아내야 합니다. 만약 치료 방법을 알아낸다는 핑계로 식당 일을 조금이라도 소홀히 한다면, 당신은 바로 해돈 님께 당신의 심장을 바쳐야 합니다."

통역관이 시아의 눈동자를 마주 보며 말을 마무리 지었다.

"이 조건에 동의하신다면 해돈 님은 당신의 제안을 받아들인다고 하셨습니다."

시아는 기가 막혔다. 어떻게 레스토랑 일까지 하면서 지금까지 아무도 찾지 못했다는 치료 방법을 알아낸다는 말인가. 화가 난 시아는 입을 열어 뭐라고 반박하려 했지만 통역관은 고개를 가로저었다.

"다시 한번 말씀드리지만 이 조건에 동의하셔야만 해돈 님께선 당신의 제안을 받아들이실 겁니다. 동의, 하시겠습니까?"

방 안의 모든 시선이 일제히 시아에게로 향했다. 해돈 역시 쉽게 입을 열지 못하고 있는 시아를 가소롭다는 눈길로 지켜봤다. 한편 그런 해돈을 쳐다보던 시아도 슬슬 분노가 차오르기 시작했다.

'그래, 누가 못 찾아 올 줄 알고?'

어차피 선택권은 없었다. 시아는 해돈의 기분 나쁜 눈동자 쪽으로 고개를 올려 그를 똑바로 노려보았다.

"좋아요."

시아가 동의하자 해돈은 천천히 손을 들어 올리고 움직이기 시작했다. 그러나 이번에는 기존의 손동작과는 조금 다른 움직임이었다. 해돈의 손은 훨씬 더 크고 거칠게 움직였으며 손짓을 하는 그는 매우 힘겨워 보였다.

얼마 안 가, 시아는 그것이 단순한 의사 표현이 아니라는 것을 알아챘다. 해돈의 손짓에서 시작된 바람은 점점 더 강하게 불어와 시아의 코앞까지 불어왔다. 해돈이 지쳐서 기절하듯이 움직이던 손을 떨어뜨렸을 때, 바람은 투명하고 맑은 팔의 형태를 이루며 시아를 향해 산맥처럼 뻗어져 있었다.

정체불명의 팔에 시아가 당황하고 있자, 통역관이 입을 열었다.

"해돈 님의 제안을 받아들인다고 하셨으니, 톰의 팔 위에 손가락으로 이름을 적으십시오. 일종의 계약서라고 보면 되겠군요."

'톰의 팔?'

팔의 기이한 모습과는 다르게 그 이름은 너무나 친숙했다. 시아는 이곳은 계약서도 참 별나다고 생각하며, 톰의 팔 쪽으로 천천히 다가갔다. 가까이에서 보니 팔 위에는 다양한 이름들이 빼곡히 적혀 있었다. 시아가 여백을 찾아 손가락으로 자신의 이름을 쓰자 신기하게도 새하얀 글자가 팔 위에 새겨지며 반짝였다. 동시에 해돈의 눈빛은 더 밝아졌고, 그 옆에 서 있던 통역관의 미소도 더 짙어졌다.

"계약이 성립되었습니다."

통역관의 말이 끝나자마자 팔의 형태가 헝클어지며 바람으로 변했고, 그것은 그대로 시아의 얼굴로 돌진해 그녀의 머리카락을 매섭게 움켜쥐더니 사라졌다.

놀란 시아가 팔이 남기고 간 깊은 여운 속에서 허우적대고 있는데 통역관의 목소리가 그녀의 흥분을 가라앉혔다.

"자, 이제 모든 볼일이 끝났군요. 이 성의 관리인이신 마담 모리블이 당신을 안내할 겁니다. 마담 모리블?"

통역관이 한편에 서 있던 요괴 무리들을 향해 고갯짓을 하자 마담 모리블로 예상되는 한 여자가 무리에서 걸어나왔다. 시아는 마담 모리블을 보고 놀라지 않을 수 없었다.

마담 모리블은 머리 하나에 두 개의 얼굴을 가지고 있었다. 앞쪽 머리에는 기쁘고 환한 표정의 얼굴, 머리카락이 있어야 할 머리 뒤쪽에는 짜증 섞인 표정의 얼굴이 있었다.

마담 모리블은 머리를 회전시켜 뒤쪽에 있던 짜증 섞인 얼굴이 앞으로 오게 하고 기쁜 얼굴은 뒤로 가게 했다.

"쳇, 오랜만에 파티 좀 즐기려고 했는데 고작 인간 여자아이 때문에 방해를 받는군."

그녀는 혼잣말이랍시고 작은 목소리로 투덜거렸지만 방 안이 워낙 조용한 나머지 그녀의 말은 방 안 가득 울려 퍼졌다. 그러거나 말거나 마담 모리블은 전혀 부끄러워하는 기색 없이 시아에게 다가왔다. 그리고 해돈에게 고개를 숙여 예의를 갖추고, 고개를 돌려 통역관과도 마주 보았다. 그녀는 자신에게 일을 시킨 통역관이 못마땅한지 그에게는 건성으로 고개만 까딱였다. 그 인사를 끝으로 마담 모리블은 시아에게 싸늘하게 고갯짓을 하며 자신을 따라오란 행동을 하고는 뒤도 돌아보지 않고 방 밖으로 매몰차게 걸어 나갔다.

시아는 마담 모리블을 따라 서둘러 걸음을 옮겼다. 방 밖으로 나온 시아는 후들거리는 다리를 앞으로 뻗으며 마담 모리블을 쫓아갔다. 마담 모리블에겐 시아를 다정하고 친절히 안내해 줄 매너 따위는 존재하지 않았다. 마담 모리블은 파티에 더 있을 수 없게 방해를 받은 것이 못마땅한지 여전히 등만 보이며 차가운 분위기를 뿜어냈다.

그때 갑자기 꽤나 놀라울 만한 일이 벌어졌다. 마담 모리블이 활짝 웃은 것이다. 살면서 단 한 번도 미소를 짓지 않았을 것처럼 내내 차갑기만 하던 그녀가 갑자기 걸음을 멈추더니, 머리 뒤쪽에 있던 웃고 있는 표정은 앞으로, 찌푸린 표정은 뒤로 회전시킨 후, 활짝 웃으며 소리쳤다.

"오, 쥬드!"

그녀의 따뜻한 목소리에 놀란 시아는 정신을 번뜩 차리고 도대체 무엇이 저 딱딱한 여자를 이토록 행복하게 만들었는지 확인하려고 고개를 들었다. 시선의 끝에는 한 소년이 있었다. 소년은 시아의 또래 정도로 보였는데, 제법 반반하고 귀여운 얼굴을 하고 있었다.

금발에 가까운 연한 갈색 머리 소년의 맑고 커다란 커피색 눈동자에는 꾸밈없는 순수함과 짓궂은 듯한 장난기가 담겨 있었다. 소년은 언뜻 봐서는 인간과 다를 바 없어 보였으나 갈색 머리칼 위에 나란히 솟아 있는 커다란 뿔 두 개가 다른 점이었다.

마담 모리블이 계속해서 그의 이름을 불렀는데도 소년은 못 들은 척 아무 반응을 하지 않았다. 앞을 보면서 제 갈 길을 갈 뿐이었다. 시아가 마담 모리블이 부르는 자가 저 소년이 아닌가 하는 생각을 하기 시작했을 때, 마담 모리블이 소년에게 다가가 그의 갈색 머리카락을 한 움큼 움켜잡았다. 그녀의 머리는 또 어느새 바뀌었는지 다시금 찌푸린 얼굴이 앞쪽을 차지하고 있었다.

"아, 아야, 아! 아프다고요. 이거 놔요!"

갑작스러운 공격에 놀란 소년은 제법 호들갑을 떨며 마담 모리블의 손을 밀쳐 내려 했다. 그러나 그럴수록 마담 모리블은 소년의 머리칼을 더 세게 움켜잡을 뿐이었다.

"이놈! 쥬드, 감히 내가 불러도 못 들은 척을 해? 야콥에게 다 일러서 혼내 주는 수가 있어."

소년이 두 눈을 동그랗게 떴다.

"네에?"

그의 커다란 눈동자가 금세 눈물로 가득 차 반짝였다. 그는 거의 울먹이다시피 마담 모리블에게 투덜거렸다.

"아이, 너무해! 야콥이 날 어떻게 혼내는지 잘 알면서 그래요?"

쥬드가 울먹이자 마담 모리블도 결국 못 이기는 척 쥬드의 머리카락을 놓아 주었다. 그러나 그녀의 잔소리는 여전했다.

"그러게 말 좀 잘 들으면 얼마나 좋아. 평소에 네가 얌전히 지냈으면 야콥한테 혼날 일도 없었을 것 아니냐. 그건 그렇고, 잠깐 너한테 할 말이 있다."

시무룩해진 쥬드가 입술을 삐죽였지만 마담 모리블은 아랑곳하지 않고 계속해서 말했다.

"쥬드, 레스토랑이 워낙 입소문이 빠르니, 너라면 벌써 알고 있겠지? 해돈 님과 인간 아이가 계약을 맺은 것 말이다. 그 인간이 바로 이 여자애다."

삐진 채로 구시렁대던 쥬드가 그 말을 듣자마자 눈을 동그랗게 뜨며 시아를 쳐다보았다. 갑작스러운 관심에 멋쩍어진 시아는 눈을 아래로 내리깔았다.

"얘가 바로 그 인간이라고요? 생각보다 되게 약해 보이네."

쥬드의 마지막 말에 시아는 적잖이 당황했지만 마담 모리블은 어깨를 으쓱하며 말했다.

"쥬드, 지금 너에게 이 인간에 관한 심부름을 좀 시킬 생각이다."

"치이, 내가 이럴 줄 알았어. 결국 심부름 시키려고 날 부른 거잖아. 그냥 끝까지 못 들은 척하고 튈 걸 그랬……."

마담 모리블의 말에 쥬드가 혼잣말로 작게 투덜거렸다. 그러나 마담 모리블이 쥬드를 흘겨보자 그는 말을 멈추고 자기가 언제 투정을 부렸냐는 듯이 활짝 웃어 보였다.

마담 모리블은 한숨을 쉬었지만 별 잔소리는 하지 않고 이번에는 시아를 향해 말을 이었다.

"인간, 너는 이곳에 있는 동안 야콥의 지하실에서 머무르도록 해라. 아무래도 너 같은 인간을 받아 줄 만한 자는 야콥밖에 없을 것 같구나."

마담 모리블은 쥬드를 손짓으로 가리키며 말을 계속했다.

"여기, 쥬드는 야콥의 일을 도우며 그녀의 지하실에서 함께 지내는 아이다."

마담 모리블은 다시 쥬드를 쳐다보았다.

"그러니까 쥬드, 나 대신 네가 인간을 야콥의 지하실로 안내하거라."

"야콥이 누군데요?"

마담 모리블의 설명을 들은 시아가 물었다. 한 달 동안 함께 지내야 하는 자가 누구인지는 대강 파악을 해야 할 것 같았던 것이다.

마담 모리블이 어깨를 으쓱해 보이며 대답했다.

"이 성 아래, 제일 깊은 곳에 사는 늙은 마녀다."

"마녀요?"

놀란 시아가 반문하자 마담 모리블이 고개를 끄덕였다.

"마법 약에서부터 치료 약까지 못 만드는 게 없지."

마담 모리블은 시아가 더 질문하지 않자 알아서 말을 이었다.

"그녀는 이 넓은 레스토랑에서 으뜸가는 마녀야. 아니, 레스토랑 밖에서도 야콥만 한 마녀는 찾기 힘들 거다. 그녀랑 같이 살면 아마 해돈 님을 위한 치료 약을 찾는 것도 훨씬 수월할 거야. 야콥에게서 도움을 받을 수 있을 테니까."

마담 모리블이 이때다 싶어 야콥과 지내는 것의 이로운 점들을 시아에게 줄줄이 이야기하기 시작하자, 갑자기 쥬드가 한숨 섞인 목소리로 중얼거렸다.

"도움은 무슨……. 해돈 님께 인간의 심장을 먹으면 병이 나을 것이라고 말한 자도 야콥이잖아요. 그런데 둘이 서로 퍽이나 잘 맞겠어요."

쥬드의 예기치 못한 발언에 마담 모리블은 당황한 눈치였다. 그녀는 시아가 야콥과 같이 지내고 싶지 않다며 일을 귀찮게 할까 봐 그 사실을 줄곧 감추고 있었던 것이다. 마담 모리블이 시아의 눈치를 살폈지만 시아는 아무 말도 하지 않았다. 아니, 정확히 말하자면 놀란 나머지 뭐라고 말을 할 수가 없었다.

시아의 침묵을 전혀 다른 뜻으로 받아들인 마담 모리블은 이제 더 이상의 말다툼이 오가지 않자 안심하며 속으로 기뻐했다. 그녀는 쥬드를 흘겨보며 다시 입을 열었다.

"일단은 야콥의 지하실에 가기 전에 내 방, 아니 관리실부터 가자꾸나. 한 달 동안 여기서 지내려면 관리실에 있는 옷이나 생활용품들을 챙겨가는 것이 좋을 테니."

그녀가 엄숙한 눈빛으로 쥬드에게 경고하듯 지시했다.

"쥬드, 너도 따라와라. 이 애 혼자 다 들고 가기엔 짐이 많을 테니까. 또 관리실에서 필요한 것들을 다 챙기면 네가 이 아이를 야콥의 지하실로 안내해야지."

쥬드의 표정은 썩 좋아 보이지 않았지만 그렇다고 더 반항하지도 않았다. 마담 모리블은 쥬드와 시아가 드디어 침묵을 유지하자 흡족해하며 그들을 관리실로 안내하기 시작했다. 시아는 여전히 넋을 놓은 채로 마담 모리블을 따라 걸어갔다. 다리로는 마담 모리블을 따르고 있었으나 시아는 머릿속으로 아까 쥬드가 했던 말을 떠올리고 있었다. 자신이 한 달 동안 같이 지내야 할 자가, 바로 해돈에게 인간의 심장을 먹으라고 제안한 자였다.

마담 모리블은 시아와 쥬드를 데리고 관리실로 향했다. 에메랄드색 울타리를 따라 미로처럼 틀어진 계단들 위에는 반딧불이의 영롱한 빛들과 벚꽃 잎들이 아름다운 밤을 그려 내고 있었다. 마담 모리블을 따라 요괴들이 북적이는 계단들을 내려가자 다른 곳보다 조금은 더 한적한 복도가 이어졌다.

아무 장식 없이 깨끗하게 흰색 페인트칠만 되어 있는 복도는 다른 통로들에 비해 제법 단정하고 소박했다. 마담 모리블은 기차처럼 연달아 늘어선 몇몇 방들을 지나, 끝 쪽에 있는 말끔한 방문 앞에서 멈췄다. 그녀 뒤를 쫄래쫄래 따라가던 쥬드와 시아도 덩달아 멈춰 섰다. 아무것도 없는 깨끗한 흰색 문에는 '관리실'이라는 작은 팻말만 덩그러니 붙어 있었다.

문 앞에 선 마담 모리블은 눈살을 찌푸리고 중얼거리며

열쇠를 찾았다. 한동안 주머니를 뒤지며 열쇠를 찾던 그녀는 마침내 네모 모양의 각진 구릿빛 열쇠를 꺼내 열쇠 구멍에 집어넣었다. 구멍은 열쇠가 들어오자마자 그를 반기는듯 경쾌하게 딸깍하며 자물쇠를 풀었다. 곧 아무 소리 없이 열린 방문은 거리낌 없이 방 안을 드러냈다.

덕분에 시아는 그 방 주인의 특징을 단번에 알아차릴 수 있었다. 첫째, 모든 것이 너무나 깔끔하게 정돈되어 있었다. 그곳은 마치 사무실 같았는데, 어느 것 하나 더러운 것이 없었다. 어찌나 깨끗한지 먼지 한 톨을 찾는 것이 어려울 지경이었다. 둘째, 모든 것이 반듯한 네모 모양이었다. 방 안을 둘러싼 새하얀 벽들과 제일 가운데 벽의 중심에 있는 방 안의 유일한 창문, 마담 모리블이 앉을 만한 의자, 책상 그리고 그 책상 위에 있는 지루하고 복잡해 보이는 서류들, 컴퓨터, 자판, 전화기까지 모든 것들이 각이 진 네모 모양이었다.

방은 깐깐하고 각진 마담 모리블의 성격을 한눈에 보여 주고 있었다. 마담 모리블은 그 한가운데로 또각또각 걸어가 책상 위에 놓여 있는 네모난 안경을 쓰고는 네모난 전화기를 들어 올려, 여전히 찌푸린 얼굴은 앞쪽에 두고 웃고 있는 표정은 머리 뒤쪽을 향하게 한 채 누군가에게 전화를 걸었다.

"……관리인 마담 모리블입니다. 이미 들어서 알고 계실 수도 있지만, 오늘 톰이 계약 중개를 한 건 해서요. 주전자를 추가로 더 보내셔야 합니다. 네, 아뇨, 그것보다 더 필요할 겁니다. 네, 그럼……."

전화를 마친 그녀는 차마 들어올 엄두를 못 내고 내내 방 밖에 서 있는 시아와 쥬드에게 들어오라는 손짓을 했다.

고양이로 변한 루이를 따라 숲속을 헤매고 다닌 탓에 더러워진 시아는 이렇게 깨끗한 방 안에 들어가는 것이 꺼려졌지만, 조금의 망설임도 없이 태연하게 성큼성큼 걸어 들어가는 쥬드를 보고 금세 그 뒤를 따라갔다. 마담 모리블은 먼지투성이인 시아를 보고는 다시금 눈살을 찌푸렸지만 별다른 말은 하지 않았다.

시아는 이참에 용기를 내어 질문을 던졌다.

"저…… 톰이 누구예요?"

아까부터 궁금했던 것이었다. 해돈과 계약을 맺을 때 나타났던 팔을 통역관은 톰의 팔이라 불렀었고, 방금 전 마담 모리블의 통화 내용에서도 그 이름이 언급된 것을 보아 톰은 상당히 중요한 자인 것 같았다.

"……해돈 님께서 레스토랑 직원들과 맺는 일종의 고용

계약 중개인이라고만 해 두지.”

마담 모리블은 대답하기 꺼림칙했는지 대충 얼버무리며 흰색 벽 위의 네모난 창고 문을 열었다. 대답이 만족스럽지 않았던 시아는 좀 더 캐묻고 싶었지만, 그랬다간 마담 모리블이 화를 낼 것 같아 꿀꺽 질문을 삼켰다.

“네게 필요할 만한 것들을 좀 찾아볼 테니까 잠시 기다려라. 방 안에 있는 물건들은 아무것도 건들지 말고.”

마담 모리블은 특히 뒷부분을 더 힘주어 강조하고는 시아와 쥬드에게서 고개를 돌려 창고 안을 열심히 뒤지기 시작했다. 그러나 얼마 안 가 그녀는 얼굴을 잔뜩 찡그리며 창고의 문밖으로 고개를 내밀었다. 그리고 쥬드 옆에서 어색하게 서 있는 시아를 스윽 보며 거의 혼잣말에 가깝게 중얼거렸다.

“나 원, 참. 네 몸에 맞는 옷을 찾기가 쉬운 일이 아니구나. 뭔 몸이 그렇게 작…….”

시아는 마담 모리블의 말을 끝까지 듣지 못했다. 갑자기 천장 위에서 엄청난 크기의 울음소리가 마담 모리블의 나머지 말들을 집어삼키며 울려 퍼졌기 때문이다. 울음소리가 어찌나 큰지, 시아는 그것이 자신의 머릿속까지 파고드는 것을 막기 위해 귀를 틀어막아야 했다. 울음소리는 슬프고 애절한 소리가 아니었다. 어린 아이가 일이 자신이 원하는 대로 풀리지 않았을 때 마냥 떼를 쓰기 위해 내는 울음소리 같았다.

시아는 귀를 틀어막은 채로 빠르게 고개를 움직여 주위를 둘러보았다. 쥬드는 갑작스러운 소리에 놀라 덩달아 자기도 똑같이 소리를 지르고 있었고 마담 모리블은 창고 문에 가려져 잘 보이지 않았지만 얼굴을 찡그리고 있는 게 분명했다.

마침내 울음소리가 그쳤을 때, 시아는 귀를 막고 있던 손을 살며시 뗐다. 쥬드 또한 소리 지르는 것을 멈추고 약간은 민망한 기색을 보이며 주위를 둘러봤다. 방 안은 쥐 죽은 듯 고요했다.

"이게 무슨 소리예요?"

당황한 시아가 마담 모리블에게 묻자 그녀는 잔뜩 찌푸린 얼굴로 다시 창고 문밖으로 고개를 빼며 톡 쏘아붙였다.

"뭐긴 뭐야. 위층에서 그 몹쓸 아이가 또 울고 있는 거지. 어찌나 자주 우는지, 관리실 안이 조용할 틈이 없다."

마담 모리블은 말을 마치고 그 우는 아이가 천장에 대롱대롱 매달려 있기라도 한 것처럼 천장을 있는 힘껏 노려보았다.

"그 아이가 누군데요?"

시아가 다시 질문했다. 마담 모리블은 화가 난 듯 다시 창고 문을 발로 뻥 차서 더 활짝 열며 대꾸했다.

"마녀, 리디아야."

안경을 예리하게 추켜올리며 그녀가 간결하게 설명했다.

"야콥이 레스토랑에 들어오기 전까지는 저 아이가 이곳에서 최고의 마녀였다. 레스토랑의 마법 약부터 치료 약까지 모두 저 아이의 손에서 만들어졌지."

마담 모리블은 소매를 걷어붙이고 창고 안으로 성큼성큼 들어가며 말을 이었다.

"그런데 어느 날, 야콥이 레스토랑에 나타난 거야. 우리 레스토랑에서 일을 하고 싶다면서 말이야. 그리고 야콥의 실력을 시험한 해돈 님께선 야콥이 저 아이보다 훨씬 능력 있는 마녀라는 걸 알게 됐어."

마담 모리블은 아주 빠르게 말을 하면서 창고 안 물건 중 필요한 물건들을 신경질적으로 집어 들었다.

"야콥은 아주 훌륭한 마녀였거든. 반면, 저 아이는 야콥에 비하면 뭐랄까…… 잘 만들어진 따끈따끈한 빵 옆의 초라한 빵 부스러기였어! 번쩍번쩍한 궁전 옆의 초가집, 나비

옆의 애벌레, 왕 옆의 거지, 따뜻한 한 컵의 고소한 우유 옆의……."

"알아들었어요! 그래서 결론이 뭐예요?"

참다못한 시아가 마담 모리블의 말을 자르자 마담 모리블은 시아를 노려보더니, 물건들을 잔뜩 든 채 창고 문을 쾅 하고 큰 소리가 날 정도로 세게 닫았다.

"그래서 해돈 님께선 저 아이 대신 야콥을 고용했고, 아이는 잘렸지. 어휴, 그때 어찌나 잘리기 싫다고 떼를 쓰던지."

"그런데 결국 아이를 다시 고용하셨나 보네요. 아직도 성 안에 있는 걸 보니……."

이번에는 질문 대신 혼잣말이었지만 마담 모리블은 들고 있던 물건들을 책상 위에 올려놓으며 투덜댔다.

"고용하긴 뭘 고용해. 한번 잘린 거면 그걸로 끝인 거지. 레스토랑에서 떠나라고 한 지도 오래야."

어린 마녀가 어지간히 귀찮았는지, 흥분한 마담 모리블은 굳이 물어보지 않았는데도 열정적으로 말을 쏟아 냈다.

"아니, 글쎄 이곳을 떠나면 갈 곳이 없다면서 절대 떠나지 않을 거라고 으름장을 놓더구나. 그 후로 매일 이 위층에서 다시 일하게 해 달라고 떼를 쓰며 울부짖는 거고. 한심한 것. 쯧쯧."

마담 모리블이 거칠게 말을 끝내자 시아와 쥬드는 서로를 말없이 마주 보았다. 쥬드는 아이에 대해 이미 알고 있었던 모양인지 그리 놀라는 기색은 아니었지만 그래도 아직 당혹스러움이 그의 얼굴에서 완전히 사라지지 않고 있었다.

마담 모리블은 손을 허리 위에 얹고 자신이 책상 위에 올려놓은 물건들을 꽤 만족스러운 듯 스윽 훑어보았다.

"자, 이 정도면 충분하겠구나. 가져가서 잘 쓰도록 하고 또 필요한 것이 있으면 찾아오거라."

그녀가 재빨리 덧붙였다.

"뭐, 그래도 아주 긴박한 상황이 아닌 이상, 찾아오지 말아 줬으면 좋겠구나. 예상하고는 있겠지만 나는 아주 바쁘거든. 혼자서 이 커다란 레스토랑을 관리하는 건 절대 쉬운 일이 아니라서 말이다."

'그렇게 바쁜 몸이면 애초에 파티는 왜 갔던 거야.'

시아는 속으로는 그렇게 생각했지만 그래도 마담 모리블의 시간을 더는 뺏고 싶지 않았기에 아무 말 없이 고개를 끄덕였다. 그리고 곧바로 책상 위의 물건들을 주섬주섬 챙기기 시작했다. 쥬드도 눈치껏 그녀의 물건들을 조금 들어 주었는데, 물건들을 나누어 드는 과정에서 서로 어색한 분위기를 견뎌야 했다.

모든 물건을 다 챙기고 나자 마담 모리블은 활짝 웃고 있는 얼굴을 머리 앞쪽으로, 찌푸린 표정의 얼굴을 머리 뒤쪽으로 돌린 다음 커다란 미소를 지었다.

"이제 볼일 다 봤으면 어서 나가거라. 아아, 이제 드디어 내 일을 마저 할 수 있겠군. 아, 그리고 쥬드! 이 아이를 야콥의 지하실까지 잘 데려다주도록 해라. 또 사고 치지 말고."

"네, 네. 알겠습니다."

쥬드가 또 뭐라고 구시렁거렸지만 마담 모리블은 이젠 그를 그다지 신경 쓰지 않는 듯했다. 그녀는 서둘러 의자에 앉아 컴퓨터 자판을 빠른 속도로 두드렸다.

시아는 마담 모리블에게 형식적인 감사 인사를 하고 쥬드와 함께 관리실을 빠져나왔다. 둘은 마담 모리블이 준 물건들을 양팔로 안고서 걸음을 옮겼다.

시아와 쥬드가 걸어가는 사이 그들의 등 뒤에서는 또다시 요란한 울음소리가 들려왔다. 뒤이어 마담 모리블의 짜증 섞인 비명이 복도에 쩌렁쩌렁 울려 퍼졌다.

밀가루의 방

관리실을 나온 시아와 쥬드는 어색한 분위기에서 한참을 걸었다. 서로가 상대방이 먼저 말을 꺼내 주기를 기다리고 있었으나 둘 중 누구도 그런 용기를 내지 못했고, 그 때문에 복도를 가로질러 다시 에메랄드색 울타리가 늘어선 계단으로 나와서까지도 침묵이 유지되었다.

점점 좁아지는 계단들을 내려가며, 시아는 주홍빛 등불에 비친 주변 건물들을 구경하는 척했다. 건물들은 모두 계단을 꼭 붙잡고 절실하게 매달려 있는 것처럼 다닥다닥 붙어 있었는데, 가지각색의 잡다한 무늬들과 색이 묘하게 잘 어울렸다. 굴뚝으로 나와 밤하늘로 스며드는 연기의 색도 각기 종류가 달랐다. 시아는 달빛과 벚꽃 꽃잎들 속에 섞여 오는 음식 냄새와 시끄러운 주방 소리로 인해 이곳이 모두 요리실이란 것을 알 수 있었다.

시아는 매력적인 건물들을 바라보며 자신이 지내게 될 지하실도 이렇게 아름다울지 궁금해졌다. 하지만 야콥이 떠오르자 한숨이 나왔다.

'해돈에게 내 심장을 먹으면 병이 나을 거라고 말한 자와 과연 원만하게 지낼 수 있을까?'

시아의 머릿속에서는 아까 해돈과의 상황이 끊임없이 재생되며 불안감과 걱정들이 들끓었다.

"크흠."

이런저런 생각에 빠져 있던 시아는 요란한 헛기침 소리에 놀라 쥬드를 바라보았다. 과장된 헛기침은 분명 시아의 관심을 끌기 위해 고의로 낸 것이었다. 아니나 다를까, 쥬드는 시아를 쳐다보며 그녀가 자신을 봐 주기를 기다리고 있었다. 아무래도 어색한 침묵을 더는 견뎌 낼 자신이 없었던 모양이었다.

"안녕?"

그는 시아를 지금 막 처음 본 것처럼 밝게 인사했다.

"안녕."

시아가 작은 목소리로 말했다. 쥬드가 계속해서 말을 꺼냈다.

"난 쥬드야. 만나서 반가워! 마담 모리블이 말해 줘서 알겠지만, 나는 야콥의 일을 도우며 그녀와 같이 사는 아이야. 한 달 동안 너도 우리랑 같이 지내게 됐지. 잘해 보자고."

"나는 시아야."

시아가 짧게 대답했다. 쥬드는 능청스러운 눈웃음을 지으며 태연하게 말을 이어갔다.

"나이는?"

"열여섯."

"나랑 동갑이네?"

그가 명랑하게 말했다. 커피색 커다란 눈동자를 유연하게 휘어 보이는 그의 인상 좋은 웃음은 시아의 경계심을 조금 무너뜨렸다. 그가 다시 입을 열었다.

"그런데 우리, 야콥에게는 나중에 가자. 지금은 야콥의 심부름을 마저 해야 하거든."

시아는 이 말에 자신도 모르게 속으로 쾌재를 불렀다. 마담 모리블이 야콥에 대해 한 말을 떠올려 보면 야콥과 함께 있는 것은 결코 즐거울 것 같지 않았다.

"난 여기 있는 이 약들을 배달해야 해."

쥬드가 허리에 매고 있는 가방을 톡톡 두드리며 자랑스럽게 말했다.

"레스토랑 직원들이 요리를 하거나 일을 할 때 필요한 마법 약을 야콥이 만들거든. 또 레스토랑 직원들이 아프거나 다쳤을 때는 치료 약도 만들어 주고, 내가 그 약들을 배달하는 역할을 해."

쥬드가 가방을 열어 그 안의 약들을 뒤지더니 투덜댔다.

"아직도 배달할 약이 세 개나 남았네."

쥬드는 말을 멈추고 시아의 눈치를 살피며 고민하는 척하더니 다시 말을 꺼냈다.

"저, 네가 좀 도와주면 안 될까? 둘이 나눠서 하면 금방 끝날 텐데."

사실 시아는 남의 일까지 도와줄 여력은 없었다. 그러나 관리실에서 가져온 시아의 짐을 나누어 들고 있는 쥬드의 부탁을 거절하기는 어려웠다.

"그래, 도와줄게."

시아가 흔쾌히 대답하자 쥬드가 환하게 웃었다.

"고마워, 시아. 저기 저 계단 아래 끝에 있는 방 보여? 저 방은 '밀가루의 방'이야. 저 방에 가서 이 약을 주고 와 줘."

쥬드가 가방에서 보라색 액체가 담긴 유리병을 꺼내 시아에게 건네줬다.

"아, 그리고 저기 건너편 아래층에 있는 오른쪽에서 두 번째 문 보이지? 거기는 '술의 방'인데, 거기에도 이걸 좀 전해 줘."

쥬드는 이번에는 초록색의 물렁물렁한 해초 같은 것을 시아의 손에 쥐여 주었다.

시아가 유리병과 물컹해 보이는 해초 두 개를 손가락 끝으로 잡자 쥬드는 시아의 손에 들려 있던 다른 물건들을 받아 주었다.

"이리 줘. 관리실에서 받아 온 물건들은 다 내가 들고 있을게. 나는 네가 약을 배달하는 동안 사육실에 있을 거니까, 일 다 끝나면 맨 아래층 재료 저장실로 내려와서 사육실로 와. 내가 거기서 할 일이 좀 있거든. 할 수 있지?"

시아는 자신이 가야 할 방의 이름들이 특이하다고 생각했지만 일단 고개를 끄덕였다.

"그럼 좀 이따 보자. 고마워! 길 잃지 말고 조심해!"

말을 마치자마자 쥬드는 관리실에서 받아 온 물건들을 든 채, 사육실로 빠르게 걸음을 옮겼다. 쥬드의 뒷모습을 바라보던 시아는 자신의 손에 들려 있는 유리병과 해초 비슷한 물체를 내려다보았다. 시아는 유리병 속의 보라색 액체는 밀가루의 방으로, 해초는 술의 방으로 배달한 후, 사육실로 쥬드를 찾아가면 된다는 것을 머릿속으로 되뇌고 쥬드가 알려 준 방향으로 걸어갔다. 다행히 멀리 떨어진 거리가 아니라 금방 도착할 수 있었다.

목적지에 다다른 시아는 문 앞에서 망설였다. 꽤나 이상하게 보이는 문이었다. 시아가 문에 손을 가져다 대자 보드랍고 푹신한 감촉이 느껴졌다. 딱딱한 나무의 감촉과는 전혀 다른 것이었다. 시아가 그 상태에서 그대로 문을 쓸어내리자 하얀 가루가 시아의 손에 묻어났다. 밀가루였다. 방 이름 그대로 방문은 밀가루로 만들어진 것이었다. 밀가루로 만든 것치고는 꽤 튼튼했다. 만질 때마다 하얀 가루가 방문 아래 바닥으로 조금씩 떨어지기는 했지만 모서리가 동글동글하고 잘 뭉쳐져 있어서 문으로서 기능을 잘 하는 것 같았다.

시아가 방문 앞에서 망설이고 있는데 느닷없이 방 안에서 커다란 웃음소리가 들려왔다. 시끄럽고 요란하여 미치광이의 것만 같은 들뜬 웃음소리였다. 괴이한 웃음소리에 놀란 시아는 무턱대고 방 안에 들어가는 대신 노크를 해 보았다. 그러나 부질없는 짓이었다. 밀가루로 만들어져 있는 문은 노크를 해도 소리가 나지 않았다. 결국 시아는 그냥 문을 열기 위해 문고리 쪽으로 손을 가져갔다. 문고리 역시 하얗고 둥근 밀가루 반죽이었다.

시아가 문고리로 손을 가져다 댄 그 순간, 갑자기 방 안에서 길쭉한 팔이 밀가루 문을 뚫고 튀어나왔다. 팔은 고무처럼 늘어났고 또 유연했다. 밀가루 반죽을 뚫고 튀어나온 팔은 무턱대고 손가락을 뻗어, 놀란 시아의 얼굴을 더듬어 댔다.

"뭐, 뭐야!"

식겁한 시아가 정신을 차리고 소리를 질렀지만 때는 이미 늦었다. 시아가 뭐라고 더 소리치기도 전에 정체 모를 손은 갑자기 크기를 더 키우더니 시아의 몸 전체를 휘어잡았고, 곧이어 그녀를 밀가루 문 안쪽으로 잡아당겼다. 순식간에 시아는 그 빌어먹을 팔과 함께 문 너머로 사라졌다.

온몸이 거대한 손에 억세게 잡힌 나머지 시아의 모든 신경이 마비되었다. 시아는 몸을 둘러쌌던 감촉이 사라지고 나서야 꽉 감고 있던 눈을 떴다. 눈덩이처럼 하얗고 둥근 것이 눈

앞으로 빠르게 돌진해 오고 있었다. 깜짝 놀란 시아는 본능적으로 몸을 돌렸다. 다행히 공격은 아슬아슬하게 빗나갔다.

시아는 날아온 물체 쪽으로 시선을 돌렸다. 그것은 작고 동글동글한 밀가루 반죽이었다. 정신을 차리고 보니 방 안은 밀가루 천지였다. 바닥, 벽, 창문 모두 하나로 연결된 것처럼 새하얀 밀가루로 덮여 있었다. 방 안 천장에서 눈이 내려 곳곳에 소복하게 쌓인 것 같았다.

"우히히히! 머리를 맞추려고 했는데, 꽤 빠르넹."

통통 튀는 목소리가 갑작스럽게 들려왔다. 화들짝 놀란 시아는 목소리가 들린 쪽으로 고개를 돌렸다. 그리고 저도 모르게 입이 벌어졌다.

그런 시아의 반응이 재미있는지, 목소리의 주인이 시아를 향해 손을 흔들며 크게 웃어 댔다.

"으흐흐흐허허헉! 인간을 직접 보게 되다니. 에이, 근데 생각보다 재미없게 생겼잖아."

방 안에 있던 괴짜는 수산 시장에서 생선을 살피듯 기다란 팔로 시아의 몸을 요리조리 돌려 보았다. 그는 시아의 갈색 눈동자부터 하나로 질끈 묶은 어두운 머리카락까지 모든 것이 실망스럽다는 기색으로 투덜거리며 팔을 거두었다.

시아는 기다란 팔이 멀어지고 나서야 목소리의 주인을 제대로 살펴보았다. 그는 긴 타원형의 분홍빛 얼굴을 가지고 있었는데, 눈과 입은 마치 누군가 칼로 뚫어 놓은 것처럼 구멍이 뻥 뚫려 있었다. 코는 없었다. 마치 나무를 칼로 깎아 만든 괴상한 모형 같았다. 더 가관인 것은 그의 몸이 크고 긴 타원형이고 팔이 여섯 개나 된다는 것이었다.

그 팔들은 제대로 보기 힘들 정도로 빠른 속도로 움직이고 있었다. 길이와 크기도 자유자재로 바뀌었다. 늘어났다 줄어들고 작아졌다 커졌다. 그는 팔들의 길이를 자유롭게 조절하며, 방 안 사방에 흩어진 밀가루를 부지런히 반죽하고 있었다.

"어이, 이봐. 자네 말 좀 해 봐! 우이잉. 왜 남의 방에 찾아와 놓고는 그렇게 바보같이 서 있는 거냐고."

시아가 아무 말도 없이 팔을 구경하고 있자, 인내심 없는 괴짜는 여전히 팔을 움직여 반죽하며 그녀에게 소리쳤다. 시아는 처음 보는 광경에 말문을 잃고 그를 바라보았다.

"말 좀 하라니까? 아, 혹시 인간은 말을 못 하는 동물인가?"

괴짜가 이제는 시아의 언어 능력을 의심하기 시작했다. 그가 시아에게 막 언어에 관한 교육을 시작하려고 할 때쯤,

시아는 정신을 차리고 재빨리 말을 꺼냈다.

"야콥의 약을 배달하러 왔어요. 쥬드의 일을 돕는 중이거든요."

시아가 차분하게 설명했다. 괴짜도 이제는 대화가 가능하다고 생각했는지 신중한 반응을 보이기 시작했다.

"아앙, 그래? 쥬드 그놈이 또 땡땡이치려고 잔꾀를 부렸구먼. 뭐, 괜찮아. 덕분에 드디어 인간을 보게 됐으니까. 게다가 쥬드 그놈은 항상 날 보면 내 팔들을 가지고 막 놀려대거든. 칫, 나쁜 놈 같으니라고."

괴짜는 고개를 고정한 채 여섯 개의 팔로 밀가루를 반죽하며 말했다.

시아는 그의 말에 어떻게 반응해주어야 할지 몰라 머뭇거렸지만 자신이 이곳에 온 목적을 상기하고는 다시 입을 열었다.

"아, 약은 여기 있어요. 쥬드가 이 약을 주면 된다고 하더라고요."

시아가 내민 유리병 속의 보라색 액체를 보자 괴짜는 다시 요란하게 주절대기 시작했다.

"에이 씨, 그 약은 먹기 싫은뎅. 그렇지만 약을 먹지 않으면 밤마다 괴물이 내 푸딩을 뺏어 먹는 악몽을 꾼단 말이야."

"그럼 이 약이 악몽을 예방하는 약이에요?"

시아가 신기하다는 듯이 물었다.

"으응. 내가 매일 악몽을 꿔서, 야콥한테 만들어 달라고 했어. 근데 맛없어. 고양이 수염 맛이 나거등."

그가 여전히 빠르게 밀가루를 반죽하며 대답했다.

"고양이 수염을 먹어 보셨어요?"

"엥? 아니, 그걸 왜 먹어?"

"아니, 방금 고양이 수염 맛이 난다고 하셨……."

"이런, 이런. 이 답답한 인간아, 그런 말 한 마디 한 마디를 다 따지면 답답해서 인생을 어떻게 사닝."

그가 시아의 말을 자르며 한심하다는 듯 대꾸했다. 시아는 그의 말에 반박해 봤자 그다지 말이 통할 것 같지 않다는 결론을 내리고 입을 다물었다.

다시 어색한 침묵이 흘렀다. 침묵이 불편해진 시아는 이제 약을 주었으니 그만 나가도 되지 않을까 하고 문 쪽으로 고개를 돌렸다. 그런데 그때, 문밖에서 작은 노크 소리가 들려왔다. 들릴락말락할 정도의 아주 작은 소리였다. 어떻게 그 작은 노크 소리를 들은 건지, 괴짜는 밀가루를 반죽하던 팔 중 하나를 들어 올려 고무처럼 늘렸다. 팔은 문손잡이에 닿을 때까지 길어졌고 나머지 팔들은 그 와중에도 열심히 반죽을 계속했다. 마침내 그 길어진 팔이 문을 열었다.

시아는 왜 자신이 문밖에 있었을 땐 저렇게 친절하게 문을 열어 주지 않았을까 하고 살짝 원망스러운 마음이 들었지만, 문밖의 물체를 보자마자 깜짝 놀랐다. 문밖에는 여러 개의 달걀들이 앞다투어 모여 있었다.

그들은 괴짜가 문을 열자마자 자기들끼리 아옹다옹하며 방 안으로 굴러 들어왔다. 달걀 껍데기 표면에는 작은 눈, 코, 입이 오목조목 달려 있었다. 거의 몇십 개의 달걀들이 한꺼번에 우르르 몰려 들어오자 밀가루를 반죽하던 그는 "그만! 이제 그만 들어와라!" 하고 빽 소리치며 문을 닫았다.

방 안에 들어오지 못한 나머지 달걀들은 문밖에서 아우성을 치며 떼를 썼고 방 안에 들어오는 것에 성공한 달걀들은 방 밖의 달걀들을 큰 소리로 놀려 댔다.

순식간에 방 안은 아수라장이 되어 버렸다.

"이, 이것들은 뭐예요?"

놀란 시아가 크게 소리 내어 묻자 그는 태연하게 대꾸했다.

"달걀이다."

"아니, 제 말은……."

"네 말이 뭔지는 나도 알아, 이 참을성 없는 인간아. 넌 지금 달걀들이 왜 내 방에 갑자기 쳐들어온 건지 궁금한 거잖아!"

그가 한심하다는 듯이 고개를 도리도리 저으며 설명했다.

"밀가루 반죽에는 알다시피 달걀이 필요해. 그리고 달걀은 반죽 외에도 많은 요리에 필요하공. 그래서 날마다 레스토랑에서는 일정 시간이 되면 엄청난 양의 달걀들을 풀어놓는다. 그 시간을 에그 타임(egg time)이라고 하지. 에그 타임이 되면, 달걀들은 달걀이 필요한 요리실들로 각자 굴러가서 요리 재료로 쓰이는 거양."

그의 설명을 들은 시아는 뭐라 대답할 틈이 없었다. 갑자기 달걀 하나가 시아를 발견하고는 흥분해서 크게 소리쳤기 때문이다.

"쟤 좀 봐! 인간이야! 해돈 님과 계약을 맺었다는 그 유명한 인간! 그 인간이 바로 우리 위에 있어! 세상에……."

한 달걀이 호들갑을 떨며 소리치자 다른 달걀들도 시아를 보고는 덩달아 소란을 피우며 앞다투어 시아 쪽으로 몰려들었다. 시아의 발 주변은 어느새 달걀들로 꽉 차, 발 디딜 틈이 없었다.

'도망가야 해.'

시아는 머릿속으로 생각했다. 쥬드가 부탁한 배달도 끝낸 셈이니 이 방에 더 있을 이유도 없었다. 요란해진 방은 귀를 틀어막고 싶을 정도로 시끄러웠고 달걀들은 시아의 관심을 끌려고 저마다 아우성을 쳤다.

시아는 달걀들을 밟지 않도록 그 위를 한 발로 훌쩍 뛰어넘어 서둘러 문으로 달려갔다. 달걀들이 시아를 따라 우르르 몰려왔으나 자기들보다 훨씬 더 큰 시아를 따라잡기엔 역부족이었다. 그러나 다급히 문을 연 순간, 시아의 희망은 와르르 무너져 내렸다. 방 밖은 수천 개의 달걀들로 빼곡히 차 있어서 개미도 기어갈 수 없을 정도로 틈이 없었기 때문이다. 시아는 황급히 문을 닫았다. 덕분에 더 많은 달걀이 방 안에 들어오지는 않았다.

시아는 소란을 피우며 자신에게 몰려드는 달걀 무리와 팔이 여섯 개 달린 괴짜와 다시 한방에 머물게 되어 버렸다. 정신이 없었다. 누군가가 자신의 머릿속에 침범해서 뇌를 다 뒤집어엎은 것만 같았다. 달걀들은 시아에게로 우르르 굴러와서 수많은 질문들을 쏟아부었다.

"인간, 어떻게 그 상황에서 음식을 가지고 해돈 님을 협박

할 생각을 한 거야?"

"네가 진짜 그 인간 맞아?"

"그래서 또 다른 치료 약은 찾고 있는 거야?"

질문들과 함성들이 한꺼번에 쏟아졌다. 방 밖의 복도는 굴러다니는 수천 개의 달걀들로 꽉 차 있어 밖으로 도망갈 수도 없었다. 시아는 괴짜를 쳐다보았지만, 그는 뭐가 그리 재밌는지 낄낄낄 웃고 있기만 했다.

참다못한 시아가 외쳤다.

"아니, 이게 무슨……!"

상황이 너무 황당해서 말이 끝까지 나오질 않았다. 그동안 냉장고에 고이 넣어 놓고 배고플 때만 쏙 빼서 맛있게 요리해 먹던 나의 그 달걀이, 그렇게 십육 년 동안 언제나 일편단심으로 열렬히 좋아했던 나의 달걀이……!

시아는 달걀에게 철저히 배신당한 기분이었다. 자신의 배를 만족스레 채워 주었던 달걀이 지금은 징그러울 정도로 생생한 눈, 코, 입을 가진 채로 시아의 발밑에서 야단법석을 떨고 있었다. 게다가 그 옆에서는 팔이 여섯 개 달린 괴짜가 실실 비웃고 있었다. 이상한 말투까지 쓰면서…….

"우히히히힛. 뭘 그렇게 떨엉? 이런 광경은 앞으로 에그 타임마다 흔하게 볼 텐데.”

그가 낄낄거리며 말했다.

“에그 타임이고 뭐고! 이거 도대체 언제 끝나는 거예요! 저는 빨리 이 방에서 나가야 한다고요. 심부름을 마저 끝내고 치료 약도 빨리 찾아야 하는데…….”

시아가 어쩔 줄 몰라 소리치자 괴짜가 이번에는 더 약 올리는 투로 대답했다.

“이히힛. 아이고, 불쌍해라. 근데 이를 우짜지? 에그 타임은 보통 삼십 분 정도 걸려. 레스토랑에 요리실들이 워낙 많은지라 금방 끝낼 수 있는 게 아니거든.”

시아는 이 말에 무어라 크게 항의하고 싶었지만 갈수록 더 몰아붙이는 달걀들 때문에 다시 시선을 돌려야 했다. 달걀들은 여전히 호기심에 가득 찬 눈동자로 시아를 보며 아우성치고 있었다.

시아는 한숨을 쉬었다. 이렇게 된 이상, 에그 타임이 끝날 때까지 마음을 가라앉히고 방 안에서 달걀들에게 익숙해질 수밖에 없었다. 시아는 손가락을 입에 가져다 대고 쉬쉬 소리를 내며 시끄러운 달걀들을 진정시키기 시작했다. 호기심 많은 달걀들은 다행히 시아의 말을 고분고분 들었다.

어느새 방 안엔 고요한 침묵이 찾아왔다. 달걀들이 모두 기대에 찬 눈빛으로 시아를 초롱초롱 마주 보았다. 괴짜마저도 동물원의 원숭이를 구경하는 듯한 시선으로 시아를 지켜보았다.

"모두 조용히 해 줘요."

시아가 어색한 기분을 애써 참으며 달걀들에게 말했다.

"맞아요, 여러분."

시아는 달걀들의 호칭을 무엇으로 해야 할지 몰라 뜸을 들이다가 결국 '여러분'이란 가장 안전한 호칭을 사용했다.

"여러분이 짐작했듯이 저는 그 인간이 맞아요."

달걀들이 잠시 웅성거렸다.

"그래서 여러분도 아시겠지만 저는 한 달 안에 해돈의 병을 치료할 수 있는 또 다른 방법을 찾아야 해요."

시아가 달걀들 하나하나의 눈을 마주 보며 말했다.

"그래서 말인데 혹시 여러분들 중, 해돈의 병을 고칠 수 있는 다른 약을 알고 계신 분이 있나요?"

시아는 사실 큰 기대는 하지 않았으나 혹시나 하는 마음에 넌지시 물어봤다. 예상대로 달걀들은 고개를 도리도리 저었다. 그 동작은 고개를 저은 것이라기보다는 달걀의 둥근 몸 전체를 좌우로 흔든 것에 더 가까웠다.

시아는 한숨을 쉬며 달걀들을 내려다보았다. 여기서 버텨야 할 시간은 약 삼십 분. 달걀들은 여전히 호기심이 가득 찬 반짝이는 눈빛으로 시아를 보고 있었지만 조금 전보다는 훨씬 얌전했다. 잘만 길들이면 삼십 분을 무사히 보낼 수 있을 것 같았다.

그때 옆에서 분위기를 와장창 무너뜨리는 목소리가 들려왔다.

"우히히. 그래, 그렇게 시간 좀 잘 끌어 봐. 난 일단 달걀들은 나중에 요리할게. 지금은 우선 이 밀가루 반죽을 끝내야 하거든."

괴짜는 시아가 달걀들에게 휘말리는 꼴을 더 보고 싶어서인지 하찮은 핑계를 대며 달걀 요리를 미루었다. 시아는 다시 달걀들에게로 시선을 옮겼다.

"음, 제게 궁금한 것들이 많은 것 같은데 싸우지 않고 얌전히 모여 주시면 질문들에 답변해 드릴게요."

시아는 본인 스스로도 낯설 정도로 침착하고 정확하게 또박또박 발음했다. 그리고 그녀의 차분한 말투에 이끌린 달걀들은 말 잘 듣는 강아지처럼 순하게 옹기종기 시아 앞으로 모였다. 일단 모든 것을 내려놓기로 한 시아 역시 그들 앞에 편히 주저앉았다. 모든 것이 물 흐르듯 자연스럽게 진행되었다. 길고 긴 이야기가 시작되었다.

어느덧 이야기는 한창 무르익었고 시간이 꽤 지났다. 방 안 달걀들과 분위기에 어느 정도 익숙해진 시아는 달걀들의 익살스러운 대화에 웃기도 하며 자기 자신도 모르게 나름 즐기고 있었다. 시아는 달걀들의 열정적인 질문에도 모두 성의껏 대답을 해주었고 달걀들과 정보를 교환하며 농담도 주고받았다.

"으으, 이제 시간은 거의 다 된 것 같은데."

나른하게 대화를 나누던 시아가 정신을 차리고 문 쪽으로 고개를 돌리며 중얼거렸다. 달걀들과 이야기하는 것도 나쁘지 않았지만 지금 그녀의 상황은 결코 한가로운 편이 아니었기 때문이다.

"아이! 조금만 더 있다가 가지!"

"맞아, 아직 얼마 지난 것 같지도 않은데."

"벌써 가려고? 너무해!"

달걀들이 너도나도 요란하게 소리쳤다. 시아는 이 작은 생명체들을 보며 서둘러 달래듯이 말했다.

"너무하기는……. 내가 지금 이렇게 여유롭게 있을 상황이 아니란 걸 잘 알잖아."

달걀들과 가까워진 덕에 시아는 이젠 거리낌 없이 말할 수 있었다. 시아가 자리를 박차고 일어서자 달걀들이 쪼르르 굴러와 시아의 신발 위로 올라섰다. 그리고 시아를 올려다보며 조그만 입으로 조잘거렸다.

"그래서 지금 치료 약을 찾으러 가겠다는 거야?"

"오오, 만약 치료 약 찾기에 성공해서 성을 빠져나가게 된다면 그땐 많이 보고 싶을 거야. 물론 우린 그때쯤이면 이미 요리에 쓰여 세상에 없겠지만……. 젠장, 내 달걀 껍데기가 으스러질 시간도 얼마 남지 않았군!"

"으으, 치료 약을 찾아내면 드디어 하츠도 이곳에서 나갈 수 있겠지? 그동안 그 성질 더러운 하츠를 상대하느라 어휴, 얼마나 지치던지!"

달걀들이 너도나도 소리치는 가운데 낯선 이름이 들려왔다. 그가 누구인지 시아가 물어보기도 전에, 순식간에 방 안이 정적으로 얼어붙었다. 밀가루를 반죽하던 괴짜의 손도 모두 일을 멈추었고 달걀들은 충격과 공포에 휩싸인 표정으로 굳어 버렸다.

영문을 알 수 없는 시아가 눈치를 살피며 입을 열었다.

"하츠? 하츠가 누군……."

"나가!"

시아의 말을 끊는 외침이 들렸다. 놀란 시아가 고개를 돌리자 하얗게 질린 괴짜의 얼굴이 눈에 들어왔다.

"다들 나가라고!"

그가 다시 소리쳤다. 달걀들 역시 아무 말 못 하고 가만히 시아를 바라보았다. 시아는 당혹스러움에 어색한 걸음걸이로 쭈뼛쭈뼛 방문 쪽에 다가갔고, 영문도 모르는 채 머뭇거리며 문고리로 손을 내밀어 잡아당겼다. 시아가 열린 문으로 완전히 나가기도 전에 괴짜는 팔을 뻗어 시아를 밀가루 문 너머로 밀어 버렸다.

"악!"

시아는 문밖으로 넘어지다시피 팽개쳐졌다. 시아가 뭐라고 화를 낼 새도 없이 문은 괴짜의 손에 의해 쾅 소리와 함께 닫혔다. 그새 에그 타임이 종료되었는지 복도는 어느새 텅 비어 있었다. 시아는 혼자 덩그러니 공허한 복도 한가운데에 서 있었다. 그녀의 마음은 그 어느 때보다도 더 외롭고 착잡했다.

눈물로 만든 술

밀가루의 방에서 쫓겨난 시아는 다음 목적지를 향해 걸어갔다. 자신을 밀어낸 괴짜에게 화가 나고 달걀들에게 서운한 마음이 가득했지만, 곧 쓸데없는 기억들은 떨쳐 내기로 마음먹었다. 시아는 남은 약을 배달하는 일에 집중하기로 했다. 어서 배달을 마치고 지하실에 가, 치료 약을 찾기 시작해야 했다.

시아는 스스로를 용감하게 격려하며 쥬드가 약을 배달하라고 알려 주었던 '술의 방'으로 걸어갔다. 에메랄드색 계단을 따라 내려가 모퉁이를 하나 돌자 마침내 술의 방에 다다랐다. 방문은 회색이었고 낡고 허름했다. 시아가 '똑똑' 하고 노크를 했지만 아무 소리도 들려오지 않았다.

시아는 하는 수 없이 방 주인에게 허락을 받지 못한 채로 문을 열고 들어갔다. 방은 습기가 눅눅하게 깔려 있었고 밀가루 방과는 달리 매우 좁았다. 강하게 밀려오는 술 냄새가 저절로 콧잔등을 찌푸리게 했다. 벽에 달린 작은 창문으로는 한 줌의 달빛이 금방이라도 툭 끊어질 듯 가냘프게 들어오고 있었다. 그러나 그 얄팍한 빛은 우울한 방을 환하게 채워 주기에는 턱없이 부족했다.

방 한가운데에서는 중년으로 보이는 이가 웅크린 채, 외로이 술을 따르고 있었다. 그가 기대어 앉아 있는 뒤쪽에는 빈 술병들이 한가득 쌓여 있었다.

시아는 그에게서 시선을 돌려, 방 내부를 천천히 둘러봤다. 방을 방패처럼 갑갑하게 둘러싼 벽에는 수많은 종류의 시계들이 좁은 간격을 두고 다닥다닥 붙어 있었다. 뻐꾸기 시계, 괘종시계, 벽시계, 갖가지 인형들이 달린 시계 등등 평범한 것부터 처음 보는 희귀한 것까지 방을 둘러싼 수많은 시계는 같은 속도로, 같은 시간에 맞추어 움직였다. 몇십 개의 시곗바늘이 동시에 움직이며 작고 외로운 방 안에 유일한 소리를 만들어 주고 있었다.

“크으, 술맛 좋다. 너도 한잔 마셔 볼래?”

중년 남자가 마치 고양이가 그르릉 하는 것 같은 잠긴 목소리로 나지막이 내뱉었다.

시아는 벽 위의 시계들로 향했던 시선을 술꾼에게로 옮겼다. 술꾼은 영혼 없는 눈빛으로 시아를 바라보고 있었다. 그의 코는 지독한 취기에 붉게 물들어 있었고, 눈동자의 초점은 흐릿했다. 며칠 동안 씻지 않은 것처럼 꾀죄죄한 몰골이었는데 얼굴은 전체적으로 발갛게 들떠 있었다. 그래도 괴짜 아저씨와 같이 놀라운 외형은 아니라 그나마 다행이라는 생각이 들었다. 하긴, 그런 건 이제 시아에게 그리 놀라운 것도 아니었지만 말이다.

그가 얼룩덜룩한 소매로 입술 위의 술 방울을 훔치며 다시 말했다.

“왜 그러고 서 있어? 와서 앉아.”

마치 예전부터 알고 있던 사람을 대하는 듯한 말투에, 시아는 얼떨결에 고개를 끄덕이며 술꾼 앞으로 다가가 앉았다. 술꾼과 가까워지자 강하게 코를 파고드는 술 냄새 때문에 한동안은 숨을 쉬기가 힘들었다.

그는 시아를 힐끗 보더니 주섬주섬 잔 하나를 더 꺼냈다. 그리고 술병을 들어 잔에 술을 따르기 시작했다. 쪼르륵 소리와 함께 잔 안에 맑은 술로 찰랑거렸다.

"자, 마셔."

그가 잔뜩 쉰 목소리로 태연하게 말하며 잔을 내밀었다. 그러나 시아는 단호히 거절했다.

"아뇨, 미성년자라서요."

시아의 거절에 술꾼은 피식 웃었다. 그리고 시아에게 내밀었던 잔을 본인의 입술로 가져가 한 번에 들이켰다. 그는 잠시 눈을 감고 술맛을 음미하는가 싶더니 다시 눈을 뜨고 시아를 보았다.

"아쉽네. 오랜만에 술친구라도 만난 줄 알고 기대했는데 말이야."

그는 빈 술병을 뒤쪽에 아무렇게나 던지고서는 새로운 술병을 집어 들고 잔에 술을 따랐다. 술병에는 레몬 껍질과 설탕이 꾹꾹 눌려 담겨 있었다.

"그래도 내 술은 마셔도 괜찮을 거야. 알코올이 거의 없거든. 냄새만 좀 강할 뿐이지."

시아는 투명한 술잔 안에서 파도처럼 넘실거리는 술을 바라보았다.

"무슨 술인데요?"

시아는 별생각 없이 내뱉은 질문이었지만 술꾼은 이번에도 소리 없는 웃음을 터뜨렸다.

"눈물. 눈물로 만든 거야."

"네?"

예상 밖의 대답에 시아가 반문하자 술꾼은 건배라도 하듯이 술잔을 치켜들었다. 잔 안의 술이 넘칠 듯이 위태롭게 흔들렸다.

"눈물로 만든 거라고. 아, 이름을 '눈물의 술'이라고 할까? 그럴듯해 보이는군. 그래, 좋아. 이건 '눈물의 술'이야."

술꾼은 이제야 막 이름을 붙인 제 술을 자랑스럽게 쳐다보며, 투박한 목소리로 말을 이었다.

"내가 직접 내 눈물로 만든 거지. 보통 술보단 눈물로 만든 걸 마시는 편이 훨씬 기분이 좋아지거든. 그래서 우리 레스토랑 손님들도 저쪽 뱀파이어가 만드는 와인보단 내 '눈물의 술'을 더 선호해. 나로서는 꽤 자랑스러운 일이지."

그는 말을 길게 해서 목이 탔는지, 말을 끝내자마자 다시 술을 마셨다.

한동안 고요한 침묵이 흘렀다. 방 안을 둘러싼 시계들의 소리만이 일정하게 들려올 뿐이었다. 시아는 다시 그 술병으로 시선을 옮겼다. 술이 가득 든 술병들이 방 안에 산더미처럼 쌓여 있었다.

"자주 우시나 봐요. 저렇게 많은 양의 술을 만들려면 엄청난 양의 눈물이 필요할 텐데."

시아가 중얼거리자 술꾼이 어깨를 으쓱이며 자랑하듯 대답했다.

"뭐, 그런 셈이지. 그래서 내 '눈물의 술'이 와인보다 더 인기가 많은 거야. 나처럼 눈물을 많이 흘리지 않는 한, 저런 양의 술을 만들어 낼 수 없거든. 술 한 병만 만들려고 해도 엄청난 양의 눈물이 필요해서 말이야. 이런 술을 만들 수 있는 자는 나밖에 없지."

그가 술잔에 술을 더 따르며 말을 이었다.

"어떻게 보면 그건 좋은 점이기도 하고 나쁜 점이기도 하지. 좋은 점은 내가 유일하게 이 술을 만들 수 있기 때문에 이렇게 커다란 레스토랑에서 일자리를 구할 수 있었다는 거야. 보통 나 같은 폐인은 직업을 구하는 게 쉽지 않거든."

그는 스스로가 만든 술의 맛에 감탄하며 잔에 든 술을 한

번에 벌컥벌컥 마시고는 재차 술을 따랐다. 시아는 그를 가만히 지켜보다가 조용히 입을 열었다.

"나쁜 점은 뭔데요?"

시아의 질문에 술꾼은 잔을 내려놓으며 대답했다. 그의 붉은 입가에는 씁쓸한 미소가 그려졌다.

"나쁜 점은 계속해서 기억들을 회상하며 눈물을 흘려야 한다는 거야. 그리고 그것만큼 날 비참하게 만드는 것은 없어. 아마 나는 영영 과거 안에서 헤어 나오지 못할 테니까."

그 말을 끝으로 그는 다시 한번 술잔의 술을 들이켰다. 시아는 여전히 술을 마시는 그를 조심스럽게 지켜보았다.

똑딱. 똑딱. 똑딱.

세상으로부터 소외된 것 같은 쓸쓸한 방 안. 유일하게 들려오는 시곗바늘 소리만이 세상이 여전히 살아 있다는 것을 그들에게 일깨워 주는 것 같았다. 은은한 달빛마저 아무런 영향도 끼치지 못하는 비좁은 방 안에서, 술꾼과 시아는 조용한 방 안의 원칙에 순응이라도 하듯이 아무도 입을 열지 않았다.

시아는 꽤 오랫동안 열심히 술을 마시고 있는 술꾼을 지켜봤다. 그는 술기운에 벌써 조금 전의 한탄은 잊었는지 노래까지 흥얼거리며 잔에 술을 따르고 있었다.

"……죄송해요."

시아가 마침내 입을 열고 나지막이 중얼거렸다. 그녀는 낯선 자와의 침묵을 불편해하는 경향이 있었다. 게다가 이 불쌍한 술꾼의 호소에 마음이 흔들렸다. 시아는 술꾼을 바라보며 그의 대답을 참을성 있게 기다렸다. 긴 기다림 끝에 술꾼은 "쿡." 하고 작은 웃음을 내뱉었다.

"죄송할 게 뭐가 있어. 내가 이렇게 된 게 아가씨 때문인 것도 아닌데. 그리고…… 말했잖아. 덕분에 일자리를 구한 거라고. 평생 실업자로 쫄쫄 굶으면서 쫓겨 사느니, 차라리 이렇게 사는 것이 더 나은 셈이라니까."

그는 잔뜩 쉰 목소리로 거칠게 중얼거렸다. 그리고 어느새 또 다른 술을 가져다가 뚜껑을 열었다. 그의 코는 시아가 처음 봤을 때보다 세 배는 더 붉어져 토마토 같았고 술 냄새도 점점 강해졌다.

"술, 계속 마시려고요? 술을 마시는 게 아니라 만드는 일을 하신다면서요."

시아는 콧잔등을 찌푸리며 물었다. 처음엔 어느 정도 참을 만했지만 한 병 두 병, 술병이 비워짐에 따라 알딸딸한 알코

올 냄새가 더 강하게 그녀의 코를 감싸자 참을 수가 없었다.

"응, 계속 마실 거야."

술꾼이 고집스럽게 대꾸했다. 그리고 시아가 뭐라고 말하려고 입을 여는 순간, 다시 말을 이었다.

"이봐, 아가씨. 눈물의 술은 아무 때나 만들 수 있는 게 아니라고. 내가 비참하고 암담하게 울 때만 비로소 내 눈물을 받아다가 만들 수 있는 거야."

그는 술병의 술을 잔에 넘치도록 쏟아부으며 시아를 힐끗 쳐다보았다.

"눈물의 술을 만들려면 그렇게 열심히 울어야 하는데, 내가 아가씨 앞에서 지금 당장 대성통곡을 하며 울어 대도 괜찮겠어? 뭐, 나야 상관없지만……."

"……."

"술을 마시면 누구 앞에서든 당당해지는 법이거든. 누군가는 그 당당함을 무모함이라고 표현하지만 나는 그렇게 생각하지 않아. 인생을 살아가려면 무식하고 어리석은 용기가 필요할 때도 많거든."

그는 잔을 입술에 갖다 대고 술을 한꺼번에 꿀꺽 삼키더니 흘러내리는 술 방울을 소매로 닦아 냈다.

시아는 눈동자를 껌벅이며 남자를 쳐다보았다. 지금 시아는 술꾼의 말이 절반도 이해가 되지 않았다. 무식한 용기가 필요하다니 이 무슨 엉뚱한 소리인가. 술에 취해 혀가 꼬인 그의 발음도 알아듣기 난해했을뿐더러 그의 말에 논리가 있는 것 같지도 않았다. 그래도 한 가지 확실한 것은 있었다.

"네, 제 앞에서 대성통곡하는 모습을 굳이 보고 싶진 않네요."

시아가 그의 말에 전적으로 동의하며 말했다. 그러자 술꾼도 픽 웃으며 말했다.

"그럴 줄 알았어. 그러니까 지금은 술을 만들 수 없는 거야. 아가씨한테 괜한 피해를 주고 싶지 않으니까. 아가씨가 이 방에서 나간 뒤에, 난 다시 나의 배신당했고 후회되는 인생을 돌이켜 보며 감정에 북받쳐 거하게 울 거야. 그럼 눈물이 쉴 새 없이 흐를 거고, 그 눈물을 한 통에 모두 받아다가 또 술을 만들겠지."

그는 술을 따르며 위태롭게 꼬인 혀로 겨우겨우 말을 이어 갔다.

"그러나 울기 전까지는 이렇게 열심히 술을 마셔야지. 술을 마셔야, 감정이 북받쳐서 더 잘 울게 되거든."

그는 입꼬리를 살짝 들어 올리며 쓴웃음을 지었다.

"이게 나의 일이야. 하루 종일 술 마시고, 그다음엔 거하게 우는 것. 세상에서 가장 쉬워 보이면서도 불행한 일이지."

그는 잔뜩 풀린 눈동자로 시아를 보며 물었다.

"어때? 아가씨도 그렇게 생각하지 않아?"

시아는 그의 질문에 대해 진지하게 생각해 보며 그를 보았다. 술꾼의 이야기를 듣자니 어느새 동정심이라는 감정이 차오르고 있었다.

"……그렇게 비참하게 살아가면서, 어떻게 그 모든 짐을 견뎌 내는 거죠?"

고민 끝에 시아는 대답 대신 또 다른 질문으로 받아쳤다. 그녀의 질문에 술꾼은 웃으면서 망설이지 않고 대답했다.

"그렇게 내 삶이 지치고 괴로울수록, 과거를 다시 보며 생각하는 거지. 지금 이렇게 힘든 시간도 언젠가는 그저 수많은 과거의 한 조각으로 박혀 버릴 거라고. 그리고 그 조각은 점점 형태를 알아보기 힘들 정도로 흐물흐물해져, 나중에는 완전히 녹아 버리겠지."

말을 마친 술꾼은 다시 술을 들이켰다. 한편 시아는 술꾼이 한 말을 머릿속으로 다시 곰곰이 곱씹었다.

"……그러니까 당신은, 당신의 과거 때문에 울고, 또 그 과거를 생각해 보며 위로를 받는다는 거네요."

시아가 정리하자 술꾼은 고개를 들어 시아를 보았다.

"그래, 뭐 그런 셈이지."

그가 중얼거렸다.

"과거에 울고 과거에 위로받는다고요? 참 아이러니하네요. 이해하기도 어렵고."

시아의 말에 술꾼은 어깨를 으쓱였다.

"뭐, 원래 세상일이란 게 다 그런 거잖아?"

그는 그렇게 대꾸하고는 마지막 한 방울도 남기지 않겠다는 듯 술병을 탈탈 털어 남김없이 비워 냈다.

시아는 고개를 돌려 고집스럽게 똑딱이는 시계들로 시선을 옮겼다. 색깔과 크기가 각기 다양한 시계들은 얼마 안 되는 벽 공간을 가득 차지하고 있었다. 시계들은 서로 약속이라도 한 듯, 다 같은 속도로 똑딱이며 합창했다. 시아가 최면이라도 걸린 듯 시계들을 멍하니 바라보고 있자 그걸 눈치챈 술꾼은 흡족한 미소를 지었다.

"멋지지 않아? 내가 걸어 놓은 것들이야. 아, 그리고 저 시계들을 잘 보면 특이한 공통점을 알 수 있을 거야."

술꾼은 은근히 기대에 찬 눈빛으로 시아를 쳐다보았다. 그의 말에 호기심이 생긴 시아는 술꾼이 말한 대로 조금 전보다 더 신중하게 시계들을 관찰했다.

"아, 알겠어요. 시곗바늘이 움직이질 않아요. 그런데 시곗바늘이 똑딱이는 소리는 여전히 들리는데요."

시아가 술꾼을 쳐다보며 말했다. 그는 빈 병을 뒤쪽으로 아무렇게나 던져 요란한 소리를 만들어 내며 고개를 끄덕였다.

"그렇지? 똑딱똑딱 소리만 들려올 뿐, 바늘은 움직이고 있지 않아."

그는 그렇게 대답하고, 새 병을 가져다가 뚜껑을 돌리기 시작했다. 시아는 이렇게 많은 술을 마시다가 그가 고꾸라져 버리지는 않을까 염려하는 눈빛을 보냈지만, 그는 손을 휘휘 내저으며 걱정하지 말라는 손짓을 했다.

그는 대화 상대가 필요했던 건지 벌어진 입술 사이로 수많은 말들이 우르르 쏟아져 나왔다.

"난 이런 공간이 좋아. 이렇게 아무도 없는 빈 곳 말이야. 이런 곳에 유일하게 나 혼자 있으면, 마치 내겐 악몽과 다를 바 없는 세상 따윈 존재하지도 않는 것처럼 느껴지거든. 잔혹하고 비참한 추억만이 남아 있는 세상으로부터 완전히 해방된 공간 같달까.”

그가 몽롱하게 중얼거렸다.

“세상도 멈추고 시간도 멈춘, 모든 것이 멈춰 있는 곳에서 나만 유일하게, 평화롭게 존재하는 것 같은 기분이야. 멈춰 있는 시계들 한가운데에 앉아 있으면 마치 정말로 시간이 멈춰 있는 것 같거든. 나를 제외한 모든 것이 멈춰 있는 것 같아.”

긴말을 마친 그는 깊은 꿈속에 빠져 있는 것처럼 깊이 가라앉아 있던 눈동자를 어울리지 않게 반짝였다. 그러면서 잠시 숨을 고르는가 싶더니 다시 고개를 들고 시아에게 대뜸 질문을 던졌다.

“어때? 아가씨도 힘들고 지칠 땐 이런 공간에 혼자 있고 싶다는 생각 한 번쯤은 하지 않아?”

그는 시아를 끔벅끔벅 쳐다보며 대답을 기다렸다.

“……아뇨. 그런 생각…… 한 번도 안 해 봤어요. 이해도 안 가고요.”

시아가 솔직하게 대답했다. 시아는 술꾼의 말에 전혀 공감하지 않았다. 그런 생각은 해 본 적이 없을뿐더러, 말도 안 되는 황당한 말이라고 생각했다.

한편 술에 잔뜩 취한 술꾼은 시아의 말은 귓등으로도 들리지 않는다는 듯, 아무런 반응도 보이지 않았다. 그는 잔을 들이켜 바싹 마른 입술에도 술 방울이 흐르게 했다. 그러나 고작 한 방울의 술은 가뭄이 든 것 같은 그의 투명한 입술에 아무 영향도 끼치지 못하고 힘없이 흘러내렸다.

그가 다시 입을 열었다.

"그래, 아가씨는 이해할 수 없겠지. 여태 아주 평화롭게 짧은 인생만 살다 왔을 테니……."

시아는 그의 말에 동의할 수 없었다.

"글쎄요, 불과 얼마 전에도 괴물에게 심장을 뜯길 뻔했다고요. 게다가 한 달 안에 치료 약을 찾지 못하면 전 그에게 심장을 먹혀 버릴 거예요."

그러자 술꾼은 시아의 항의를 비웃듯이 껄껄 웃으며 대답했다.

"그래? 그럼 아가씨도 곧 얼마 안 돼서, 내 생각에 공감하게 될 때가 올 거야."

술꾼은 제법 확신에 찬 목소리로 그렇게 말했으나 시아는 속으로 그럴 리는 없을 거라고 세뇌하듯 되뇌었다.

"그건 그렇고, 여긴 왜 온 거야? 내가 권하는 술도 마시지 않을 거면서…….”

술맛을 음미하는가 싶던 술꾼이 대뜸 질문을 던졌다. 시아는 그의 말을 듣자마자 자신이 여기 온 목적이 퍼뜩 생각났다. 술꾼과의 몽롱한 대화 때문에 미처 떠올리지 못하고 있었던 것이다. 시아는 술꾼에게 약을 내밀었다.

“여기요. 쥬드 대신 제가 야콥의 약을 배달하고 있거든요.”

그러자 술꾼은 시아가 여기 온 이유가 생각보다 시시했는지 코끝을 찡그렸다. 그러나 군말 없이 시아가 내미는 약을 건네받고는 꼬질꼬질한 주머니에 건성으로 쑤셔 넣었다.

“빌어먹을 야콥. 내가 해장 약은 필요 없다고 몇 번이고 강조했는데.”

그가 충혈된 눈으로 약을 넣은 주머니를 노려보며 중얼거렸다.

“더 취하시기 전에 어서 그 약을 드시는 게 좋을 것 같아요.”

시아가 한쪽 무릎을 세우고 일어설 준비를 하며 말했다.

“아, 괜찮아. 난 술에 찌들어 사는 것이 일상이라, 해장 따위 필요 없어. 그런데도 야콥 그 여자는 내 꼴이 마음에 안 든다며 이렇게 꼭 약을 만들어 보내더군.”

술꾼은 시아가 가든 말든 별 신경 쓰지 않는다는 듯이 태연하게 말했다.

"전 그럼 이만 가 볼게요."

시아는 이제는 더 이상 시간을 허비할 수 없다고 판단하며 서둘러 문 쪽으로 걸어갔다. 자신도 모르게 방의 묘한 분위기에 이끌려, 생각했던 것보다 더 오래 머무르고 있었던 것이다.

"아아, 그래. 잘 가, 보고 싶을 거야. 아, 그리고 아가씨."

시아의 등에 대고 작별 인사를 한 술꾼은 갑자기 생각난 듯 얼른 말을 덧붙였다.

"이건 그냥 충고해주는 건데, 조심하는 게 좋을 거야. 아가씨같이 싹싹하고 순진한 신입은 아직 모르겠지만, 이 레스토랑에는 제법 경계해야 할 것들이 많다고. 레스토랑이 숨기고 있는 비밀들만 해도 셀 수 없이 많지. 여긴 그만큼 위험하고 은밀한 곳이야. 겉만 봐서 판단하면 안 된다고. 살아남고 싶다면, 머리를 잘 굴려야 해."

불규칙적으로 높아졌다가 낮아졌다가 하는 목소리로 말하는 그의 모습은 언뜻 보면 술기운에 사로잡혀 별생각이 없는 듯 보였지만, 그의 말속엔 진실함이 담겨 있었다. 그 순간 시아는 밀가루의 방에서 있었던 일을 본능적으로 상기했다.

'하츠.'

이름을 부르는 것만으로도 밀가루의 방 분위기를 싸늘하게 만들었던 존재가 떠올랐다. 그 이름을 입 밖으로 꺼냈을 때 모두 무언가를 애써 숨기려는 눈치였다.

시아는 몸을 돌려 방문을 등지고 술꾼을 마주 보았다. 해돈의 치료 약을 찾으러 가는 것도 중요했지만, 레스토랑에 대해서도 어느 정도 알아야 치료 약을 찾는 것이 가능할 터였다.

“레스토랑의 비밀이요? 이를테면…….”

시아는 잔뜩 충혈되고 풀린 눈동자로 자신을 보는 술꾼을 조심스럽게 관찰하며 말을 이었다.

“하츠를 말씀하시는 건가요?”

“…….”

“네?”

하츠라는 이름이 입 밖으로 나오는 순간, 술에 취해 웃고 있던 그의 입꼬리가 아주 빠르게 내려갔다. 금방이라도 잠에 빠질 것처럼 몽롱했던 그의 눈빛이 뚜렷해지고 눈이 급격하게 커졌다. 시아가 조바심을 내며 대답을 재촉하자 그의 동공이 사정없이 흔들렸다.

시아는 고집스럽게 대답을 기다렸다. 밀가루의 방에서도

그 이름 하나 때문에 억울하게 쫓겨났는데 더는 물러서고 싶지 않았다. 게다가 낯선 레스토랑에서 살아남으려면 중요한 정보는 기회가 있을 때 빨리 알아내는 것이 좋을 것 같았다.

그러나 술꾼은 시간이 갈수록 진정하기는커녕 더 당황하는 모습을 보였다. 얼굴을 물들이고 있던 붉은빛이 귀까지 번져, 그는 머리 전체가 토마토처럼 빨갛게 물들었다. 평생을 정지 상태로 보낼 것 같았던 술꾼은 시아 쪽으로 눈동자만 움직이며 천천히 입을 열었다.

"……딸꾹."

실망스럽게도 이것이 그의 첫 마디였다. 그의 벌어진 입술 사이로 무어라 설명이 나올 거라고 기대하고 있었던 시아는 내심 실망하며 더 제대로 된 대답이 나오기를 기다렸다. 하지만 그는 여전히 묵묵부답이었다.

"딸꾹, 딸꾹."

그의 딸꾹질 속도는 점점 더 빨라졌다. 하지만 그는 시아가 끝까지 포기하지 않을 것이라는 걸 눈치챘는지 어떻게든 딸꾹질 사이로 제대로 된 말을 하려고 노력하기 시작했다.

"딸꾹, 딸꾹. 네가 딸꾹, 어떻게 딸꾹딸꾹…… 그자를 딸꾹, 아는 거지? 딸꾹."

딸꾹질이 얼마나 심했는지 그는 제대로 된 말을 하려고 애를 써야 했다.

"그게 중요한 게 아니에요. '하츠'가 누구인지 알려 주시면 좋겠어요."

시아는 단어 하나하나를 또박또박 힘주어 발음했다. 그러자 술꾼은 미세하게 떨리는 손으로 술잔을 부여잡고 진정하려는 듯 술을 들이켰다. 덕분에 다시 평정심을 되찾았는지 딸꾹질이 조금씩 멈추었다.

"아, 아가씨가 그 이름을 어떻게 알게 된 건지는 모르겠지만, 딸꾹, 미안한데…… 그 이야기는…… 딸꾹, 내가 쉽게 발설할 수 있는 게 아니야."

그는 술에 취한 사람치고는 무척 신중하게 말을 했다. 시아는 그 말을 듣고 실망하지 않을 수가 없었다.

"왜요? 아까 말씀하셨잖아요. 술을 마시면 누구 앞에서든 당당해지는 용기가 생긴다고. 누구는 그 용기를 '무모함'이라고 부르지만 인생을 살아가려면 '어리석고 무식한 용기'도 필요하다고요. 그런데 왜 이제 와서 그 '어리석고 무식한 용기'를 내는 것을 두려워하는 거죠?"

시아가 조목조목 반박하자 술꾼은 당황한 기색이 역력했

다. 몇 초의 침묵이 흐른 후 천천히 입을 열었고, 제법 진지하게 말을 이어 나갔다.

“그런 ‘어리석고 무식한 용기’가 필요할 때도 있지만 자칫 잘못했다간 큰 화를 당하게 될 때도 있어. 그런 용기를 내기 전엔 자신이 처한 상황이 그 두 가지 중 어떤 것인지 반드시 판단해야 하지. 지금 상황은 후자 쪽이야.”

그러나 시아도 만만치 않았다.

“그렇게 용기를 낼 상황과 아닌 상황을 파악해서 자신이 유리할 때에만 용기를 낸다면 그건 용기라고 할 수 없어요. 그저 때에 따른 대처 방법일 뿐이죠.”

그러자 술꾼은 이만 항복하기로 했는지 묘한 미소를 지으며 인정했다.

“그럼 아가씨한텐 미안하게 됐군. 안타깝지만 난 아가씨가 바라는 정도의 용기를 가진 자가 아닌가 봐.”

그렇게 말을 마친 술꾼은 더 이상의 쓸데없는 토론은 하고 싶지 않다는 듯이 고개를 돌렸다. 시아는 자신이 아무리 설득해도 원하는 대답을 듣지 못할 거라는 것을 눈치채고 그만두기로 했다.

실망한 시아는 술꾼에게 딱딱한 작별 인사를 하고 다시

문 쪽으로 몸을 돌렸다. 등 뒤에서 술꾼의 마지막 인사가 들려왔다.

"잘 가. 그리고 많이 지치고 괴로울 때면 이 방으로 또 와도 좋아. 아까 말했듯이 그땐 아가씨도 모든 것이 멈춰 있는 조용하고 평화로운 공간을 원하게 될 테니까. 내가 그…… 정보에 관해서는 도움을 줄 수 없지만, 그 정도쯤은 도와줄 수 있어."

술꾼은 나름 시아를 생각해서 한 말이었지만 시아에게 그다지 위로가 되지는 않았다.

"절대 그럴 일은 없을걸요."

시아는 씁쓸히 중얼거리며 더는 망설이지 않고 방문을 열었다. 그리고 드디어 어두침침한 방에서 밝고 화려한 밖으로 발을 내밀었다.

바깥은 어두침침한 방 안과 대조될 정도로 화려하고 시원했다. 신선한 밤공기가 불어오며 쾌쾌한 술 냄새를 없애 주었다. 분홍색 벚꽃들이 날리는 밤하늘의 모습은 마음속 깊은 곳까지 뻥 뚫릴 정도로 시원했다. 비좁은 에메랄드색 계단 주변에 늘어선 요리실들로부터 나오는 연기는 벚꽃들과 섞여 춤을 췄다.

그러나 눈앞의 아름다운 장관에도 불구하고 시아의 마음은 착잡했다. 그녀의 머릿속은 해돈의 치료 약에 관한 생각으로 복잡했다. 하츠에 대해 알게 되면 치료 약에 대한 단서도 찾을 수 있을 것 같았다. 어쩌면 해돈의 병을 치료할 수 있는 약은 인간의 심장 이외에는 존재하지 않을 수도 있다는 생각도 들었다. 존재 여부조차 확실치 않은 약을 과연 한 달 안에 찾을 수 있을까. 게다가 도움이 될 만한 단서조차 없었다.

시아는 자신의 앞날에 대한 불안감에 젖은 채로 계단을 내려갔다. 쥬드는 심부름이 다 끝나면 레스토랑의 맨 아래층 재료 저장실에 있는 사육실로 자신을 찾아오라고 말했었다. 굳이 길을 찾을 필요 없이 계단을 따라 쭉 내려가기만 하면 됐기에 힘들이지 않고 쉽게 갈 수 있었다.

한참 동안 계단을 내려가자 어느새 요리실들을 다 지나 손님들이 음식을 즐기고 있는 레스토랑이 나왔다. 또 한참을 내려갔을 때는 재료 저장실로 추정되는 한적한 공간이 나타났다.

반듯하고 매끄러운 나무판자들로 만들어진 벽 중 하나를 밀고 들어가자 양쪽에 여러 개의 문이 달린 말끔한 복도가 나왔는데, 첫 번째 문을 열자 채소들을 키우는 듯한 커다란 온실이 나타났다. 두 번째 문은 재료들을 신선하게 보관하는 냉장실 그리고 세 번째 문은 재료들을 말리는 건조실이었다.

그렇게 계속 앞으로 가다 보니 요란한 소리가 들려오는 문이 하나 나왔다. 마치 가축들의 울음소리 같았다. 그 방이 사육실이라 추측한 시아는 조심스럽게 문고리를 잡아당겼다.

"하하하하."

문틈으로 들려오는 소년의 낮고 친근한 웃음소리가 시아의 경계심을 풀어 주었다. 시아는 긴장감을 내려놓으며 문을 마저 다 열었다. 활짝 열린 문 너머로, 방 안의 모습이 한눈에 들어왔다. 동물들로 꽉 차 있을 줄 알았던 사육실은 텅 비어 있었다. 시아가 문밖에서 들었던 가축들의 울음소리는 사육실의 평평한 마룻바닥 아래에서 들려왔는데, 바닥 위에는 휑할 정도로 아무것도 놓여 있지 않았다. 긴 의자 몇 개만 놓여 있을 뿐이었다. 그리고 그 의자들 중 하나에, 벽 한가운데에 파여 있는 정사각형 창문을 등지고 쥬드가 앉아 있었다. 창문 사이로 들어오는 은은한 달빛이 쥬드의 그림자를 명확히 그려 내고 있었다.

"어? 왔네. 들어와."

인기척을 느끼고 고개를 돌린 쥬드가 어둠 속에 홀연히 서 있는 시아를 발견하고는 손짓을 했다. 쥬드가 자신을 만나자마자 바로 야콥의 지하실로 데려다줄 것이라고 생각했던 시아는 그의 여유로운 태도에 잠시 머뭇거렸지만 고개를 끄덕이며 쥬드가 앉아 있는 의자로 향했다.

"여기 계속 있었어?"

"아, 그건 아니고 친구랑 얘기 좀 하고 있었어."

시아의 질문에 태연하게 대답하는 쥬드를 보니 시아는 심기가 불편했다. 그녀가 쥬드의 일을 대신하는 동안 그는 놀고 있었다는 것인가. 자신이 목숨을 뺏길 처지인 것을 알면서도?

그런 시아의 마음을 모르는 건지 모르는 척하는 건지, 쥬드는 여전히 뻔뻔하게 말을 이어 나갔다.

"인사해, 내 친구야. 이름은 히로."

그렇게 말하며 쥬드가 고갯짓으로 제 왼편을 가리켰다. 시아는 마지못해 그의 고개를 따라 시선을 옮겼다. 그러나 시아의 눈에는 아무것도 들어오지 않았다.

'요괴 중에 투명 요괴도 있는 건가?'

"큼큼, 고개를 아래로 숙여 주시지요."

갑작스럽게 들려오는 목소리에 화들짝 놀란 시아는 소리

가 들린 쪽으로 고개를 숙였다. 그리고 아래를 본 순간 소스라치게 놀랐다.

"이, 이게…… 아니, 이분은……."

시아가 쥬드 옆에 있는 생물체를 보며 말을 더듬었다.

정확히 이 생물을 표현할 수 있는 단어를 찾기가 어려웠다. 신비한 생물체는 빛깔이 고운 새하얀 비늘로 뒤덮여 있었고 길이는 시아의 팔 길이 정도였다. 눈매는 날카로웠으나 무서운 인상은 아니었고 따뜻한 버터 사탕을 떠오르게 하는 황금빛 눈동자가 인상적이었다. 언뜻 보면 도마뱀과 비슷했지만 도마뱀이라기에는 너무나 특이했다.

자세히 보면 영화 속에 나오는 드래건을 연상시켰지만 또 그렇다기엔 크기가 너무 작았다. 드래건이나 용은 위엄 있는 공포의 대상이었지만 시아 팔 길이 정도 되는 이 생명체의 몸집은 누가 봐도 귀여운 수준이었다. 그런데 앙증맞은 몸으로 점잖은 척 헛기침을 하는 모습이라니……. 마치 어린 꼬마가 어른 행세를 하는 듯했다.

시아가 당혹감에 할 말을 잃자 히로라고 소개한 그 이상한 생물체가 먼저 대화를 시작했다. 그는 더없이 다정하고 애정이 녹아 있는 목소리로 부드럽게 말했다.

"괜찮아요, 괜찮아. 자, 떨지 말고 저를 따라서 천천히 숨을 들이켜 봐요."

그는 작은 어깨를 들썩여 시범까지 해 보이며 시아를 다독였다. 그러나 여전히 시아가 긴장을 풀지 못하고 빳빳하게 서 있자 그는 귀에 거슬릴 정도로 크게 한숨을 쉬었다.

"알아요. 나도 알고 있다고요."

"……네?"

그가 무슨 말을 하는 것인지 이해하지 못한 시아가 반문하자 그는 계속해서 말을 나긋나긋 이어 갔다.

"이렇게 황홀한 용을 가까이서 보니 당신 심장도 힘들겠어요. 꽤나 큰 타격을 받았을 텐데 말이에요."

그가 고개를 설레설레 저으며 심각한 표정으로 말을 이었다.

"심장이 심하게 두근대니 당연히 말도 내뱉기 힘들겠지요. 아주 잘 알고 있어요. 이렇게 잘난 외모를 보니까 당신도 어쩔 수 없는 거겠죠. 괜찮아요. 당연한 일이에요."

"……네?"

시아가 자신의 귀를 의심하며 또 한 번 입을 뻥긋거리자, 히로는 어느새 어울리지 않는 수줍은 미소까지 띠며 계속해서 말을 이었다.

"그 맘 이해해요. 아가씨, 제가 비록 이렇게 고결한 용이긴 하지만 결국은 아가씨랑 똑같은 생명체랍니다. 그러니까 그렇게 긴장할 필요 없어요. 계속 그런 눈빛으로 쳐다보시면 부끄럽잖습니까. 하하."

"뭐라고요?"

시아가 당혹스러운 목소리로 물었다. 그러자 히로 역시 혼란스러운 눈빛으로 시아를 바라보기 시작했다.

"저기, 죄송합니다만…… 혹시 평소에…… 말을 잘 못 알아듣는다든지 아니면 혹시…… 언변에 서툰 부분이라도 있으신지요……."

그의 말투는 더없이 조심스럽고 정중했지만 시아를 발끈하게 만들기엔 충분했다. 그러나 시아가 무어라 대답할 틈도 없이 옆에서 이 모든 광경을 공연이라도 되는 것처럼 흥미롭게 구경하고 있던 쥬드가 웃음을 터뜨렸다.

"푸하하하!"

그가 몸을 앞뒤로 흔들며 웃자, 뒤쪽 창문에서 불어오는 바람이 쥬드의 갈색 머리칼을 흐트러뜨렸다.

"아, 덕분에 좀 웃었네."

시아와 히로의 시선을 한 몸에 받으며 계속해서 웃던 쥬드는 몇 분간의 노력 끝에 마침내 진정했다. 그리고 그는 여전히 적응하지 못하고 멍하니 서 있는 시아에게 고개를 돌렸다.

"네가 이해해. 히로가 원래 성격이 좀……."

그러나 쥬드는 할 말을 미처 다 끝내지 못했다. 히로가 자신감 넘치는 목소리로 쥬드의 말을 가로챘기 때문이다.

"아! 지금 제 소개를 해주시려는 겁니까? 친절하시기도 해라! 하지만 가능하다면 아무쪼록 제 소개는 제가 직접 하고 싶군요. 자기소개는 본인이 직접 하는 것이 더 정확하니까요."

그렇게 말을 끝낸 그는 시아에게 열정적으로 자기소개를 하기 시작했다.

"이미 아시겠지만 제 이름은 히로! 이름부터 딱 저는 영웅이 될 운명이란 것을 알려 주고 있죠. 하하, 저의 특기는 잘생긴 얼굴! 취미는 쥬드 놀리기!"

여기서 쥬드는 살짝 얼굴을 찌푸렸지만 히로는 전혀 개의치 않는다는 듯이 눈을 반짝이며 자기소개를 계속했다.

"혈액형은 ABC형! 종족은 아름답고 신성하기로 소문난 용이자 드래건! 키는…… 아, 키는 말하고 싶지 않군요. 직업은 '수호'하는 것이지요."

"수호?"

히로의 말을 열심히 듣고 있던 시아가 묻자 히로가 자부심 넘치는 눈빛으로 고개를 끄덕였다.

"그래요, 저는 수호하는 역할을 하죠. 레스토랑에서 가장 중요한 귀중품을 이 방에서 수호하고 있습니다."

"이 방은 그냥 텅 빈 곳인데……. 수호할 것이 여기 있나요?"

시아의 물음에 히로는 자랑스럽게 웃으며 대답했다.

"그럼요, 여긴 사육실이잖아요. 여기서 보면 텅 빈 공간처럼 보이지만 사실은 그렇지 않답니다. 저기, 저 방 끝을 잘 살펴보세요."

히로가 가리킨 곳은 방의 가장자리였다. 시아가 그곳을 유심히 보자, 바닥 대신 움푹 파인 공간이 있고 그 아래쪽으로 쭉 이어진 계단이 보였다. 그제야 시아는 왜 가축들의 울음소리가 바닥 아래에서 들려왔는지 알 수 있었다.

"이 방에서 저 계단을 따라 내려가면 가축별로 나눠 놓은 우리가 나옵니다. 한 층, 한 층을 내려갈 때마다 각기 다른 종의 가축들이 있죠. 저는 맨 마지막 층에 머무른답니다. 맨 마지막 층에 제가 수호해야 할 것이 있거든요."

히로는 그의 중대한 역할에 대해 자부심이 넘치는 표정으로 자랑스럽게 설명했다. 설명을 끝내고 자신을 기대하는 듯한 눈빛으로 바라보는 히로의 시선에 시아는 입을 열 수밖에 없었다.

"그렇군요. 반가워요, 저는 시아예요."

"시아 양! 쥬드 군의 친구는 곧 저의 친구이죠. 친하게 지냅시다!"

시아가 얼떨결에 인사하자 히로는 큰 소리로 그녀의 이름을 부르며 악수를 청했다. 새로운 친구를 사귀어 기쁜 듯 히로의 눈동자가 반짝거렸다.

그는 악수를 마친 뒤에도 그가 쥬드와 얼마나 가까운지, 시아를 만나 얼마나 반가운지에 대해 끝없이 종알거렸다. 쥬드가 말리지 않았다면 아마도 그는 한참을 그렇게 떠들었을지도 모른다.

"그만, 그만해. 히로, 나랑 시아는 이제 야곱의 지하실로 가야 한다고."

쥬드가 히로의 말을 자르자 히로는 뾰로통한 표정을 지었으나 이내 다시 해맑은 미소가 그의 얼굴에 차올랐다.

"그래요, 제가 잠시 정신을 잃고 용으로서 보여야 할 위엄을 갖추지 않고 있었군요. 제 무례함을 이해해주시기 바랍니다. 그럼 이제 이것으로 제 자기소개는 마치도록 하죠. 그래도 나름 소개를 잘한 것 같아서 뿌듯하군요. 그럼 자기소개를 이렇게 완벽하게 해낸 저를 위해서 모두 다 같이 기쁜 마음으로 박수를 쳐 볼까요?"

그렇게 말하며 히로는 혼자서 열심히 박수를 치기 시작했다. 용이 짧은 다리로 박수를 치는 것은 나름 우스꽝스러운 광경이었는데 자기 자신에게 그렇게 열정적으로 박수를 치고 있다는 것은 더 기가 막히는 사실이었다.

"자, 그렇게 멀뚱멀뚱 서 있지만 말고! 더 크게!"

히로는 그를 창피하다는 눈으로 쳐다보고 있는 쥬드와 오도카니 서 있는 시아를 부추기며 어서 박수를 치라는 듯 손짓을 해 보였다. 결국, 히로의 묘한 힘에 이끌린 시아와 쥬드는 서로를 마주 보며 민망한 기색을 감추지 못하고 얼떨결에 박수를 쳐 주었다.

짝짝짝짝.

손바닥이 부딪치는 요란한 소리가 텅 빈 방 안을 꽉 채웠다. 참 이상한 용이었다.

야콥의 지하실

쥬드는 히로가 창피했는지, 마담 모리블의 심부름을 핑계로 시아를 데리고 사육실에서 급히 나왔다. 쥬드의 양손에는 마담 모리블의 관리실에서 받아 왔던 시아의 생활용품들이 한가득 들려 있었다.

쥬드는 시아가 그 대신 약 배달을 해주어서인지 아니면 히로 때문에 무안해져서인지 그녀의 물건들을 군말 없이 대신 들고 앞서 걸었다.

"이제 야콥의 지하실로 가자. 따라와."

길에는 자잘한 벚꽃들이 떨어져 마치 분홍색 카펫이 깔린 듯했다. 둘은 한참 동안 계단을 내려갔다. 걷는 내내 시아는 너무 지친 나머지 어서 가서 자고 싶다고 생각했다. 레스토랑에 도착한 지도 한참이 되어 어느덧 새벽 시간이었다. 오늘 하루가 시아에겐 너무나도 길었다.

시아는 앞장서서 걸어가던 쥬드가 갑작스레 걸음을 멈추자, 그의 등에 부딪히기 바로 직전 정신을 차리고 황급히 멈춰 섰다.

"이제 다 왔어. 이 계단만 내려가면 바로 야콥의 지하실이 나오거든."

쥬드의 말에 시아는 그의 옆에 서서 앞을 보고는 깜짝 놀랐다. 음침하고 비좁은 통로에는 다 썩어 가는 낡은 나무 계단이 위태롭게 걸쳐 있었다. 좀 전까지만 해도 에메랄드색 계단 위에 쌓여 있던 벚꽃잎들마저 먼지가 뽀얗게 쌓인 이 누추한 계단들은 피하고 싶었는지, 딱 시아의 발 뒷부분에서 그 흔적이 끊겨 있었다. 마치 전혀 다른 세상을 보는 것 같았다.

"내려가자."

이 모든 것이 익숙하다는 듯 쥬드는 태연하게 중얼거리며 서슴없이 계단 위로 발을 내려놓았다. 시아는 계단의 끝이 궁금해 아래를 내려다보았지만 어두워서 제대로 보이지 않았다. 앞서 몇 걸음 내려가던 쥬드는 시아가 아직도 위에서 머뭇거리고 있는 것을 눈치채고는 고개를 돌려 손을 내밀었다.

"왜? 잡아 줘?"

그러나 시아는 고개를 저었다. 앞으로 시아가 한 달 동안 지내야 하는 곳이라면 혼자 내려갈 줄은 알아야 할 것이라는 생각이 들었다.

시아는 다시 뒤돌아서 내려가기 시작하는 쥬드의 뒤를 조심조심 따라가기 시작했다. 계단은 발이 닿자마자 삐걱삐걱 불쾌한 소리를 내며 심하게 흔들렸다. 게다가 어두워서 제대로 보이지도 않는 상황에 덜컥 겁을 먹은 시아는 계단이 무너지기라도 할까 봐 발꿈치를 들고 조심조심 내려갔다. 반대로 쥬드는 성큼성큼 아래로 내려갔다. 그 때문에 계단이 더 심하게 흔들려 뒤에 있는 시아는 벽을 꽉 붙들어야 했다.

드디어 계단을 다 내려가자 나무가 다 뜯겨 나간 작고 허름한 문이 하나 나왔다. 쥬드가 손으로 문을 툭 치자 약해빠진 문은 끼익 힘겨운 소리를 내며 힘없이 열렸다. 지하실 안은 어두워서 잘 보이지 않았다. 시아는 지하실에서 풍겨오는 지독한 악취에 얼굴을 찌푸렸다. 그 표정을 본 쥬드가 피식 웃으며 문을 더 활짝 열고 지하실 안으로 들어갔다.

"냄새는 시간이 지나면 적응될 거야. 야콥 같은 마녀랑 지내려면 어쩔 수 없어."

그는 특히 야콥이란 단어에 더 힘을 주어, 야콥에 대한 그의 좋지 않은 감정을 강조했다. 시아는 고개를 끄덕이며 조심스럽게 지하실로 들어갔다.

예상대로 지하실은 차갑고, 서늘하고, 어두웠다. 먼지가 쌓인 회색빛 벽과 바닥이 방 안을 포위하고 있었고, 등불이 하나 걸려 있었지만 어두운 방을 밝히기에는 역부족이었다. 시아는 지하실을 둘러보는 데에는 그다지 집중하지 않았다. 그녀에겐 다른 관심거리가 있었다.

시아의 마음을 읽은 건지 쥬드가 작게 속삭였다.

"야콥은 자고 있나 봐. 잠이 많은 마녀거든. 최대한 소리 내지 말고, 깨우지 않도록 노력해. 그 할망구가 일어나면 또 피곤해지니까."

쥬드가 진심으로 하는 말 같아, 시아는 말없이 고개를 끄덕였다. 사실은 시아도 인간의 심장을 먹으라고 권했다는 마녀를 굳이 서둘러 보고 싶진 않았다.

시아는 발꿈치를 들어 소리 없이 쥬드를 따라갔다. 그러나 몇 초 후에 들려온 굵직하고 우렁찬 목소리는 시아의 노력을 물거품으로 만들어 버렸다.

"그렇다면 또 피곤하게 해서 미안하게 됐군, 쥬드!"

갑자기 등 뒤에서 들려온 굵직하고 우렁찬 목소리에 깜짝 놀란 시아가 몸을 움찔거렸다. 목소리가 들린 쪽으로 천천히 돌아선 시아는 목소리의 주인을 보자마자 온몸에 전기라도 통한 듯 그 자리에서 굳어 버렸다.

얼어붙은 시아와 달리 쥬드는 전혀 놀라지 않고 오히려 큰 소리로 투덜거렸다.

"아, 진짜! 제가 이렇게 갑자기 놀라게 하는 거, 하지 말라고 했잖아요!"

그러나 그 우렁찬 목소리의 주인은 쥬드의 말을 순순히 따를 위인이 아니었다. 그는 아무 대꾸도 하지 않고 쥬드를 향해 눈동자를 있는 힘껏 부라리더니, 다시 시아에게로 시선을 옮겼다.

"뭘 그렇게 바보같이 쳐다봐? 마치 머릿속이 텅 비어 있는 멍청한 비둘기 같군. 난 비둘기가 싫어. 바보같이 생겨서는 머리를 앞으로 젖혔다 뒤로 젖혔다 하면서 울어 대잖아."

목소리의 주인은 비둘기의 눈동자와 털이 얼마나 기분 나쁜지도 몇 마디 덧붙여 중얼거렸다. 그러고는 충격을 받고 굳어 있는 시아를 절망스럽다는 듯이 바라보며 외쳤다.

"이제부터 이 멍청한 비둘기 같은 아이와 한 달 동안 살아야 한다니. 운도 더럽게 없군."

시아는 애써 놀란 표정을 감추면서 말을 꺼냈다.

"같이 산다고요? 저랑요? 그럼 당신이 야콥인가요?"

"그럼 내가 야콥이지, 누가 야콥이겠니? 행동하는 것만 그런 게 아니라 머릿속도 멍청하구나."

야콥은 시아 쪽으로 손을 휘휘 저으며 이렇게 멍청하고 한심한 생물은 처음 봤다는 듯이 고개를 절레절레 저었다. 그러나 시아는 야콥에게서 눈을 뗄 수 없었다. 야콥의 키는 열여섯 살밖에 안 된 시아의 키와 똑같았다. 시아의 키는 또래 중에서도 제법 작은 편이었는데 말이다. 게다가 야콥의 얼굴은 키의 절반을 차지하고 있을 정도로 엄청나게 컸다. 솔직히 말해서 시아는 이제껏 이렇게 못생긴 얼굴은 처음 보았다.

언제 감은 건지 가늠이 되지 않는 기름진 검은 머리칼은 거대한 머리 오른편에서 완벽한 가르마로 나뉘어 질끈 묶여 있었다. 눈동자는 화난 원숭이의 눈을 연상시켰고, 그 아래에는 커다랗고 구부정한 코가 솟아 있었다. 소시지처럼 통통한 입술 사이에서는 길쭉한 치아가 반짝이고 있었다. 턱은 절벽의 돌출부처럼 얼굴에서 툭 튀어나와 거슬렸다.

더 놀라운 것은 야콥의 옷차림이었다. 야콥은 자신에게 전혀 어울리지 않는 진한 분홍색 드레스를 입고 있었다. 드레스에는 치렁치렁한 레이스와 커다란 분홍색 리본이 거추장스러울 정도로 많이 달려 있었다. 놀라울 정도로 두꺼운 야콥의 목에는 커다란 진주 목걸이가 걸려 있었고 머리를 장식(그것을 장식이라고 말할 수 있다면)하고 있는 커다란 리본 핀은 정말이지 전혀 어울리지 않았다.

야콥의 파격적인 모습에 한참 동안 정신을 차리지 못한 채 넋놓고 바라보던 시아는 자신을 부르는 야콥의 목소리에 화들짝 놀라 정신을 차렸다.

"시아! 넌 내 지하실에서 사는 동안, 쥬드와 한방을 쓰도록 해라."

야콥이 커다란 목소리로 소리쳤다. 그러자 이번에는 여태 조용했던 쥬드가 나서서 항의했다.

"뭐라고요? 지금 뭘 잊었나 본데, 저는 이미 클 만큼 큰 남자고 얘는 여자……."

"그래서 뭐, 뭐! 남녀가 한방에서 지내는 게 뭐 어때서 그래? 한쪽이 혼자 들떠서 이상한 상상만 하지 않는다면, 아무 일도 일어나지 않을 거야!"

쥬드는 더 따질 기세로 사납게 입을 열었으나 야콥의 마지막 말을 듣고는 당황해서 아무 말도 하지 못했다. 자신의 승리를 확신한 야콥은 흉측한 미소를 지었다.

쥬드는 이 상황이 못마땅했는지 입술을 삐죽이며 자기 방으로 슬그머니 들어가려 했지만, "쥬드! 넌 내 심부름 해야지, 어딜 가는 거냐!" 하고 뒤에서 들려오는 야콥의 불호령에 놀라, 들고 있던 시아의 생활용품들을 그녀에게 넘겨주고는 야콥에게로 쏜살같이 뛰어갔다.

쥬드가 야콥의 심부름을 하기 위해 부리나케 지하실을 떠난 뒤, 시아는 야콥과 단둘이 지하실에 남게 되었다. 쭈뼛쭈뼛 야콥의 눈치를 살피던 시아는 정적을 깨기 위해 질문을 던졌다.

"그런데 제 이름은 어떻게 아셨어요?"

사실 아까부터 궁금했던 것이었다. 야콥은 시아와 처음 만났고 이름도 물어보지 않았는데 이미 시아의 이름과 시아가 야콥의 지하실에서 같이 살 것이라는 사실을 알고 있었기 때문이다.

야콥은 시아의 물음에 대답하지 않고 거대한 이빨을 드러내며 의미심장하게 웃기 시작했다. 아기가 울음을 참는 것처럼 끄윽끄윽 이상한 소리가 났다.

야콥은 질문에 대해 대답은 하지 않은 채, 커다란 분홍색 왕 반지를 낀 통통한 손가락으로 구석에 쌓여 있는 책들 사이의 작은 물체를 쓰다듬었다. 시아는 그 물체를 자세히 들여다봤다. 자그마한 원형의 물체였다. 에메랄드색이 영롱하게 도는 물체의 안에서는 희미한 무언가가 나타날 듯 나타나지 않은 채로, 안개처럼 돌고 있었다.

"수정…… 구슬?"

시아가 설마 하는 마음으로 나지막하게 읊조리자 야콥은 고개를 끄덕였다.

"맞아, 수정 구슬. 난 이걸로 다 볼 수 있어. 내 눈과 귀가 되어 주는 나의 보물 2호야."

"보물 1호는 뭔가요?"

"있지. 하지만 그건 비밀이야."

야콥이 빙긋 웃었다. 그 미소는 마치 불이 엉뚱한 데에 켜진 것처럼 어딘가 이상했다.

"수정 구슬이 정말 존재할 줄은 몰랐어요."

시아는 보물 1호가 뭔지도 궁금했지만, 앞에 있는 매혹적인 물체에 홀려 눈길을 떼지 못했다. 그러다가 무언가 문득 떠올라 고개를 들어 흉측한 야콥을 쳐다보았다.

"수정 구슬이 당신의 눈과 귀가 되어 준다면, 원하는 게 무엇이든 간에 다 보고 들을 수 있겠네요."

시아는 잠시 망설이다가 결심을 굳혔는지 야콥의 눈동자를 똑바로 바라봤다.

"그럼 해돈의 또 다른 치료 약에 대해서도 알고 계시겠네요."

길고 긴 침묵이 흘렀다.

야콥의 얼굴은 돌처럼 굳어 있었다. 그러나 곧 얼굴의 근육들이 점점 느슨해졌고 입가에는 슬며시 미소가 떠올랐다.

"알고 있지, 알고 있고말고."

야콥의 대답에 시아는 갑작스럽게 밀려오는 긴장과 흥분으로 배 속이 긴장되는 것이 느껴졌다.

치료 약만 알아낸다면, 집으로 돌아갈 수 있다. 다시는 끔찍한 해돈을 보지 않아도 된다. 살 수 있다는 생각이 들자 시아는 더욱 다급해진 마음으로, 히죽히죽 웃고 있는 야콥에게 소리쳤다.

“알려 주세요, 제발!”

그러나 야콥은 시아의 간절한 부탁에도 불구하고 그녀를 약 올리기라도 하는 것처럼 웃고만 있었다. 그런 야콥의 반응에 시아의 인내심은 양파 껍질처럼 한 겹, 한 겹 벗겨져 나갔다.

“그렇게 웃지만 말고 좀 알려 주세요!”

시아가 크게 소리를 지르자 야콥은 얼굴을 잔뜩 찌푸렸다. 하지만 입가에는 여전히 웃음기가 남아 있었다.

“너는 비둘기처럼 머리만 나쁜 것이 아니라 예의조차도 없는 계집이로구나! 부탁하는 태도가 그래서야 되겠어?”

야콥이 눈을 있는 힘껏 부라리며 퉁명스럽게 대꾸했다. 안 그래도 험상궂은 눈동자가 더 무섭게 변하자 시아는 마음을 바꿔, 이번에는 제법 공손한 태도로 다시 말을 꺼냈다. 어쨌거나 야콥에게서 치료 약을 알아내려면 그녀의 마음에 들어야 할 테니 말이다.

“죄송해요. 제가 마음이 너무 급한 나머지…….”

“너무 급한 나머지……? 그걸 핑계라고 대는 거냐! 급할수록 천천히 가야 한다는 말도 못 들어 본 모양이구나. 이 멍청한 아이 같으니라고.”

야콥이 자신의 사과를 무례하고 단호하게 무시해 버리자, 시아는 화가 더욱 끓어오르는 것을 느꼈다. 하지만 마음을 추스르며 이성적으로 생각했다. 야콥은 시아에게 수정 구슬로 치료 약이 어디 있는지 보여 줄 생각은 추호도 없는 것 같았고, 시간도 너무 늦은 상황이었다.

"시간이 늦었는데 안 주무실 건가요?"

야콥은 시아의 질문을 듣는 둥 마는 둥 하며 떨떠름한 반응만 보이더니 곧 다시금 씨익 기분 나쁜 미소를 지으며 대답을 했다.

"엉큼한 녀석이군. 수정 구슬은 다루는 방법을 모르면 볼 수 없어. 몰래 엿볼 생각일랑 접는 게 좋을 거다."

자신의 머릿속을 들여다본 듯 정곡을 들추는 말에 시아는 아무 대답도 할 수 없었다. 야콥은 그런 시아를 비아냥거리는 표정으로 훑어보며 계속 떠들었다.

"그리고 요괴는 야행성 동물이야. 해가 지는 시간부터 해가 뜨기 전까지 활동하고, 해가 뜬 아침부터 취침하지."

어쩐지 새벽임에도 불구하고 바깥에는 너무나 많은 요괴들이 돌아다니고 있었다. 시아는 밀려오는 피로를 느끼며 불안한 마음으로 야콥에게 물었다.

"그럼…… 저도 아침까진 깨어 있어야 한다는 말씀인가요?"

시아는 레스토랑에 온 지 불과 몇 시간 만에 많은 일들을 겪었다. 어마어마한 피로가 그녀를 뒤덮고 있었다. 지금 쓰러진다고 해도 이상하지 않을 정도였다.

"……게으른 녀석. 비둘기같이 생긴 게 생각도 비둘기같이 하는구나. 쯧쯧. 뭐, 네가 지금 자고 싶다면 지금 자도 큰 문젠 없다. 넌 어차피 이곳 정식 직원도 아니니까."

야콥은 우람한 팔을 이용해 순식간에 시아를 떠밀며 지하실의 한쪽 벽에 있는 계단을 올라갔다. 그러고는 쥬드의 방문을 열고, 발버둥 치는 시아를 방 안으로 거의 팽개치다시피 들여보냈다.

"뭘 그렇게 파닥여? 귀찮게 하지 말고 빨리 들어가라!"

야콥은 엄청난 힘에 떠밀려 멍하니 서 있는 불쌍한 시아를 보며 무심하게 소리쳤다. 곧 쾅 하고 문이 닫혔다.

베란다를 통해 들어온 나른한 햇살이 뺨을 어루만지는 따뜻한 감촉에 시아는 천천히 눈을 떴다. 너무 강렬하지도, 약하지도 않은 딱 적당한 저녁 햇살이었다. 잠결에 멍하니 눈을 뜬 시아는 차가운 달빛만을 보다가 드디어 따뜻한 햇볕

이 닿자 그것이 반가워 잠에서 깼음에도 불구하고 몸을 움직이지 않았다.

시아는 햇살에 얼굴을 완전히 맡긴 채로 오른손만 올려 눈가를 조심스럽게 더듬었다. 그러나 이내 따끔거리는 통증 때문에 곧바로 손을 내려야 했다. 새벽에 강제로 쥬드의 방 안에 들어온 후, 한참을 울어서 잔뜩 눈이 부은 탓이었다.

새벽녘 시아는 울다가 지쳐 깜박 잠이 들었다. 불안하고 두렵기도 했고 무엇보다 끊임없이 가족들이 생각났다. 인간 세상과 이곳의 시간은 다르다지만 부모님에 대한 죄책감과 걱정, 미안함이 밤새 몰아쳤다.

시아는 레스토랑에 오기 전, 이사 가기 싫다고 투정 부렸던 것을 떠올리고 후회했다. 그날이 가족들의 얼굴을 보는 마지막 날일 수도 있다는 것을 알았더라면 그러지 않았을 텐데. 불과 하루 전이었는데도 지금은 머나먼 옛날처럼 느껴졌다.

시아는 부르튼 아랫입술을 살짝 깨물며 늘어진 몸을 억지로 움직였다. 다시 엄마, 아빠에게 돌아가기 위해서는 여기서 반드시 살아남아야 할 것이다. 시아는 뻣뻣하게 굳은 몸을 뒤틀며 이불을 부스럭거리다가 허리를 꼿꼿하게 세웠다. 그리고 꾸역꾸역 몸을 일으켜 힘겹게 일어섰다. 갑자기 일어난 탓인지 혈액 순환이 되지 않아 머리가 지끈거렸다. 시아는 이마를 짚고 머리가 어느 정도 괜찮아지자 방을 둘러보았다. 새벽에는 너무 지친 나머지 방에 들어오자마자 주변은 보지도 않고 누워 버렸었다.

이제야 제대로 보게 된 쥬드의 방은 작고 허름했지만 나름대로 쾌적하고 아늑했다. 쥬드의 청소 실력이 야콥보다 훨씬 뛰어나다는 것을 한눈에 알 수 있는 방이었다. 마룻바닥은 깨끗했고, 벽에는 나무로 만든 선반 몇 개와 옷장 그리고 작은 시계 하나가 소박하지만 깔끔하게 걸려 있었다.

"으아아……. 흐후흡……."

시아가 방 안을 훑어보던 중, 갑자기 등 뒤에서 이상한 소리가 들려왔다. 소리가 나는 뒤쪽을 돌아보자 방구석에서 쪼그리고 자고 있는 쥬드가 눈에 들어왔다.

"으이잉……. 흐으……."

쥬드는 잠결에 입술을 달싹거리며 신음을 내뱉고 몸을 뒤척이고 있었다. 시아는 그런 쥬드의 얼굴을 저도 모르게 흘겨보았다. 밤새 불안감과 죄책감 때문에 시달리기도 했지만, 선잠을 잔 또 하나의 원인이 쥬드였기 때문이다.

일을 끝내고 아침에 되어서야 잠을 자러 방 안에 들어왔던 쥬드는 들어오자마자, 제 방에서 자고 있는 시아를 보며 "꺅!" 비명을 질렀다. 그리고 그의 비명에 화들짝 놀라 일어난 시아를 억지로 밖으로 끌고 나가려고 했다.

야콥이 시아에게 쥬드의 방에서 자라고 했다는 사실을 시아가 상기시켜 주고 나서야 쥬드는 진정을 하며 투덜투덜 잠을 청했다. 물론 잠든 후에도 그는 끝까지 진상이었다. 잠꼬대인지 진심인지 모를 말을 쉴 새 없이 중얼거렸다.

"시아, 네 이 녀석! 네가 감히 내 방을 빼앗다니! 여긴 나 혼자 쓰는 방이란 말이야. 음냐……."

저녁이 되었음에도 여전한 쥬드의 잠꼬대에 시아는 한숨을 푹 쉬었다. 저렇게 잠버릇이 고약한 방 주인을 보니, 한 달 동안 잠자리가 어떨지 눈에 선했다.

시아는 자고 있는 쥬드를 남겨 둔 채, 마담 모리블에게서 받아 왔던 옷 중 하나를 집어 들고 방 밖으로 나왔다. 새벽까지 여기저기를 헤집고 다녔던 탓에 시아의 옷과 머리카락에선 땀 냄새가 심하게 풍기고 있었다.

시아는 새벽에 지하실을 둘러보던 중 화장실을 보았던 것을 떠올렸다. 계단을 서너 개 내려가자 화장실이 보였다. 지하실의 싸늘한 기운에 어깨를 부르르 떨며 자그마한 칸에

딸린 화장실을 찾아 들어갔다.

화장실은 의외로 잘 관리되어 있었다. 샤워실까지 겸비되어 있었다. 살짝 오래된 감이 있기는 했지만, 샴푸와 보디워시, 심지어는 보디 로션까지 필요한 것들이 화장실 선반 위에 구비되어 있었다. 로션 옆에는 작은 종이 쪼가리가 낙엽처럼 살포시 놓여 있었는데, 그 종이 위의 글씨를 읽자마자 시아는 왜 이렇게 화장실이 깨끗한지 납득할 수 있었다. 종이엔 이렇게 쓰여 있었다.

[야콥, 제발 화장실 좀 깨끗이 써요. 안 그러면 앞으론 화장실 청소 안 해 줄 거야. -쥬드-]

종이 위의 꿈틀거리는 지렁이 글씨를 다 읽은 시아는 자신도 모르게 입꼬리를 올려 미소를 지었다. 화장실 청소가 얼마나 귀찮았으면 야콥이 쥬드의 이 작은 협박 편지에 곧이곧대로 순응한 걸까.

물을 틀어 보니 다행히 온수도 잘 나왔다. 잔뜩 긴장하고 있던 시아의 몸을 따뜻한 물이 서서히 녹여 주었다. 샤워를 마친 후 고리에 걸려 있는 수건으로 몸 위의 물기를 닦아 내자, 땀과 악취에 찌들어 있던 몸은 허물을 한 움큼 벗어 놓은 것처럼 가벼워졌다. 물이 똑똑 떨어지는 젖은 머리카락에선 샴푸의 딸기 향이 은은하게 겉돌았다.

시아는 상쾌해진 기분으로 마담 모리블의 관리실에서 받아 온 새 옷으로 갈아입고 화장실에서 나왔다. 그리고 야곱이 아직도 자고 있는 것에 안도하며, 시아는 그대로 쥬드의 방에 들어갔다. 쥬드는 그새 일어나서 이불을 정리하고 있었다.

"다 씻었으면 정리나 해. 내가 이불 갤 테니까 넌 커튼 젖히고."

시아를 발견한 쥬드가 새침하게 말하며 고개를 돌렸다. 시아는 고개를 끄덕이며 낡아 빠진 커튼을 젖히고 커튼 끈을 허름한 고리에 끼웠다. 커튼 사이로 베란다가 훤히 드러났다. 베란다는 대충 쌓아 놓은 낮은 난간으로 이루어져 있었지만, 뻥 뚫린 시야는 아늑한 베란다의 조건을 충족시키고 있었다.

시아는 다 해진 커튼 사이를 지나서 베란다로 나갔다. 예상외로 바로 눈앞에 레스토랑 정원의 아름다운 풍경이 펼쳐졌다. 뒤에서 이불을 방구석에 차곡차곡 쌓아 놓는 것을 마친 쥬드는 베란다 쪽으로 걸어와, 감탄하고 있는 시아를 보며 거드름을 피웠다.

"어때? 좀 멋지지?"

잘난 체를 하는 쥬드를 보며 시아는 피식 웃음을 터뜨렸다.

"응, 너무 좋다."

시아는 솔직하게 대답했다. 그러자 쥬드는 더더욱 흐뭇해하며 한껏 뿌듯한 미소를 지었다. 시아도 가만히 미소를 지었다. 그제야 시아는 쥬드가 자신에게 갑자기 커튼을 젖히라고 지시했던 저의를 눈치챌 수 있었다.

쥬드의 방은 지하실 바로 위쪽에 있었기에 정원과 높이가 크게 차이가 나지 않았다. 그래서 베란다에 앉아 있기만 해도 실제로 정원에 나와 있는 것 같았다. 알록달록한 꽃들이 시아의 주변을 가득 채운 채 일렁였다. 향긋한 꽃 내음이 섞인 봄바람이 시아의 젖은 머리카락을 헝클어뜨렸다. 시아는 복잡하던 마음속이 뻥 뚫리는 것 같았다.

그때, 정원 바깥에서부터 레스토랑으로 이어진 다리를 건너는 요괴들이 하나둘 눈에 들어왔다.

'레스토랑의 손님들이겠지.'

시아는 요괴들을 보자마자 자신이 이곳에 머무르는 목적을 상기했다. 시아는 여전히 정원에서 눈을 떼지 않은 채 입을 열었다.

"쥬드, 야콥의 수정 구슬 말이야……."

시아가 쥬드의 눈치를 살피며 조심스럽게 말을 이었다.

"어떻게 쓰는지 알고 있어?"

지난 새벽에 야콥의 성화에 못 이겨 더 물어보지 못했지만, 수정 구슬은 시아에게 주어진 유일한 단서였다. 또 다른 치료 약에 대해 알고 있다던 야콥의 미소가 시아의 뇌리를 스쳤다. 시아는 혹시나 하는 기대감이 어린 눈빛으로 쥬드를 돌아보았다.

쥬드는 어깨를 으쓱하며 대답했다.

"내가 그걸 알고 있었다면 진작에 훔쳐봤겠지."

쥬드의 대답에 시아는 실망감을 감추며 태연하게 물었다.

"너도 수정 구슬로 보고 싶은 것이 있어?"

"당연하지."

시아는 다시 시선을 정원으로 돌렸다. 바깥에는 점점 더 많은 요괴들이 쏟아져 들어오고 있었다.

"그걸 알 만한 요괴가 없을까?"

시아가 중얼거리며 지난밤에 만났던 요괴들을 하나하나 떠올려 보았다. 루이, 해돈, 마담 모리블, 밀가루의 방 괴짜 아저씨, 술꾼. 그중에서 수정 구슬을 다룰 줄 아는 요괴가 있을지 감이 잡히지 않았다. 무언가 하나를 빠뜨린 것 같다는 직감이 들었다.

시아는 다시 지난밤의 일을 세세히 되새겼다. 그러자 누군가가 퍼뜩 머릿속에 떠올랐다.

"리디아는 어때?"

시아가 쥬드를 돌아보며 물었다. 쥬드는 그게 무슨 말도 안 되는 소리냐는 표정으로 시아를 마주 보았다.

"!"

시아는 마담 모리블의 관리실에서 리디아에 대해 들었던 것을 정확히 기억했다. 관리실에 쩌렁쩌렁 울렸던 리디아의 날카로운 울음소리가 시아의 신경을 깊숙이 할퀴었던 것이다.

"리디아는 야콥과 똑같이 마녀라며. 그러면 수정 구슬을 다루는 방법에 대해 뭔가 알고 있을 수도 있잖아."

쥬드는 시아의 말을 곱씹는 것인지 생각에 잠긴 표정이었다. 그는 미간을 찌푸리고 무언가에 열중하듯 허공을 노려보더니, 이내 결심한 듯 시아를 바라보았다. 그리고 입을 열었다.

"리디아한테 가 보자."

밝혀진 리디아의 정체

야콥이 여전히 잠들어 있는 사이, 지하실을 빠져나온 시아와 쥬드는 마담 모리블의 관리실 위층을 향해 올라갔다. 어느새 바깥에는 잠에서 깨어나 레스토랑 영업을 준비하는 요괴들이 가득했다. 주홍빛 등불들이 하나둘 켜지고 요리실들에서 연기와 냄새가 피어나기 시작했다.

시아와 쥬드가 리디아를 찾는 것은 그다지 어렵지 않았다. 관리실에 가까워지자마자 위층에서 요란한 울음소리가 귀를 찔렀기 때문이다. 둘은 약속이라도 한 듯, 소리를 따라 서둘러 계단을 올라갔다.

시아와 쥬드가 계단 위 모퉁이를 돌아 비좁게 틀어진 복도 쪽으로 나아가자, 그들을 약 올리기라도 하는 듯 울음소리가 멈추고 복도는 쥐 죽은 듯 고요해졌다. 시아와 쥬드는 근처를 서성이며 기다려 보았지만, 야속하게도 리디아의 울음소리는 좀처럼 들려오지 않았다.

주변을 초조하게 둘러보던 쥬드가 더는 안 되겠다는 듯이 먼저 말을 꺼냈다.

"이러다 지하실에 늦게 가겠어. 야콥이 심부름을 시키려고 할 때 내가 없으면 폭발하고 말 거야."

쥬드가 시아에게 다급하게 다가오며 말했다.

"흩어져서 찾아보자. 여기 복도에 있는 방들이 많지는 않으니까 각각 들어가다 보면 금방 찾을 수 있을 거야."

시아는 쥬드의 말에 동의했고, 둘은 각각 왼쪽과 오른쪽 방들을 맡아 들어가 보기로 했다. 시아는 쥬드가 먼저 방 안으로 들어가는 것을 보고서, 반대쪽에 있는 방의 문을 천천히 열었다.

아직 그렇게 늦지 않은 저녁임에도 불구하고 방 안은 한밤중처럼 어두웠고 공기는 주변에 고드름이라도 주렁주렁 달린 듯이 차가웠다. 갑자기 내려간 온도에 시아는 두 팔로 몸을 감싸며 으슬으슬 떨었다. 그러는 와중에도 열심히 방 안을 살폈지만, 허무하게도 그 안은 텅 비어 있었다. 하다못해 창문 하나 없이 완벽하게 아무것도 없는 방이었다.

"누구 없나요?"

시아가 용기를 내서 큰 소리로 물었다. 그러나 아무 소리도 들려오지 않았다.

실망한 시아는 다시 문 쪽으로 몸을 돌렸다. 그와 동시에 빠른 바람이 시아 옆을 가볍게 스치고 지나갔다. 바람이 피부에 닿자마자 문 쪽으로 뻗어 나가던 시아의 손이 얼어붙었다. 시아는 목각 인형이라도 된 듯이 뻣뻣하게 손을 거두어 제 허리 옆에 붙였다. 심장이 빠르게 뛰기 시작했다.

방 안엔 분명히 창문이 없다. 문도 닫혀 있는 상태 그대로였다. 그렇다면 바람은 어디서 불어온 걸까. 시아의 머리카락이 곤두섰다. 시아가 멈추어 있는 동안에도 바람은 쉬지 않고 그녀 주변을 장난스럽게 맴돌았다. 바람은 시아의 뒤쪽, 옆쪽, 앞쪽에서 순간순간 빠르게 위치를 바꾸며 시아를 괴롭혔다.

"그만!"

시아가 소리쳤다. 그러자 놀랍게도 바람은 순순히 움직임을 멈추었다. 시아는 천천히 문으로부터 몸을 돌려, 뒤쪽을 돌아보았다.

시아 바로 앞에는 조그마한 여자아이 하나가 두 손을 무릎에 모은 채 얌전히 앉아 있었다. 기껏해야 열두 살 정도로밖에 안 보이는 소녀의 뽀얀 피부 위로 빨간 곱슬머리가 굽이쳤다. 한참 동안 운 것처럼 퉁퉁 부어 있는 눈가가 아이가 누구인지 알려 주고 있었다.

"……리디아?"

시아가 허리를 숙여 아이를 마주 보며 이름을 불렀다. 아이는 시아가 제 이름을 부르자 루비처럼 붉은 눈동자를 동그랗게 뜨고 시아를 마주 보았다. 시아는 리디아와 눈을 마주치자마자 아이의 맑은 눈동자에 빨려들었다. 순수한 호기심과 천진난만함이 담긴 눈이 맑은 시선으로 시아를 뚫어져라 쳐다보고 있었다.

"안녕?"

시아가 다정하게 속삭였다. 그러나 리디아는 아무 대답도, 반응도 하지 않았다. 시아가 리디아의 표정을 계속해서 살폈지만 겁을 먹은 건지 아니면 수줍은 건지, 리디아의 표정은 조금도 변하지 않았다.

하는 수 없이 시아가 다시 입을 열었다. 시아는 리디아의 반응을 끌어내기 위해, 이번에는 질문을 던져 보기로 했다.

"여긴 왜 이렇게 어두운 거야?"

시아가 물었다. 다양한 종류의 빛으로 아름답고 환한 레스토랑의 다른 곳들과는 달리, 방 안은 창문 하나 없이 세상과 완전히 차단되어 있었다. 이렇게 어두운데 시아와 리디아가 어떻게 서로를 이리 잘 볼 수 있는지조차 의문일 정도였다.

이번에는 리디아의 조그마한 입술이 달싹이기 시작했다.

"난 어두운 게 좋아."

리디아의 목소리는 맑고 부드러웠다. 리디아는 여전히 시선을 시아에게 고정한 채, 머뭇머뭇 말을 이었다.

"어둠은 다른 시선들을 가려 줘."

어린 아이의 입에서 나온 말이라고는 도무지 믿기 어려웠다. 시아가 조심스럽게 입을 열었다.

"어둠은 네가 싫어하는 것들만 가려 주는 것이 아니야. 네가 보고 싶어 하는 것들까지도 모조리 가려 버려. 그럼 그건 어떡해?"

시아의 말을 들은 리디아는 자그마한 손을 들어 시아를

가리켰다. 정확히 말하자면 시아 뒤쪽을 가리켰다. 시아가 그쪽으로 고개를 돌리자, 반딧불이 몇 마리가 환하게 반짝이며 날아다니는 것이 보였다.

"저 반딧불이들은 평범한 반딧불이가 아니야. 그들은 내가 원하는 걸 찾아내서 그것들을 내가 볼 수 있도록 비추어 줘."

시아는 리디아가 가리키는 반딧불이를 들여다보았다. 방 안에는 시아와 리디아 그리고 반딧불이밖에는 보이지 않았다. 시아는 어두운 방을 드문드문 밝히는 반딧불이의 불빛이 답답했다. 시아는 환한 빛이 새어 나오는 문 쪽으로 고개를 돌렸다. 그때 리디아를 찾고 있을 쥬드가 떠올랐다.

"기다려. 잠깐만 다녀올게."

시아가 리디아에게 말하며 문 쪽으로 발걸음을 뗐다. 쥬드를 불러와야 했다. 그러나 시아가 발을 움직이자마자 리디아가 시아의 소매를 붙잡았다.

"가지 마. 여기서 나랑 놀자."

리디아가 졸랐다. 그러나 시아는 쥬드를 부르는 것이 우선이라고 생각했다.

"잠깐이면 돼."

시아가 고개를 돌려 리디아를 마주 보았다. 리디아는 고개를 푹 숙인 채로 토라져 금방이라도 울음을 터뜨릴 것처럼 커다란 눈동자에 그렁그렁 눈물이 맺히고 있었다. 당황한 시아는 리디아를 달래 보려고 말을 더듬더듬 꺼내려 했지만 리디아는 그런 시아의 마음을 알 리 없었다. 리디아는 시아의 말을 무시하며 홱 고개를 돌렸다.

"결국 언니도 가는 거야?"

리디아의 목소리는 여전히 맑았지만 말투는 좀 전과 달리 다소 뒤틀려 있었다. 시아가 그게 무슨 의미인지 미처 생각할 틈도 없이, 눈 뜨고 보기 힘든 기이한 광경이 곧이어 펼쳐졌다. 아이의 울음소리가 리디아의 얼굴 위에서 나팔처럼 울려 퍼졌다.

놀랍게도 리디아의 표정은 평온하다 못해 싸늘했고, 정체 모를 울음소리만 그 위에서 점점 커졌다. 이상한 점은 그뿐만이 아니었다. 울음소리가 점점 더 날카로워져 시아의 귀가 아파 올 정도로 커지자 리디아의 얼굴이 갑작스럽게 일그러지기 시작했다. 마치 종이가 구겨지듯, 리디아의 얼굴도 망가져 갔다.

울음소리는, 이번에는 순진한 소녀의 웃음소리와 합쳐져 더욱 쩌렁쩌렁하게 시아의 머릿속을 정신없이 울려 댔다.

리디아의 얼굴은 이제 형태를 알기 어려울 정도로 일그러져 있었다. 아름답기만 하던 소녀의 얼굴은 점점 짐승의 얼굴로 변했고 울음소리와 웃음소리가 합창처럼 사방에 울려 퍼졌다. 시아는 참을 수 없는 소음에 귀를 있는 힘껏 틀어막았지만 소용없었다. 소리는 시아의 귀를 통해 들리는 것이 아니었다. 그녀의 머릿속에서 들리는 것이었다.

리디아의 얼굴은 점점 더 흉측해졌다. 뽀얀 피부는 온데간데없고 그 자리를 북슬북슬한 털이 차지했으며 크고 반짝이던 눈은 점점 작아지며 미친 맹수의 것과 같은 사나운 눈으로 변했다. 경악한 시아는 벌어진 입을 다물 줄을 모르고 리디아를 쳐다보았다. 이제 리디아는 더 이상 귀여운 어린아이가 아니었다. 괴물로 변해 있었다.

굶주린 듯 사나운 눈이 시아의 눈동자를 마주 보았다. 충격을 받은 시아는 눈을 어디에 둬야 할지 몰랐다. 리디아의 얼굴은 눈, 코, 입이 모두 일그러져 불규칙하게 자리하고 있었고 까무잡잡한 털에 뒤덮인 온몸은 계속해서 심하게 들썩였다. 겁에 질린 시아가 뒷걸음질 쳤다.

리디아가 화가 섞인 목소리로 말했다.

"가지 마. 나랑 놀아달라고."

괴물이 된 리디아의 목소리는 아까와 변한 것이 없었다. 괴물이 되기 전과 같은 높은 옥타브의 맑은 목소리가, 괴물이 된 리디아 입 밖으로 그대로 새어 나오고 있었다. 그 소름 끼치는 괴리감에 시아는 부들부들 떨리는 몸을 애써 방문 쪽으로 돌렸다. 수정 구슬이고 뭐고 생각할 틈도 없이 당장 이 방을 나가야겠다는 생각뿐이었다. 시아는 서둘러 손을 손잡이 쪽으로 뻗었다.

그러나 안타깝게도 시아의 손길이 손잡이에 닿기도 전에 찬 바람이 일어 그녀의 손을 쳐 냈다. 겁에 질린 시아가 떨리는 손을 다시 손잡이 쪽으로 뻗었지만, 이번에도 역시 리디아가 빠르게 지나가며 시아의 손을 다시 쳐 냈다.

체념한 시아는 다시 문 반대쪽으로 몸을 돌렸다. 그러자 리디아가 한쪽 입꼬리를 올려 장난스러운 미소를 짓고는 입을 열었다.

"못 나가."

시아는 소름이 끼쳤다.

"무, 문 열게 해 줘."

문손잡이를 두 손으로 잡고 거의 매달리다시피 하며, 시아가 간곡히 부탁했다. 그때 시아가 기대고 있는 문 너머로 문을 요란하게 두드리는 소리가 들려왔다.

"뭐야! 이거 왜 안 열려!"

익숙한 목소리가 문밖에서 기적처럼 들려왔다. 갑작스러운 소리에 놀란 리디아 역시 한 걸음 뒤로 물러났다.

문을 누르고 있던 그들이 물러나자, 문은 쾅 하는 소리와 함께 요란하게 열렸다. 어안이 벙벙해진 시아와 리디아의 침묵 속에서, 쥬드가 방 안으로 씩씩하게 걸어 들어왔다. 상황을 모르는 쥬드가 태연한 표정으로 걸어 들어오는 사이, 시아는 리디아의 눈치를 살폈다. 리디아는 어느새 다시 이전의 아이 모습으로 돌아와 쥬드를 바라보고 있었다.

시아는 쥬드를 바라보는 리디아의 귓가가 빨간 것을 알아차렸다. 설마 하는 마음이 고개를 들 때쯤, 쥬드가 시아를 바라보며 투덜거렸다.

"야, 리디아를 찾았으면 나를 불러야지. 괜히 다른 데 다 뒤지고 다녔잖아."

자신이 들어오기 전의 정황을 까맣게 모르는 쥬드는 리디아를 돌아보며 뻔뻔하게 말했다.

"안녕, 리디아. 물어볼 것이 있어서 찾아왔어. 야콥이 가지고 있는 수정 구슬을 어떻게 다룰 수 있는지 네가 아나 해서."

시아는 리디아를 조심스럽게 바라보았다. 한눈에 보아도 리디아는 티가 날 정도로 쥬드에게 호감이 있는 듯했다. 잘하면 그의 바람을 들어줄지도 모른다는 희망이 피어났다.

쥬드를 가만히 바라보고 있던 리디아가 입을 열었다.

"알아, 알려줄 수 있어."

리디아의 대답에 시아와 쥬드의 얼굴에 화색이 돌았다. 그러나 이어지는 말은 쥬드가 짜증을 부리게 만들었다.

"하지만 나한테 방법을 듣고 싶으면, 오빠랑 언니가 나랑 놀아 줘야 해."

시아는 쥬드가 포기하고 지하실에 갈 거라고 예상했지만 쥬드는 투덜거리면서도 리디아의 요구를 받아들였다. 리디아가 원하는 대로 해적 놀이를 시작하는 그를 보며, 시아는 그가 수정 구슬로 무엇을 보고 싶어 하는 것인지 궁금해졌다. 그때 쥬드가 시아에게 얼른 거들지 않고 뭐 하냐는 눈빛을 보냈다.

시아는 어느새 그들의 해적 놀이에 동참하게 되었다. 셋은 돌아가며 각각 선장과 선원과 포로를 맡았다. 그들은 열심히 배를 타고 항해하고 보물을 찾는 시늉을 했다.

그렇게 한참을 기다렸지만, 리디아는 시아와 쥬드에게 수정 구슬을 다루는 방법에 대해 알려 줄 기색조차 비치지 않았다. 결국 참다못한 쥬드가 모자 대신 쓰고 있던 냄비를 벗어 던지며 리디아에게 소리쳤다.

"너 솔직히 말해! 너도 모르지? 심심하니까 우리를 속인 거 아냐?"

시아는 쥬드의 윽박에 리디아가 또 괴물로 변해 버리는 것은 아닌지 조마조마한 마음으로 리디아를 바라보았다. 다행스럽게도 리디아는 자신이 좋아하는 쥬드 앞에서는 변할 생각이 없어 보였다. 대신 리디아는 화를 내는 쥬드를 바라보며 울먹였다.

"그래도 재미있었잖아. 나랑 조금만 더 놀다가 가 줘. 오빠랑 언니가 가면 난 심심하다고."

리디아의 말을 들으며 시아는 머릿속이 아득해지는 것을 느꼈다. 여태 보낸 시간들이 허무하게 느껴졌다. 쥬드가 흥분해서 침까지 튀기며 소리쳤다.

"뭐? 진짜 모르는 거야? 세상에……. 더는 안 돼! 난 야콥의 심부름을 해야 해서 노닥거릴 시간이 없다고."

화가 난 쥬드가 시아를 이끌고 방 밖으로 거칠게 나갔다. 시아 역시 한가로운 처지가 아니었기에 서둘러 쥬드를 따라 복도를 걸었다.

리디아는 끈질기게 그들을 바람 같은 속도로 좇아오면서 가지 말라고, 심심하다고 떼를 썼다. 시아와 쥬드가 아무리 설득을 하고 화를 내 보아도 리디아는 울며불며 가지 않았다. 지하실까지 따라올 기세인 리디아를 떼어 놓기 위해, 쥬드와 시아는 리디아가 원하는 대로 해적 놀이를 재개해야 했다.

"이번엔 네가 포로를 맡아."

선장을 맡은 쥬드가 리디아를 청소함 안으로 들여보내며 말했다. 시아는 자신이 왜 이런 놀이로 시간을 허비하고 있어야 하는지 한탄하며, 칼 대신 빗자루를 든 채 쥬드와 리디아를 바라보았다.

쥬드는 이번에는 더 확실하게 놀이를 해야겠다며, 마냥 신이 나 있는 리디아의 온몸을 밧줄로 묶었다. 번데기가 되어 있는 리디아를 바라보며 쥬드가 소리쳤다.

"됐어!"

쥬드가 고개를 홱 돌리며 시아를 바라보았다. 시아를 강력하게 쏘아보는 눈빛에서, 시아는 그가 무언가 이상한 꿍꿍이를 꾸몄다는 것을 눈치챘다. 그리고 시아가 무어라 말을 꺼내기도 전에 쥬드가 별안간 소리쳤다.

"그만 가자!"

쥬드의 말뜻을 알아차린 리디아가 화가 섞인 비명을 질렀다. 시아가 당혹감에 움직이지 않자, 쥬드는 별거 아니라는 듯 어깨를 으쓱였다.

"걱정하지 마. 곧 있으면 에그 타임이야. 그때마다 모험심 강한 달걀 몇몇이 꼭 요리실이 아닌 다른 방으로 몰래 들어가거든. 그중 몇 개가 이 창고에 와서 리디아를 발견할 거야. 아무튼 빨리 와. 늦겠다."

시아는 어떻게 그 작은 달걀들이 저토록 두꺼운 밧줄을 풀어 줄 수 있을지가 의문이었지만, 이곳 달걀들에게는 밧줄을 풀 수 있는 팔이 달려 있다는 것을 떠올리고 고개를 끄덕였다. 리디아에게 미안하기는 하지만 언제까지나 아이의 고집을 들어주느라 시간을 허비할 수는 없는 노릇이었다. 시아는 리디아를 풀어 줄 달걀들을 생각하며, 죄책감을 묻은 채 쥬드와 창고를 빠져나갔다.

그들은 리디아의 분노 섞인 비명을 뒤로하고, 복도의 커다란 창문을 통해 비치는 달빛을 받으며 야콥의 지하실로 뛰어갔다.

수정 구슬의 비밀

"거기 서!"

지하실로 들어서자마자 야콥의 쩌렁쩌렁한 고함이 시아와 쥬드를 멈춰 세웠다.

고개를 돌리자 야콥이 책들 사이에 파묻힌 채로 얼굴을 붉으락푸르락 물들이며 그들을 노려보고 있었다. 시아와 쥬드는 야콥의 분노에 압도되어 그 자리에서 얼어붙었다.

"비둘기 같은 자식들, 감히 땡땡이를 쳐? 배달이 얼마나 밀렸는지 알아!"

야콥의 우렁찬 호통이 시아와 쥬드의 귓가를 찔러 댔다.

시아는 결국 사실대로 이야기를 털어놓기로 했다.

"수정 구슬을 다루는 방법에 대해 알아보려고 했었어요."

야콥은 이미 알고 있었다는 듯이 아무런 반응도 보이지 않았다. 시아는 그제야 야콥의 앞에 놓여 있는 수정 구슬을 보고 마녀가 자신들의 행동을 이미 보고 있었다는 사실을 눈치챘다. 야콥은 콧방귀를 끼며 조금 가라앉은 목소리로 거칠게 중얼거렸다.

"세상에는 수정 구슬로도 볼 수 없는 것들이 있어. 다른 치료 약에 대한 것도 그중 하나야. 만약 찾을 수 있었다면, 너를 이곳으로 부르지도 않았을 것이다."

시아는 야콥의 말을 들으며, 심장이 침몰하는 배처럼 가라앉는 것을 느꼈다. 실망감이 번졌다. 시아는 수정 구슬이 치료 약을 찾기 위한 유일한 실마리라고 생각했다. 험상궂게 굳어 있는 야콥의 표정을 보니 거짓말을 하는 것 같지는 않았다.

시아가 야콥에게 전에 치료 약에 대해 알고 있다고 이야기한 것은 무슨 말이었는지 물어보려고 입을 여는 순간, 야콥이 시아에게 눈을 크게 뜨며 쏘아붙였다.

"애먼 데 시간 낭비하지 말고, 다른 방법을 알아보는 게 좋을 거다. 너에게는 시간이 귀중할 테니까."

그 말을 끝으로 야콥은 배달해야 할 약들이 잔뜩이라며 쥬드에게 약들을 던져 주고 그를 밖으로 쫓아냈다.

시아는 할 일이 없었기에, 쥬드를 따라 지하실을 나와 주홍빛 등불과 반딧불이들의 불빛으로 영롱하게 빛나는 에메랄드색 계단들을 오르락내리락했다. 벚꽃잎들은 그들을 반갑게 맞이하며 밤하늘을 분홍빛으로 물들였다. 하지만 사이좋게 나란히 걸어가는 둘의 기분은 그리 좋지 않았다. 둘은 몇 시간 동안 리디아에게 쫓기며 강제로 놀이를 하는 바람에 아직 하루를 제대로 시작하지 않았음에도 이미 온몸이 지쳐 있었고, 기대했던 수정 구슬도 수확이 없어 가슴이 허망했다.

침울한 분위기 가운데, 쥬드가 먼저 툴툴대는 목소리로 우울한 침묵을 깼다.

"아아, 귀 아파 죽겠네."

그렇게 쥬드는 야콥의 호통에 대해 한참을 구시렁거리더니 후우, 김빠지게 한숨을 쉬며 주머니에 손을 푹 찔러 넣었다. 그러나 그것도 잠시, 그는 주머니 안에 송곳이라도 있는 것처럼 재빨리 주머니에서 손을 뺐다.

"왜? 무슨 일이야?"

시아가 묻자 그는 다시 주머니 안으로 손을 집어넣어 뒤적이더니 무언가를 움켜쥔 채 손을 빼냈다.

쥬드가 움켜쥔 손을 펴자 그의 손바닥 위에서 작은 불빛을 충실하게 반짝이고 있는 반딧불이 한 마리가 시아의 눈에 들어왔다. 쥬드가 어깨를 으쓱였다.

"아까 리디아의 반딧불이를 하나 가져와 봤어."

쥬드가 장난스럽게 씨익 웃으며 반딧불이를 다시 주머니에 집어넣었다.

"뭐, 나중에 필요할 수도 있잖아! 갖고 놀 수도 있고."

허튼짓 말고 반딧불이를 풀어 주라는 듯한 시아의 눈빛에 쥬드가 해명하듯 소리쳤다. 시아는 쥬드를 보며 눈동자를 반 바퀴 굴렸다. 그러다 얼마 뒤 다시 입을 열었다.

"쥬드, 너는 수정 구슬로 뭘 보고 싶었어?"

쥬드가 리디아의 끝없는 놀이에 순순히 함께할 때부터 궁금했던 것이었다. 그가 그렇게 해서까지 알아내고 싶은 것이 무엇일까.

쥬드가 망설임 없이 대답했다.

"강해지는 방법을 찾고 싶어."

시아는 예상하지 못한 대답에 쥬드를 바라보았다. 그는 충분히 건강해 보였다. 시아는 그게 무슨 의미냐고 묻고 싶었지만, 함부로 물어서는 안 되는 질문 같아 입을 다물었다. 어색한 침묵이 흘렀다.

시아는 분위기를 전환하기 위해 머릿속으로 다른 화제를 찾았다. 그러나 시아가 무어라 말을 꺼낼 필요도 없이, 시아의 배 속에서 침묵을 깨는 신호가 들려왔다. 시아가 슬그머니 쥬드의 눈치를 살피자, 그가 능청스러운 웃음을 지으며 시아를 바라보았다.

"너 배고프구나?"

쥬드의 물음에 시아는 순순히 고개를 끄덕일 수밖에 없었다. 지난밤, 레스토랑에 온 이후로 많은 일들을 겪었지만 한 끼도 해결하지 못한 상태였다. 시아의 상태를 눈치챈 쥬드가 위쪽의 왼편 계단을 가리켰다.

"나만의 맛집이긴 한데 특별히 알려 줄게. 차의 방에 가 봐."

"차의 방?"

"그래, 나는 원래 야콥이 주는 것만 먹지만 가끔 특별한 게 필요할 땐 거기 가서 먹어."

시아의 표정을 읽은 쥬드가 시아의 어깨를 툭툭 두드리며 덧붙였다.

"걱정하지 마. 거기는 요괴 음식뿐 아니라 인간 음식까지 있어. 요리 종류가 다양하거든."

이야기를 들은 시아는 배달 가는 쥬드와 헤어져 그가 알려 준 방향으로 계단을 올라갔다. 시아가 복잡하게 얽히고 꼬인 길들을 바라보며 쥬드가 알려 준 길을 상기하고 있을 때, 발밑에서 목소리가 들려왔다.

"저기, 좀 비켜 줄래?"

시아는 갑작스러운 목소리에 놀라서 하마터면 그 물체를 걷어찰 뻔했다.

"아야야! 이런, 주의하라고. 하마터면 나를 밟을 뻔했잖아. 내 안에는 예쁜 노른자가 있으니까 조심해야 해!"

시아가 목소리가 나는 쪽으로 고개를 숙였다. 주홍빛 등불 아래 희미하게 보이는 것은 놀랍게도 달걀이었다. 그 자그마한 달걀은 어젯밤 밀가루의 방에서 봤던 것처럼 눈, 코, 입과 팔다리가 오밀조밀 달려 있었고, 동그란 눈동자로 시아를 새침하게 노려보고 있었다.

"아, 미안해."

시아는 서둘러 달걀에게 사과했다.

시아가 서 있는 복도에는 점점 더 많은 달걀들이 굴러다니기 시작했다. 쥬드의 말대로 오늘의 '에그 타임'이 시작되고 있는 것 같았다. 시아는 달걀들이 곧 리디아를 풀어 줄 거라는 생각이 들어 안심했다. 그리고 이 신기한 생명체들이 자신의 발에 밟히는 일이 없도록 벽 쪽으로 조심히 걸어가서 최대한 벽에 붙은 채 가만히 서 있었다.

머지않아 온 바닥은 발 디딜 틈도 없이 열정적으로 굴러가는 달걀들로 꽉 차 버렸다. 굴러가는 달걀들이 어찌나 많은지, 마치 야생 동물 무리의 대이동을 보는 것 같았다.

시아는 문득 혹시나 하는 마음이 들어 달걀들에게 질문을 던져 보았다.

"혹시 차의 방이 어디 있는지 아나요?"

시아는 복도 맨 끝에 있는 달걀들까지도 들을 수 있을 정도로 크게 외쳤다. 그러자 복도 여기저기에서 그에 대한 답변으로, 달걀들의 잘난 체 가득한 코웃음 소리가 들려왔다.

"당연하지! 우리들이 필요한 요리실로 최대한 신속하게 찾아가려면, 모든 요리실의 위치를 다 알고 있어야 한다고!"

시아가 기쁜 마음으로 질문을 재차 하려고 입을 열었을 때, 크게 소리치는 목소리가 들려왔다.

"거긴 우리가 가는 방인걸! 게다가 바로 옆방이야!"

시아는 목소리가 들려오는 쪽으로 고개를 돌렸다. 두어 걸음도 떨어지지 않은 곳에서, 흥분한 달걀들이 시아에게 손을 휘휘 저어 보이며 방문을 두드리고 있었다.

시아는 달걀들을 밟지 않기 위해 발꿈치를 들고 그곳으로 조심스럽게 걸어갔다. 그리고 문 앞에 바글바글 모여 있는 달걀들과 함께 차의 방 문을 열고 들어갔다.

문을 열자마자 달콤한 음식 냄새가 그녀의 코를 부드럽게 감쌌다. 방은 연한 상아색 바탕에 작은 연분홍 꽃무늬를 은은하게 수놓은 벽지로 둘러싸여 있었고, 정면에 있는 벽 아래에서는 난롯불이 따뜻하게 타오르고 있었다. 방 안에서 풍겨 오는 안락한 분위기 하나만으로도 시아의 몸은 푸근하게 녹아내리는 것 같았다. 게다가 방 한가운데에 있는 기다란 직사각형 탁자 위에는 먹음직스러운 음식들이 가득했다.

시아는 그 음식들에 홀린 듯이 걸어갔다. 크림색 식탁보 위에는 달걀들이 접시들을 피해 모여 툭탁툭탁 싸우고 있었다. 시아는 식탁을 채운 음식들로부터 눈을 떼지 않았다.

"아아, 오랜만에 손님이 왔구나."

시아의 등 뒤에서, 노래하는 듯한 소프라노 목소리가 유쾌하게 흘러나왔다. 방 안에는 달걀들과 자신뿐인 줄만 알았던 시아는 깜짝 놀라 몸을 돌렸다. 눈 앞에는 괴상해 보이는 아주머니 두 명이 시아를 마주 보고 서 있었다.

한 명은 키가 크고 삐쩍 마른 체형이었는데 불규칙하게 꼬부라진 머리카락은 보라색이었고 잔머리가 이마 위로 내려와 있었다. 그녀는 눈꼬리를 유연하게 휘어 푸근한 눈웃음을 지었다. 마음씨 좋은 이웃 아주머니 같은 인상이었다.

만약 이렇게 생긴 이웃 아주머니가 있다면, 아마도 동네 아이들은 모두 달아날 것이라는 생각이 들었다. 왜냐하면 아주머니의 목이 있어야 할 자리에는 이십 센티미터 정도의 기다란 파이프가 자리 잡고 있었기 때문이다. 시아가 눈을 껌벅이며 몇 차례나 바라보았지만 그건 분명 파이프였다. 게다가 아주머니의 외모에서 특이한 것은 그녀의 목을 대체한 파이프뿐이 아니었다.

곱슬곱슬한 보라색 머리와 짙은 눈 화장 속에 숨은(속눈썹이 손가락만큼이나 길었다.) 검은색 눈동자는 묘한 느낌을 주었고, 옷차림 역시 특이했다. 검은 망사로 이루어진 소매와 잎

사귀 같은 초록빛 천으로 이루어진 부인의 드레스는 화려했고 신비스러운 분위기를 자아냈다.

시아는 흥분한 마음을 진정시키며 파이프 목을 소유한 아주머니의 옆에 서 있는 또 다른 아주머니를 살펴보았다. 그 옆의 아주머니는 파이프 부인보다는 평범하게 보였다. 목 대신 파이프가 있는 삐쩍 마르고 기다란 아주머니와는 달리, 이 아주머니는 짧고 통통한 몸매를 소유하고 있었다. 그녀는 연분홍색 샤워 가운을 자신의 둥글둥글한 몸에 두르고 있었고, 금방 샤워를 끝낸 듯 축축한 금발은 여러 개의 파마롤로 돌돌 말려 있었다. 눈매가 올라가 있는 다소 깐깐한 인상이어서 시아는 그녀가 다른 버전의 마담 모리블 같다고 생각했다.

두 아주머니들에 대해서 빠르게 파악한 시아는 인사라도 하기 위해 입을 열었지만 아무 말도 나오지 않았다. 파이프 부인이 진한 화장을 한 얼굴로 푸근한 미소를 지으며 먼저 말을 꺼냈다.

"네가 소문으로만 듣던 그 인간이구나. 그렇지? 거울처럼 투명한 눈빛이 나에게 알려 주고 있어. 너는 이곳 사람이 아니라는 것을……."

솜사탕처럼 달콤한, 높은 옥타브의 목소리가 파이프 안에서부터 잔잔하게 울려 퍼져 입 밖으로 부드럽게 흘러나왔다. 마치 성악가의 노랫소리를 듣는 것 같았다. 시아가 대답하는 것도 잊은 채 신비한 목소리에 넋을 잃고 아주머니를 쳐다보자, 마음씨 좋아 보이는 부인은 유쾌한 미소를 지으며 더더욱 흥얼거렸다.

"아아, 호기심 가득한 그 깨끗한 눈빛이 너무나도 귀엽구나. 그래, 요괴한테서는 그런 눈빛을 찾아볼 수 없지. 암, 그렇고말고. 우리는 태어나서 첫 숨을 내뱉는 순간부터 이보다도 더 기괴한 현상들을 보고 자라나니까."

아침 안개를 흐트러뜨리는 꾀꼬리 같은 목소리였다. 부인의 목소리는 기다란 파이프 안에서 마치 악기를 연주하듯 아름다운 고음으로 울려 퍼지며 시아의 귀를 감쌌다.

"그러나 겨우 이 정도로 놀라면 안 되지. 왜냐하면 이 세상에는 더욱더 놀랍고, 더욱더 잔혹한 것들이 전쟁터의 시체처럼 깔리고 깔렸으니까. 사소한 것 하나하나에 놀라면, 너도 결국 그 널린 시체들 중 하나가 되어 차갑게 썩어 가겠지."

아름다운 음색이었지만 내용은 그렇지 않았다. 파이프 아주머니가 시아의 넋을 완전히 빼 놓는 노래를 부르는 동안,

그 옆에 있던 똥똥한 아주머니는 찻잔을 꺼내 주전자의 따뜻한 차를 쪼르르 따르기 시작했다. 그리고 근처에서 티격태격하는 달걀들을 손으로 치우며 오밀조밀 귀여운 포크와 숟가락, 접시를 꺼내 놓았다.

"그러니 아이야, 어서 이리로 와 우리와 함께 수다를 떨자. 수다를 떨면, 너의 머릿속은 유익한 정보들과 사고력으로 더 풍부해지고……."

파이프 아주머니가 계속해서 노래를 흥얼거리는 동안, 똥똥한 아주머니는 알록달록한 쿠션이 깔린 의자 하나를 빼내 시아를 앉혔다.

"음식을 갈구하던 입 속은 즐거워지고, 허기진 배 속은 나의 맛깔나는 음식들로 꽉 차 버릴 테니까."

파이프 아주머니가 미소를 지으며 딸기 크림으로 풍성한 케이크 한 조각을 시아의 접시에 올려 주었다.

"무거운 짐들은 뒤쪽으로 잠시 물려 놓고, 잠깐의 여유를 즐기며 이 끔찍한 세상에서 단 한 번 정도는 즐거운 추억을 쌓도록 노력해 보렴."

똥똥한 아주머니가 시아의 손에 포크를 쥐여 주었고, 파이프 아주머니의 노래는 계속됐다.

"나의 파이프는 내가 이 참혹한 성에 막 들어온 신입일 때, 멋모르고 방심하다 잘려 나간 내 목을 대체한 용품이자 나의 악기이지. 그러니 이제부터 내 노래에 귀를 기울이렴. 혹시 모르잖아. 이 파이프에서 너에게 결정적인 단서가 주어질지."

쉴 틈도 없이 바로 아주머니들의 자기소개가 이어졌다. 파이프 아주머니가 미소 지었다.

"나는 떠들이 아주머니이고."

다음으론 뚱뚱한 아주머니가 처음으로 입을 열었다.

"나는 법석이 아주머니란다."

찰떡궁합이 되어 시아를 그녀들의 다과회에 끌어들이는 데에 성공한 떠들, 법석 아주머니들이 이번에는 동시에 입을 열었다.

"차의 방에 온 것을 환영한단다."

차의 방

떠들, 법석 아주머니들의 손에 이끌려 그들의 다과회에 참석한 시아는 자신의 아래에 넓게 깔려 있는 크림색 식탁보를 얼떨결에 내려다보았다. 시아는 식탁보 위를 꽉 채운 음식들을 보며 저절로 침을 삼켰다.

부드러운 딸기 크림이 풍성하게 뒤덮인 케이크, 레몬즙이 끼얹어진 구운 토마토를 곁들인 신선한 닭고기 샐러드, 한 입 베어 물면 그 안에 두껍게 들어 있는 사과 필링이 입 안 가득 터져 나올 것 같은 따끈따끈한 파이, 보기만 해도 탐스러운 반짝이는 푸딩, 고소한 버터 향과 살구 잼 향이 은은하게 퍼지는 바삭바삭한 과자들 그리고 마지막으로 오밀조밀한 찻잔 속 모락모락 김이 피어오르는 따뜻한 차 한 잔.

보기만 해도 입 안 가득 침이 고이는 만찬이었다.

"자, 식기 전에 어서 먹으렴. 어서."

시아의 마음을 읽기라도 한 듯, 분홍색 샤워 가운을 왼손으로 꼭 여미며 오른손으로는 찻잔에 설탕을 넣어 휘휘 젓고 있던 법석이 아주머니가 시선은 차에 고정한 채로 재촉했다. 그녀는 파이프를 가지고 있는 떠들이 아주머니와는 달리, 다소 낮은 음의 건조한 목소리를 가지고 있었다.

어느새 포크를 쥐고 있던 시아의 손이 본능적으로 움직였다. 그리고 접시 위에 얹어진 딸기 케이크 조각을 포크로 자르려는 순간, 몽롱해졌던 시아의 머릿속이 찌릿한 전율을 일으키며 잊고 있던 사실에 대한 경고를 했다. 동시에 시아의 손이 움찔 멈추었다.

시아가 자신들의 요리를 맛본다는 사실에 한껏 들떠 있던 떠들, 법석 아주머니들이 갑자기 동작을 멈춘 시아에게 무슨 일이냐는 듯 시선을 보내자 시아가 포크를 내려놓으며 입을 열었다.

"저기……."

떠들, 법석 아주머니들의 기대를 저버리고 싶지 않아서 시아가 조심스럽게 말을 이었다.

"인간은 요괴 음식을 먹으면 심장이 썩는다고……."

시아가 말끝을 흐리며 떠들, 법석 아주머니들의 표정을 살피자, 놀랍게도 아주머니들은 시아가 무슨 재미난 농담이라도 한 것처럼 웃음을 터뜨렸다. 예상치 못한 반응이었지만 시아는 참을성 있게 아주머니들의 웃음소리가 그칠 때까지 기다렸다.

마침내 떠들이 아주머니가 소프라노로 성악을 하듯 파이프 안에서 제 목소리를 울렸다.

"아아, 아이야. 걱정하지 말렴. 네가 이곳에서 한 달 동안 머무르게 됐다는 소식을 듣고, 널 맞이하기 위해 인간들의 음식들을 요리했지. 가끔 이색적인 요리를 찾는 요괴들이 있어서, 이따금 인간들의 음식들을 만들기도 하거든. 게다가 요괴들의 차는 너희의 것과 다를 바가 없어서 마셔도 돼."

떠들이 아주머니의 말에 안심한 시아는 더는 지체하지 않고 바로 그 탐스러운 음식들을 향해 달려들었다. 토끼 굴을 통해 이곳에 도착한 이후, 지금까지 이틀 동안 아무것도 먹지 않고 파란만장한 모험을 버틴 그녀였다. 음식 신호를 느낀 시아의 배 속은 더 많은 것들을 들여보낼 것을 요구했고, 포크를 쥔 그녀의 손은 충실히 그 요구에 따랐다.

떠들, 벙석 아주머니들은 이를 흐뭇하게 지켜보았다.

"어떠니, 아가? 정말 맛있지?"

시아가 고개를 끄덕이며 서둘러 케이크를 더 잘라 먹자, 아주머니들은 흡족한 미소를 지었다. 식사에 빠져 있던 시아는 자신이 인사도 깜빡하고 먹고 있었다는 사실을 깨달았다. 시아가 입 안의 음식들을 삼키고 멋쩍은 미소를 지으며 말했다.

"정말 맛있어요. 감사합니다."

"호호. 그렇게 말해주니 고맙구나. 네가 여기 왔다고 들은 뒤부터, 널 맞이하기 위해 인간들의 음식을 요리하며 얼마나 고생했는지 몰라."

떠들이 아주머니가 읊조리며 노랫소리 같은 가느다란 웃음소리를 흘렸다. 시아가 신기하다는 듯이 말했다.

"그런데 어떻게…… 그런 파이프를 갖게 되신 거죠?"

시아가 떠들이 아주머니의 파이프를 보며 물었다.

"아, 제 말은 파이프가 이상하단 건 아니고, 그냥 신기해서……. 인간 세상엔 이런 게 거의 없거든요."

시아는 떠들이 아주머니가 제 말을 듣고 기분이 언짢을까 봐 서둘러 횡설수설 변명을 덧붙였다. 그러나 털털한 성격의 소유자인 떠들이 아주머니는 오히려 더욱 유쾌하게 웃을 뿐이었다.

"아아, 나도 원래는 정상적인 목을 가지고 있었지. 그런데 아까 말했다시피, 내가 이 성에 막 들어온 신입일 때 목이 잘려 나갔지."

떠들이 아주머니가 놀랍도록 차분한 표정으로 차를 한 입 홀짝이고는 웃으며 말을 이었다.

"그래서 야콥이 치료해 준 거란다. 알다시피 야콥은 이곳 최고의 마녀거든. 그녀가 내 잘려 나간 목을 이 파이프로 대체해 줬지."

"야콥이 그 파이프를 넣어 준 거라고요?"

시아가 믿을 수 없다는 듯이 묻자 떠들이 아주머니가 화장으로 반짝이는 눈매를 유연하게 휘며 눈웃음을 지었다.

"아, 맞다. 내가 소문을 잠시 잊고 있었구나. 네가 야콥의 지하실에서 살게 됐다고 했었지, 아마? 으음, 네 심정이 충분히 이해가 가는구나. 하필이면 그런 요란한 할망구와 같이 살게 되다니……. 그렇지, 야콥, 그 빌어먹을 마녀가 누굴 치료해 줄 만한 성격은 아니지."

시아가 격하게 동의하며 고개를 끄덕이자 떠들이 아주머니가 미소를 지었다.

"그래, 그래도 이왕 이렇게 된 거 적응하고 살도록 하렴. 야콥이 성질머리는 더러워도 의외로 괜찮은 면도 있단다."

"예를 들면요?"

야콥한테 '괜찮은 면'이 있다는 게 도저히 이해가 되지 않은 시아가 참지 못하고 묻자 이번에는 법석이 아주머니가 대답했다.

"예를 들면 쥬드가 있지."

"네? 쥬드요?"

시아가 눈을 깜박이며 물었다. 법석이 아주머니가 푸딩을 떠먹으며 고개를 끄덕였다.

"그래, 쥬드. 쥬드가 이곳에 처음 왔을 때, 아무도 그를 고용하려고 하지 않았지. 쥬드는 다른 요괴들에 비해 너무나 평범했거든. 힘이 세지도, 팔이나 다리가 세 개 이상으로 많지도, 딱히 요리나 집안일을 잘하지도 않았으니까. 그 아이가 가진 거라곤 오직 머리 위의 두 뿔밖엔 없었어."

법석이 아주머니가 말을 멈추고는 잠시 숨을 고르며 주

전자의 차를 찻잔에 더 부었다. 이 틈을 놓치지 않은 떠들이 아주머니가 재빨리 말을 이었다.

"그래서 이 레스토랑의 영업주이신 해돈 님께서는 쥬드를 고용하지 않으려고 하셨지. 그런데 그때, 야콥이 나선 거야."

이번에는 떠들이 아주머니가 잠시 말을 멈추며 파이를 한 입 잘라 먹었고 법석이 아주머니가 그다음 말을 계속했다.

"야콥은 자신이 쥬드를 데리고 있겠다며 해돈 님께 쥬드를 고용해 달라고 부탁했지. 사실 야콥에겐 쥬드가 필요 없었는데도 말이야. 야콥은 마음만 먹으면 쥬드보다 더 발 빠르고 실력 있는 약 배달부를 고용할 수 있었는데도 굳이 쥬드를 고집해서 결국은 그를 고용했지."

법석이 아주머니가 이야기를 마치고는 제 입술에 묻은 케이크 가루를 냅킨으로 점잖게 훔쳐 냈다. 이어서 떠들이 아주머니의 부연 설명이 계속됐다.

"야콥이 왜 굳이 쥬드를 뽑았는지는 아무도 모른단다. 다만 야콥의 그 험악한 마음속 깊은 곳 어딘가에는 오갈 데 없는 쥬드를 향한 동정심이 있어, 그를 구원해주기로 한 것이라는 소문이 전해져 오고 있지. 아마 그래서 마담 모리블도 너를 한 달 동안 데리고 있을 요괴는 야콥뿐일 거라고 생각하고 널 지하실로 보낸 걸 거야."

떠들이 아주머니가 설명을 마쳤지만 시아는 침묵을 유지했다. 여러 가지 생각들이 시아의 머릿속에서 섞이고 있었다. 의도치 않게 쥬드의 과거사까지 들은 시아가 잠자코 생각에 잠겨 있자, 떠들이 아주머니가 또다시 말을 이었다.

"뭐, 사실 나도 야콥이 내게 이 파이프를 준 것에 대해 나름대로 고맙게 생각하고 있단다. 이 파이프로 나는 결함을 갖게 되었지만, 결국 내 결함은 나의 개성이 되었으니 말이야. 파이프가 없었다면 이런 우아한 노랫소리는 내지 못했겠지? 덕분에 루이의 공연단에도 들어갔으니 괜찮아."

떠들이 아주머니가 자랑스럽다는 듯이 수다를 떨기 시작했으나 루이라는 이름에 눈이 번쩍 뜨인 시아가 빠르게 떠들이 아주머니의 말을 가로챘다.

"루이? 공연단? 루이라면 저를 이곳에 데려온 그 남자를 말씀하시는 건가요?"

시아가 놀라서 물었다. 고양이로 변신해서 시아를 이곳까지 데려온 그 차가운 루이가 무대 위에서 관객들에게 공연을 선보이는 것은 전혀 상상이 되지 않았다. 이번에는 법석이 아주머니가 말을 이었다.

"아이구, 몰랐구나. 그래, 루이는 마술사야. 공연에서 마술을 보여 주지. 특히 카드 마술이 아주 기가 막혀. 그는 공연단의 단장이기도 한데, 주로 이 레스토랑에 중요한 손님이 오실 때나 해돈 님이 심심해하실 때 공연을 개최한단다."

법석이 아주머니의 설명이 끝나자마자, 떠들이 아주머니가 입을 열었다.

"공연단은 이곳 직원들에겐 일종의 부업과 같은 개념이란다. 이곳 레스토랑엔 알다시피 엄청나게 많은 요괴들이 일하고 있잖니. 그중에서도 노래나 춤 실력이 뛰어나거나 끼가 충만한 일부 요괴들은 오디션을 보고 통과하면 공연단에 들어갈 수 있지."

또 다른 화젯거리를 찾아낸 떠들이 아주머니가 신나게 떠들기 시작했다.

"나는 이 파이프를 갖게 된 후로 노래 실력을 인정받아 그 공연단에 들어가게 되었어. 사실 꽤 재밌단다. 무대에 서면 왠지 모를 짜릿한 전율을 느껴."

그러나 떠들이 아주머니의 자랑은 법석이 아주머니의 코웃음 소리에 금방 묻혀 버렸다.

"흥."

법석이 아주머니가 차를 휘휘 저으며 낮게 중얼거렸다.

"그래도 요리사는 공연보단 요리에 집중해야지."

일종의 도발에 떠들이 아주머니의 분노를 예상한 시아가 조심스럽게 그녀의 눈치를 살폈으나 떠들이 아주머니는 오히려 태연하게 입을 열었다.

"법석이 부인은 내가 공연단에 들어간 걸 싫어한단다. 내가 공연 준비 때문에 자리를 비우는 동안 여기 혼자 있어야 하니까."

법석이 아주머니가 눈동자를 굴렸다.

"세상에, 떠들이 부인, 지금 그걸 말이라고 하나? 우리는 찻집 요리사라고. 우리가 이 요리실에서 할 일은 온종일 수다를 떨며 손님들께 제공할 차와 그에 곁들일 여러 다과를 만드는 거야. 그런데 자네가 공연에 가면 수다 떨 상대가 없어져서 나까지 내 역할을 못 하게 되지 않나."

조금 전보다 확연히 퉁명스러워진 법석이 아주머니의 말투에 떠들이 아주머니 역시 눈살을 찌푸렸다. 이 둘의 다툼을 걱정한 시아는 재빨리 끼어들어 화제를 바꾸려고 시도했다.

"두 분은 수다 떠는 걸 좋아하시나 봐요. 차 만드는 것도 수다를 떨면서 하시다니."

결과는 꽤 효과적이었다. 눈을 가늘게 뜨고 있던 떠들이 아주머니의 얼굴이 급격히 화사해졌기 때문이다. 떠들이 아주머니가 다시 활기를 되찾으며 입을 열었다.

"어머! 그럼, 그럼. 우리는 레스토랑의 모든 이야기를 죄다 알고 있거든. 더 정확히 말하자면, 이곳의 모든 화젯거리는 다 우리의 입에서 시작된 것들이지. 아무리 사사로운 이야깃거리라도 우리 입을 거쳐 지나가지 않은 것이 없을 정도란다."

그렇게 말하는 떠들이 아주머니의 눈빛은 자랑스럽게 빛났고, 법석이 아주머니 역시 여전히 표정은 무뚝뚝했지만 그래도 말투는 한결 부드러워진 채로 떠들이 아주머니의 말을 이어 나갔다.

"우리는 수다 떠는 것을 굉장히 좋아해. 그리고 이곳에서 일어나는 모든 정보는 하나도 빠짐없이 우리의 귀를 타고 지나가지."

그렇게 말하며 어느새 텅 빈 시아의 찻잔을 힐끗 본 법석이 아주머니가 주전자를 들어 조심스럽게 차를 따라 주었다. 차는 쪼르르 소리와 함께 은은한 향을 내며 찻잔을 채웠다.

"흥미롭네요."

시아는 찻잔에 손바닥을 대고 중얼거리며, 차의 따뜻한 온기가 손바닥을 통해 온몸으로 전해지는 것을 가만히 느꼈다. 벽난로 안에서는 적당한 세기의 불이 조용히 춤을 추고 있었고, 방 안은 아담하면서도 쾌적했다. 배도 부른 데다가 따뜻한 차까지 마시고 나니 시아는 의자 위에 축 늘어졌다. 한편 떠들, 법석 아주머니들은 아직까지도 쌩쌩했다.

떠들이 아주머니가 웃으며 말했다.

"그래, 흥미롭지. 하지만 우리는 우리 이야기를 하기보단 네 이야기를 듣고 싶구나. 이곳에서의 너의 모험 이야기를 들려주렴. 아아, 네 이야기가 듣고 싶어서 그동안 우리가 얼마나 애가 탔는지! 얼마나 너를 기다렸는지 몰라."

부인들은 약속이라도 한 듯 기대감이 가득한 눈빛으로 시아가 말하기만을 기다렸고, 자신의 의도와는 상관없이 또다시 화제의 대상이 된 시아는 얼떨결에 이야기를 시작했다. 그렇게 이들의 다과회에는 화려한 이야기꽃이 아롱다롱 피기 시작했다.

세상에서 가장 훌륭한 대화 상대를 찾는다면, 그것은 바로 떠들, 법석 아주머니들일 것이다. 이 마음씨 좋은 두 부인은 꽁꽁 얼었던 마음도 사르르 녹아내리게 하는 푸근한 미소와 함께 시아의 이야기를 경청하며, 사소한 말 하나하나에도 열렬히 반응했다.

시아가 루이에 의해 강제로 성까지 오게 된 이야기를 할 때는 함께 루이를 열심히 욕해줬고, 해돈이 시아의 심장을 가져가려 했던 것을 이야기할 때에는 입술을 오므리고 집중해 이야기를 듣다가도 "어머, 어머!" 하는 추임새를 적절하게 넣어 주며 시아의 무서웠던 감정에 공감해주었다. 게다가 시아가 요괴들의 음식을 들고 해돈을 협박한 후 계약을 한 부분에서는, 둘이 손을 꼭 마주 잡고 "헉!" 하고 가쁜 숨까지 들이마시며 이야기에 완전히 몰입해주는 것이 아닌가. 듣는 이가 열정적으로 호응해주니 시아도 점점 이야기하는 것에 빠져들 수밖에 없었다.

시아는 처음엔 포만감에 늘어져 입술을 움직이는 것도 힘들었으나 점점 떠들, 법석 아주머니들의 반응에 자신까지도 몰입해서 입술이 바쁘게 움직였다. 시아는 계약 성립을 하고 만난 마담 모리블과 쥬드와의 이야기 그리고 쥬드의 심부름을 대신하여 갔던 '밀가루의 방'과 '술의 방'에서 일어났던 일들까지도 모두 털어놓았다. 물론 밀가루의 방과 술의 방에서 자신이 어떻게 쫓겨났는지는 굳이 언급하지 않았다.

시아는 그 두 방에서 하츠가 누구냐고 물어봤을 때마다 복도로 쫓겨났는데, 여기서도 그 이름을 언급했다간 또 무슨 봉변을 당할지 몰랐기 때문이다.

그렇게 시아는 하츠 부분만 쏙 빼놓고는 다른 건 모조리 털어놓았다. 술의 방에 약 배달이 끝난 후 사육실에서 히로를 만난 일, 그 후에 쥬드와 지하실로 가서 겪었던 야콥과의 끔찍한 첫 대면 그리고 자고 저녁에 일어나 리디아를 찾아갔던 일까지 이야기를 마쳤다.

불과 이틀 동안의 일이었는데도 자신의 일생을 털어놓은 것만 같은 기분이었다. 그리고 누군가가 자신의 혼란스럽고 착잡한 감정에 대해서 이렇게나 공감해주고 격려해 준다는 게 이상하리만치 큰 힘이 되었다.

이야기를 끝낸 시아는 모락모락 김이 피어나는 차로 목을 축였다. 그때 떠들이 아주머니가 부드럽게 말을 꺼냈다.

"그래, 많이 힘들었겠구나. 어린것이 이렇게 혼자 낯선 곳에 와서는 집이 얼마나 그리울까."

마치 자신의 심정을 정확히 읽어 내는 듯한 말에 시아의 목구멍까지 무언가 뜨거운 것이 차올랐다. 감정이 다시 차분해질 때까지 잠자코 차를 마시는 척 찻잔으로 붉어진 얼굴을 가리고 있던 시아가 다시 입을 열었다.

"가족들이 보고 싶어요. 분명 저를 많이 걱정하실 거예요."

비록 요괴 섬에 처음 왔을 때 루이가 인간 세상과 이곳의 시간은 다르게 흘러간다고 말했지만, 시아에게는 부모님을 떠난 지 벌써 이틀째가 되어 있었다.

떠들, 법석 아주머니들이 걱정스러운 눈빛으로 시아를 지켜보았다. 시아는 한숨을 내뱉으며 멍하니 중얼거렸다.

"잠깐 엄마, 아빠만 보러 원래 세상에 갔다 올 순 없는 걸까요?"

작은 목소리였지만 간절함이 묻어나는 질문이었다.

그러나 떠들, 법석 아주머니들은 서로 조용히 조심스러운 눈빛을 보내더니 결국 둘 다 고개를 저을 뿐이었다. 법석이 아주머니가 시아의 눈치를 살피며 한 마디 한 마디 신중하게 단어를 골라 말하기 시작했다.

"……미안하구나. 하지만 이곳에 한번 발을 들인 이상, 그냥 돌아갈 수는 없어. 그건 여기서 한 달 동안 해돈 님과의 계약대로 치료 약을 찾아서 돌아가도 된다는 허락을 받아야지만 가능하단다. 우리도 도와줄 수가 없구나."

떠들이 아주머니도 조심스럽게 말을 이었다.

"그래도 너무 상심하진 말렴. 요괴들과 인간들의 시간 개념은 다르니까, 너의 가족들은 아직 네가 없어진 줄도 모를 거란다. 심지어 네가 이곳에서 한 달을 보낸 후에도 말이야. 이곳의 한 달은 네가 온 곳에선 겨우 오 분에 불과하니까."

이 말은 시아에게 큰 위로가 되어 주었다. 최소한 가족들이 자신 때문에 걱정할 일은 없을 거라는 생각이 들었다. 그러나 다음으로 이어진 법석이 아주머니의 말에 시아는 섬뜩한 기분이 들었다.

"그러니까 치료 약을 찾기 전까지는 돌아갈 생각은 절대 하지 않는 게 좋을 거란다. 해돈 님의 허락을 받지 않으면 돌아가는 통로도 열리지 않을뿐더러, 네가 몰래 탈출하려 했다는 사실을 해돈 님이 알게 되면 그것을 구실로 네 심장을 가져가실 거야."

법석이 아주머니는 차분하게 말을 끝내며 눈을 감고 차의 맛을 음미했다. 하지만 이미 입맛이 달아난 시아는 찻잔을 놓고 더 이상 케이크에도 손을 대지 않았다.

시아의 표정 변화를 보고 안절부절못하던 떠들이 아주머

니가 위로한답시고 말을 꺼냈다.

“이런……. 아가, 그런 표정까지 지을 필요는 없단다. 지금 해돈 님께선 너를 해치지 못하시니까.”

법석이 아주머니 역시 맞장구를 쳤다.

“그래, 그래. 그분은 병상에만 누워 계신단다. 일어나는 것조차 힘들어하신다고 하더구나. 하루에 일어서기를 다섯 번도 못 하신다고. 영업주가 그렇게 허약해졌으니, 이제 레스토랑에서 최강자는 하츠가 된 셈이지, 뭐.”

부인은 말을 다 끝내고 나서야 어리석게도 자신이 말실수를 했다는 것을 깨닫고 급하게 손으로 제 입을 틀어막았다.

그러나 때는 늦었다. 이미 그녀의 입 밖으로 흘러나온 하츠라는 이름을 들은 시아가 고개를 들고 아주머니들을 바라보았다. 진한 화장으로 하얀 얼굴이었지만, 그 화장을 뚫고도 긴장한 기색은 여실히 드러났다. 떠들이 아주머니의 얼굴은 하얘질 대로 하얘져 있었고, 법석이 아주머니는 자신의 실수에 어쩔 줄 몰라 하며 눈치를 살피기에 바빴다. 심지어 여태 툭탁거리던 달걀들도 모두 행동을 멈추고 눈을 동그랗게 뜨며 이쪽을 바라보는 것이 아닌가.

“그…… 하츠라는 자.”

시아가 먼저 용기 내서 그 이름을 다시 언급하자, 또다시 모두가 "헉." 하고 숨을 들이켰다.

"누군지……."

"어, 언제 이렇게 시간이 흘렀지? 이제 그만 놀고 어서 차를 만들어야겠구나! 미안하지만 이제 그만 나가다오."

시아가 미처 말을 끝내기도 전에 말을 막으려는 듯 법석이 아주머니가 마치 용수철에서 튀어나오듯 벌떡 일어섰다. 그 바람에 찻잔까지 요란한 소리를 내며 깨졌다.

"그렇지만……."

그러나 이번에도 시아의 말은 법석이 아주머니에 의해 힘없이 파묻히고 말았다.

"아직 다 먹지도 않았는데 미안하구나. 이젠 정말 나가 주렴. 어서."

허둥지둥 시아를 문 쪽으로 떠밀던 법석이 아주머니는 그래도 시아를 이런 식으로 그냥 보내기가 미안했는지, 식탁 위에 있던 음식들을 대충 집어 시아의 손에 쥐여 주었다.

"이거라도 가져가렴. 이런 식으로 보내서 미안하구나."

이제는 아예 파이프까지 하얘진 것만 같은 떠들이 아주머니가 동상이 된 채로 지켜보는 가운데, 법석이 아주머니가 거칠게 문을 열고 시아를 밖으로 떠밀었다. 법석이 아주머니는 잠시 주위 눈치를 살피더니 고개를 낮추고 밖에 서 있는 시아에게 속삭였다.

"미안하구나. 내가 그만 실수를 하고 말았어. 하여간 내 입이 주책이지! 두 번 다시 그 이름을 떠들이 부인 앞에서 언급하지 말아다오. 그 이름을 함부로 언급했다가 잘려 나간 그녀의 목 때문에 그녀는 그 이름을 듣기만 해도 기절할 정도란다."

시아가 대답할 새도 없이, 문은 쾅 하고 요란하게 닫혔다.

차의 방에서 쫓겨난 시아는 떨떠름한 기분으로 야콥의 지하실로 향했다. 리디아 그리고 떠들, 법석 아주머니들과 생각보다 오랜 시간을 보냈는지, 날은 벌써 해가 뜰 것처럼 밝아 오고 있었다.

시아는 지하실로 걸어가며, 하츠에 대해 곰곰이 생각에 잠겼다. 도대체 그가 어떤 존재이기에 밀가루 방의 괴짜 아저씨나 술의 방 술꾼이 언급만으로도 더 이상의 대화를 거부한 건지, 그는 얼마나 강한 존재이기에 떠들이 아주머니의 목이 잘려 나간 원인인 건지 더욱 궁금해졌다. 걸어가는 내내 그자에 관해 이런저런 추리를 해 보았지만 아무런 단서가 없는 지금으로서는 알 길이 없었다.

시아는 허름한 지하실 문이 제 앞에 있는 걸 발견한 후에야 생각을 접었다. 지금 상황에서 자신이 알 수 있는 것은 없다고 결단을 내린 시아는 더는 쓸데없는 생각으로 시간을 소비하지 않기로 하고 지하실로 들어갔다.

다행히도 야콥이 자고 있어 지하실 안은 조용했다. 아침이 되어 가는 새벽이라 그런지 그다지 어둡진 않았지만, 지하실 특유의 찬 공기가 시아를 오싹하게 감싸 안았다. 시아가 으슬으슬 어깨를 떨며 좀 더 깊이 들어가자 투덜투덜 청소를 하고 있는 쥬드가 눈에 들어왔다.

"어? 시아!"

시아를 발견한 큼직한 커피색 눈동자가 환하게 밝아졌다.

"언제 오나 기다렸다! 도와줄 거지? 야콥이 아까 땡땡이친 걸 들먹이면서 지하실 청소를 해 놓으라고 난리를 피웠단 말이야."

시아는 이번에는 기필코 그의 부탁을 거절하리라 굳게 마음먹었지만 쥬드가 먼저 선수를 쳤다.

"땡땡이친 건 네 탓도 조금 있잖아."

시아는 어쩔 수 없이 쥬드의 청소를 도와주었다. 둘이 열심히 노력한 끝에 동이 트기 전까지 청소를 끝마칠 수 있었다.

시간이 흘러 드디어 아침이 다가왔다. 어느덧 이곳의 생활 방식에 적응한 시아는 화장실에서 옷을 갈아입은 뒤 잠을 자기 위해 쥬드의 방에 들어갔다. 잘 준비를 하고 있던 쥬드는 시아가 제 방에 들어오자 잠시 당황하는 기색을 보이더니 그제야 시아도 자신과 같은 방에서 잔다는 사실을 기억해 내고는 시아에게 베란다 쪽 구석에서 자라고 했다. 그곳은 사람이 자기에는 매우 좁았음에도 쥬드는 고집을 부렸다.

결국 베란다 쪽에 몸을 누이고 있던 시아는 쥬드가 잠꼬대를 시작하자마자 그가 잠들었다는 것을 알아채고 슬금슬금 그의 눈치를 보며 따뜻한 방 안 푹신한 이불이 깔린 쪽으로 슬그머니 기어가 잠을 청했다. 어제는 자리에서 뒤척이며 쉽게 잠들지 못했던 시아도, 오늘은 따뜻한 햇살이 비추던 자리를 차가운 달빛이 비출 때까지 단 한 번도 눈을 뜨지 않았다.

어느덧 하늘에 어두운 베일이 깔리고 그 위에 달이 모습을 드러낼 때가 돼서야 일어난 시아는 한층 가벼워진 눈꺼

품을 들어 올렸다. 기지개를 펴고 있으니 흡족하다 못해 상쾌하기까지 했다. 시아는 동시에 더 망설일 것도 없이 빨리 하루를 시작하기 위해 자리를 털고 일어났다. 한쪽에선 쥬드가 제 팔을 들었다 놨다 하며 요란하게 자고 있었으나 아무래도 상관없었다. 오늘만큼은 치료 약에 대한 단서를 반드시 찾을 작정이었다. 주어진 한 달 중 벌써 이틀이 지나갔고, 남은 기간이라도 바쁘게 움직여야 치료 약을 찾을 수 있을 터였다.

굳은 각오를 다진 시아는 제가 자고 난 자리를 정리한 뒤, 마담 모리블의 관리실에서 가져왔던 옷 중 하나를 집어 들고 화장실로 들어갔다. 그리고 이제는 어느덧 일상이 된 것 같이 자연스럽고 태연한 자신의 행동에 스스로 놀라워하며, 어제처럼 화장실에서 간단히 몸을 씻은 뒤 옷을 갈아입고 나왔다.

샤워 후에 젖은 머리카락에서 맡아지는 딸기 향에 기분 좋게 취한 시아는 지하실 모퉁이의 허름한 냉장고로 걸어갔다. 냉장고에는 어제 시아가 차의 방에서 가져와 넣어 둔 케이크와 파이가 들어 있었다. 그리고 그 위에는 '쥬드 거'라고 적힌 딱지가 한 장 붙어 있었다.

시아는 중요하지 않다는 듯 딱지는 치워 버리고 파이를 입으로 죄다 털어 넣었다. 밤새 냉장고 속에 꽁꽁 가둬져 있던 탓에 파이는 차갑고 단단했지만 그래도 허기진 배를 채우기엔 충분했다.

그렇게 허겁지겁 아침밥을 때운 시아는 이제 본격적으로 일과를 시작하기로 했다. 냉장고를 등지도록 빙그르르 돈 시아는, 사자처럼 늘어지게 하품을 하고 있던 야콥과 눈이 마주치고 말았다. 당황한 시아는 상황이 더 곤란해지기 전에 지하실을 빠져나가려 했으나 야콥이 한번 발견한 목표물을 그냥 놓칠 리가 없었다.

"어딜 가느냐!"

짜증스러운 목소리가 등 뒤에서 우렁차게 울렸고, 그 목소리는 빠르게 뒤돌아 걸어가던 시아의 몸을 통째로 옭아매 그녀가 야콥을 마주 보도록 했다.

"……치료 약을 찾으려요."

시아가 마지못해 대답하고는 야콥이 또 무슨 기분 나쁜 소리를 할지 예상하며 기다렸다. 아니나 다를까, 야콥의 비웃음 소리가 지하실 안을 채웠다.

"끄윽끄윽. 그래, 드디어 정신 좀 차리고 슬슬 치료 약을 찾아보겠다, 이거군!"

시아가 고개를 끄덕이자 아침부터 놀잇감을 발견한 야콥은 마냥 즐거워하며 시아를 몰아붙였다.

"그래, 그래서 여태 알아낸 무슨 단서나 정보는 없고?"

야콥의 말투에는 비아냥거리는 웃음이 노골적으로 섞여 있었다. 시아는 고개를 저었다. 그리고 더는 이 못된 마녀의 말을 들어줄 시간이 없다고 판단해, 대화를 단호히 거부하기로 마음먹었다.

"죄송해요. 지금은 제가 바빠서……."

그러나 시아는 이어서 터져 나온 야콥의 말에 깜짝 놀라 말을 멈추고 말았다.

"그럼 하츠에 대해서도 아직 모른다는 거군!"

야콥은 당황한 듯한 시아의 반응을 보며 킬킬킬 웃었다.

"멍청하긴. 성에 들어온 지 삼 일째나 됐으면서, 그 정도 정보도 못 얻은 거냐!"

시아는 아무 말도 하지 못하고 제 앞에 태연하게 앉아 있는 흉측한 마녀를 바라보았다. 믿기 힘들지만, 야콥은 그동안 시아가 만났던 요괴들 중 유일하게 그 이름을 두려워하지 않고 언급한 자였다. 그다음에 이어진 야콥의 말은 시아를 더 놀라게 했다.

"내가 알려 줄까?"

야콥의 얼굴에 비릿한 미소가 떠올랐다.

"하츠에 대해서 말이야."

예상치 못한 야콥의 호의에 당황한 시아는 무슨 대답을 해야 할지 몰라 입술을 열었다가 닫기를 반복했다.

야콥은 시아가 요괴들의 섬에 끌려오는 데 가장 큰 원인 제공을 한 자이자 괴팍한 마녀였다. 그런데 시아에게 호의적이었던 다른 요괴들도 알려 주지 않은 사실을 저렇게 스스로 선뜻 알려 주겠다니……. 정작 야콥은 아무 생각도 없는 듯, 흉측한 얼굴 근육을 신경질적으로 찡그린 채 기름으로 번지르르한 머리통을 벅벅 긁고 있었다. '머리를 감은 적은 있는 걸까?'라는 생각이 시아의 머릿속을 살짝 스쳤다.

"……정말 알려 주실 건가요?"

시아가 재차 묻자 야콥은 힘차게 콧방귀를 뀌며 시아를 흘겨봤다.

"흥, 그럼 진짜로 알려 주지, 가짜로 알려 주나? 그래서 알려 줘, 말아! 빨리 대답하는 게 좋을 거다. 난 너처럼 멍청한 비둘기 같은 계집애를 오래 상대하고 있기엔 너무나 바쁜 마녀니까!"

야콥이 버럭 소리를 지르며 시아를 재촉했다.

"알려 주세요!"

야콥이 일찌감치 마음을 바꿔 버릴까 봐 염려된 시아가 다급히 외쳤다. 야콥이 무슨 꿍꿍이인지는 몰라도 어쨌거나 이런 기회를 놓칠 수는 없었다. 떠들, 법석 아주머니들 말대로 야콥에게도 의외로 괜찮은 구석이 있을지 혹시 모르니까.

야콥은 시아가 예상대로의 반응을 보이자 기분 나쁜 미소를 씨익 짓더니 소시지처럼 두꺼운 입술을 천천히 움직였다.

"좋아. 귀를 잘 기울이는 게 좋을 거다, 인간아. 이제부턴 저 작은 창문으로 들어오는 성가신 봄바람과 새들의 소리 따위엔 신경 쓰지 말고 내 얘기를 똑바로 들어라."

야콥이 의미심장한 미소를 지으며 시아를 마주 보았다.

"왜냐하면 지금부터 내가 들려줄 이야기는 너한테 주어지는 유일한 기회이자 너를 구원해 줄 수 있는 마지막 열쇠이니까."

그렇게 야콥의 이야기는 시작됐다.

야콥의 이야기

때는 이제 막 겨울이 될 채비를 하는 차가운 늦가을이었다. 그 당시 나는 아직 레스토랑에 고용되기 전이라 성 밖 요괴들의 세상을 자유롭게 떠돌아다닐 수 있었지. 그래서 요괴들 사이의 수많은 소문이나 이슈를 빠르게 듣고 볼 수 있었다. 뭐, 굳이 그런 환경이 아니었더라도 수정 구슬을 통해 다 알 수 있었겠지만 말이야.

아무튼 그 당시 요괴들 사이에서 가장 뜨거운 관심거리가 되고 있었던 대상이 있었는데, 매일 밤 까마귀 기름을 사러 상점 거리를 떠돌다 보면 적어도 열 번이 넘게 그에 관한 이야기가 들려올 정도로 화제의 인물이었지.

그게 바로 '하츠'였다. 그래, 하츠는 외부와의 소통을 거부하는 요괴들도 알 만큼 악명 높은 자였지. 누구든 그 이름이 저 멀리서 희미하게 들려오기만 하면, 그에 관한 새로운 정보를 얻을 수 있으리란 기대감에 귀를 쫑긋 세울 정도였으니까 말이야.

뭐, 하기야 요괴들이 그에게 그 정도의 관심을 갖는 건 어찌 보면 당연한 일이었지. 그는 이곳 최고의 악당이자 도둑이었으니까. 아니, 정확히 말하자면 그는 돈을 받고 범죄를 대신 저질러 주는 자였지. 배를 부르게 해 줄 돈만 대 주면 원하는 사람을 대신 죽여 주고, 원하는 물건을 대신 훔쳐 주기도 하는 그런 비열한 악당이었다. 그래서 당하는 입장의 요괴들은 이 악당 때문에 미칠 노릇이었지. 솜씨가 기가 막혔거든.

하츠는 아무리 어려운 일이라도 원하는 돈만 주면 하루아침에 그림자처럼 깨끗하게 일을 처리해 줬어. 아무리 보안을 철저히 하고 머리를 굴려도 그의 칼날을 피해 갈 수는 없었지. 그가 한번 목표물을 정하면 그게 무엇이든 간에 허무할 정도로 쉽게 정리되었으니까.

심지어 요괴 섬에서 가장 높은 서열에 있는 여왕마저도 그에게는 우스운 존재였다. 그는 때로는 여왕의 궁전에 숨겨진 값비싼 물건을 대신 훔쳐 달라는 의뢰를 받고는 했는데, 여왕이 아무리 경비병을 늘리고 보안을 단단히 해 두어도 다음 날이면 그 물건은 감쪽같이 사라져 있었으니, 참말로 미칠 지경이었어.

말그대로 혼란스러운 세상이었다. 요괴들은 그를 두려워하면서도 또, 막상 자신이 채우지 못할 욕구가 생기면 그를 찾아가 범행을 대신 저질러 줄 것을 요구했으니, 참으로 모순적이었지.

상황이 그 지경까지 되자, 여왕은 하츠를 죽이든 사로잡든 어떻게든 붙잡기만 하면 평생 흥청망청 살 수 있는 어마어마한 양의 현상금을 주겠노라 선포했다. 그러자 돈에 목말랐던 모든 요괴들이 움직이기 시작했지. 정말 다양한 요괴들이 수도로 모여들어 온갖 방법으로 시도했어. 하츠가 손댈 만한 음식에 무색무취의 독약을 타 놓는다든가 눈 씻고 봐도 찾아낼 수 없는 덫을 마련해 놓는다든가, 심지어 용기 있는 자들은 직접 그 악당을 찾아 나서기까지 했다.

그러나 하츠는 그런 요괴들의 손에 걸려들기엔 너무나 똑똑했어. 그는 정말 기가 막히게 함정들을 피해 다녔어. 아니, 오히려 때로는 그 함정들을 역이용하기도 했지. 예를 들면 자신의 앞에 놓여 있는 투명한 덫을, 그 덫을 놓은 범인의 집 앞마당에 던져두는 장난을 치는 거야. 그다음 날 범인은 마당에서 뻣뻣한 시신이 된 채 발견되었고 말이야.

또 하츠를 직접 찾아가 그를 잡으려고 했던 대담한 요괴들도 전부 저세상 사람이 된 채 집으로 보내지는, 뭐 별로 놀랍지도 않은 결과들이 줄을 이었어. 그러자 하츠의 목에 걸린 현상금은 점점 더 불어났고, 그만큼 그에 대한 두려움도 더더욱 커졌지.

바로 그때 내가 나선 것이다. 그래. 나, 야콥이 말이야. 물론 내가 그렇게 무모한 도전을 한 데에는 다 이유가 있었다. 수정 구슬을 도둑맞은 거야. 어느 날 저녁 일어나 보니 내 머리맡에 놓여 있어야 할 구슬이 행방불명이 됐더군. 다급하게 여기저기를 헤매며 찾아 보았지만 구슬은 나오지 않았고, 결국 답은 하나였다. 하츠, 그 악당이 훔친 게 분명했지.

내 소중한 보물 2호를 잃었다는 사실에 분노한 나는, 그 악당을 직접 쫓아가 봤었다는 대담한 요괴 하나를 찾아갔다. 그는 중년의 평범한 남성이었는데, 도박에 찌들어 엄청난 폐인이 되어 있더군. 특히나 잔뜩 충혈된 갈색 눈동자는 정말이지 꼴불견이었지.

하여간 그의 말에 따르면 그는 도박으로 생겨난 빚을 갚기 위해 현상금을 노리고 직접 하츠가 있는 곳을 찾아갔었지만 다 헛수고였다고 하더구나. 그는 하츠를 직접 잡으러 갔다가 간신히 목숨을 건진, 몇 안 되는 행운아 중 하나였던 거야. 그는 나의 도전을 한껏 비웃으며 말하더구나.

"그는 괴물이야. 그를 정복할 수 있다고 생각한 건 내 인생에서 내가 저지른 가장 어리석은 실수였어."

그러나 괴물이라는 말도 잃어버린 수정 구슬을 향한 나의 애착을 지워 버리기엔 역부족이었어.

"북쪽으로 쭉 가다 보면 온 세상이 허연 안개로 뒤덮여 한 치 앞도 볼 수 없는 곳이 나타날 거야. 거기에 우뚝 솟은 가파른 산이 하나 숨어 있는데, 그 괴물은 그 산 어딘가에 머물고 있어. 아, 안개는 밤 동안에 걷히니 해 질 녘에 가는 게 좋을 거야. 뭐 어차피 그를 찾는 순간 당신도 곧 죽을 목숨이 되겠지만 말이야. 어디 한번 잘해 보라고!"

나의 끈질긴 부탁에 결국은 그 도박쟁이도 마지못해 하츠가 어디 있는지 내게 말해주었다. 조롱하고 비웃으며 말이야.

목적지를 찾은 나는 그날로 만반의 준비를 하여 다음 날 해 질 녘에 그곳으로 향했어. 산은 누군가가 가위로 뚝 끊어 놓은 것처럼 험했는데, 엎친 데 덮친 격으로 얼음처럼 온통 하얗게 꽁꽁 얼어 있었지. 산은 또 어찌나 높은지 주변은 온통 파란 하늘에 흰색 솜뭉치 같은 구름으로 가득하더군. 올라가는 데 꽤 애를 먹었다. 그렇게 몇 시간을 끙끙거렸어. 아아, 정말 괴로운 시간이었지. 온몸이 쑤시고 추위로 바들바들 떨려 왔다. 그러나 나는 절대로 포기하지 않았어.

기나긴 사투 끝에 나는 결국 산 정상까지 올라갔지만, 안타깝게도 하츠는 여전히 보이지 않았다. 그러나 거기까지 가는 데 겪은 고통을 생각하면 그대로 포기하고 내려올 순 없었지. 그래서 거기서 밤을 보냈어. 최악의 밤이었어. 온도는 더럽게 낮은 데다 산은 온통 밤하늘에 박힌 샛노란 별들로 둘러싸여 있었지만, 그 별들 하나하나가 죄다 눈동자가 되어 날 노려보는 것 같았어. 난 그렇게 전신에 동상이 걸릴 것 같은 추위와 사투를 벌이며 하츠가 나타나길 기다렸다. 그러나 시간이 지나 아침이 된 후에도 상황은 달라진 게 없었지.

하츠는 무슨……. 밤이 다 가고 아침이 오자, 도박쟁이의 말대로 허연 안개들이 앞을 가려 아무것도 눈에 들어오질 않더군. 난 이대로 죽는 게 아닌가 싶었다. 이미 온몸은 밤동안의 추위로 굳어 있었고 안개 때문에 내려갈 수도 없었으니……. 정작 내가 그곳에 간 이유이자 목표물은 끝까지 머리카락도 보이지 않았다.

나는 그 도박쟁이가 나를 골려 주려고 거짓말을 한 것이 틀림없다고 생각했어. 절망에 빠진 나는 어떻게든 그 상황에서 벗어나려고 몸을 더듬더듬 움직여 아래로 기어 내려가려 했다. 안개 때문에 앞을 볼 수 없는 답답함을 참으며 애써 기어 내려가는 것에만 집중했지.

그렇게 한참을 감각에만 의존한 채 내려가고 있는데, 무언가 차갑고 딱딱한 것이 내 목에 닿았어. 그것이 단검이라는 걸 알아챈 순간, 누군가 뒤쪽에서 나의 몸을 뱀처럼 감싸며 부드럽게 밀착해 왔다. 뒤에서 나를 안다시피 하고 내 목 앞에 단검을 갖다 댄 이의 고개가 내 어깨에 비스듬하게 닿으며 소름 돋는 웃음소리를 귓속에 흘려 넣었어.

내 귓가에 닿은 입술이 천천히 열리며 움직이는 감촉은 앞뒤로 구속되어 버린 나의 온몸을 매끄럽게 휘감았고, 그 속에서 나온 나지막한 속삭임은…… "나 여기 있어." 하고 일종의 알람이 되어 사건의 전환을 예고하는 듯했어.

내 목을 향한 단검보다도 더 날카로운 속삭임에, 나는 어쩔 줄을 몰라 바보같이 꼼짝도 하지 못했지. 아아, 지금 생각해 보면 참으로 창피하군. 구슬을 훔친 걸 단단히 혼내 주겠다고 벼르고 가서는 목소리 하나에 겁을 집어먹었으니…….

하츠도 그런 내가 우스웠겠지. 큰소리치다가 정작 실제로 만났을 때는 벌벌 떠는 한심한 노인네로 보였을 거다. 쳇.

아무튼 그렇게 뾰족한 침묵이 흘렀고, 뒤에서 내게 밀착해 있던 그가 마침내 한 발 떨어지고 뒤에 있던 그의 고개가 내 옆으로 불쑥 튀어나왔다. 안개를 타고 물 흐르듯 유유히 흘러나오는 목소리는 내 짐작대로 내가 한심하다는 듯이 비아냥대더군.

"노인네가 여긴 어쩐 일이야?"

그의 목소리는 매끄러운 미성이었지만 이 상황이 한심하다 못해 지루하다는 듯한 말투였고, 감히 나 같은 최고의 마녀를 앞에 두고 그런 말을 한 그 앞에서 내 자존심은 쩌저적 금이 가 버렸지.

나는 와사삭 부서져 버린 나의 명예를 찾아오기 위해 굳어 버렸던 입술을 뻣뻣하게 열며 말했어.

“나는 내 수정 구슬을 되찾으러 왔다! 당장 내 구슬을 돌려주지 않으면 혼쭐날 줄 알아라!”

사실 목구멍까지 얼어 버린 탓에 목소리를 내기 힘들었지만 나는 개의치 않고 고개를 돌려 그를 마주하며 윽박질렀단다. 눈알을 최대한 부라리며 무시무시한 표정을 지었지. 사실은 안개 때문에 아무것도 보이지 않았어. 허공에다 그러고 있자니, 묘한 기분이 드는 건 어쩔 수가 없더군.

허공에서 가벼이 춤추는 안개 사이로 들려오는 목소리는 또다시 나를 비웃고 있는 듯했단다.

“할망구가? 나를?”

마치 어이가 없어서 도저히 못 들어 주겠다는 듯한 목소리였지. 안개 속에서 그의 웃음소리가 키득키득 섞여 들려왔어. 화가 난 나는 더욱 날뛰며 무섭게 협박하려 했지만 내 목덜미에 더더욱 다가온 단검의 서늘한 감촉이 내 몸을 묶어 버렸어.

“온몸이 얼어 버린 데다 앞도 제대로 못 보는 상황에서, 잘난 척이 너무 지나치시네.”

건방지게 말하는 그의 목소리는 지루하다는 듯이 무심하면서도 부드럽고 나직해서 뭐랄까, 낙엽이 떨어지듯 귓속에 살포시 내려앉는 느낌이었어.

"내가 힘만 주면 당신 모가지는 저 밑으로 굴러떨어질 텐데."

만약 언어를 알아듣지 못하는 이가 들었더라면, 그가 나에게 사랑을 속삭이고 있다고 생각할 수도 있을 정도로 그의 말투는 부드러웠어. 나는 그 상황에서 당황하는 모습을 보이지 않으려고 최대한 노력해야 했지.

사실은 나도 아무 준비 없이 무턱대고 구슬을 찾으러 간 건 아니었기에, 주머니 속에는 싸움에 도움이 될 만한 마법 약들이 풍성하게 들어 있었거든.

"하! 웃기는군. 내 목 가죽은 그런 가냘픈 단검 따위로 뚫기엔 너무 단단하단다, 꼬마야."

나보고 '노인네'니 '할망구'니 호칭한 것에 대한 일종의 복수로, 나는 일부러 그를 '꼬마'라는 단어로 만만하다는 듯이 말했지.

"이제 그만하고 구슬을 돌려주는 게 좋을 거다! 안 그러면 너야말로 네 뼈를 이 산속에 묻게 될 테니 말이다."

나는 자신 있게 으름장을 놓았지만, 속으로는 화가 난 하츠가 갑작스러운 공격이라도 할까 봐, 마법 약들이 있는 내

주머니 쪽으로 슬그머니 손을 가져갔지. 하지만 하츠의 반응은 예상보다 허무했어.

그는 내 목을 향하고 있던 칼날을 거두었고, 정말 귀찮다는 듯이 거슬리게 한숨을 내쉬었지. 한숨 소리가 깊어진 만큼 내 자존심도 조각조각 잘려 갔어.

그리고 내가 더 협박하기도 전에, 안개 사이로 한 물체가 갑작스럽게 튀어나오더군. 깜짝 놀라서 손으로 잡고 보니, 놀랍게도 수정 구슬이었다. 구슬을 갑작스레 되찾은 것을 기뻐해야 할지 아니면 구슬이 하찮은 쓰레기라도 되는 것처럼 집어 던진 하츠에게 화를 내야 할지 무척이나 혼란스럽더군. 하지만 내가 입을 열기 전에 하츠가 먼저 선수를 쳤어.

"그거 찾는 거 맞지? 가져가."

그는 이제 원하는 것을 쥐여 주었으니 썩 꺼져 달라는 식으로 말했고, 생각보다 훨씬 쉽게 구슬을 찾은 나는 완전히 바보가 된 기분으로 말을 더듬으며 그를 다그쳤다.

"훔쳐 가 놓고 갑자기 이렇게 순순히 돌려주는 건 무슨 꿍꿍이냐!"

하츠는 내가 그를 귀찮게 하는 것에 점점 더 싫증이 났는지 볼멘소리로 신경질을 냈어.

"뭘 좀 보여 준다는 구슬이라길래 재밌을 줄 알고 훔쳤는데, 막상 별 볼 일 없더라고. 그냥 가져."

훔쳐 갔던 걸 돌려주는 게 아니라 마치 자기 물건을 나한테 선물하는 것처럼 놈의 말투는 뻔뻔했고, 무엇보다 내 구슬을 모욕하는 그의 말에 나는 분노가 솟구쳤어.

"네 이놈! 이 구슬의 가치는 제대로 알고 말하는 거냐! 이건 과거건 현재건 그 시간에 상관없이 네가 원하는 걸 보여 줄 수 있는 그런 신성한 구슬이란 말이다!"

나는 흥분해서 펄펄 뛰며 내 구슬의 위대함을 읊었고 하츠는…… 아 지금 생각해도 너무나 짜증 나는군. 하츠는 그런 나를 보면서 마치 미친 원숭이를 보는 것처럼 큰 소리로 웃더군. 아아, 정말 화가 나 미치는 줄 알았다. 그러나 그런 내 분노의 표출에도 아랑곳하지 않고 하츠는 나를 한껏 비꼬았다.

안개 너머에서 그가 허리를 숙여 고개를 내 쪽으로 들이대고 말하는 것이 느껴졌어.

"웃기는 할머니네. 그깟 현재랑 과거 좀 보여 준다고 그걸 그렇게 대단하게 생각하는 거야? 이봐, 수정 구슬이라면 미래를 봐야지."

하츠는 안타깝다는 듯이 한숨을 쉬며 말했어. 그는 매끄러운 목소리로 나를 비난했어. 나는 엄청난 분노로 돌아 버릴 것 같았으나 안개 때문에 녀석이 제대로 보이지도 않으니, 공격을 할 수도 없어서 그저 그 자리에서 날뛸 수밖에 없었지.

"이 멍청한 자식 같으니! 미래는 아무도 볼 수 없는 신비한 것이야! 그날 그 누구의 기분이나 사소한 생각 하나로 확 뒤바뀔 수도 있는 그런 불명확한 것이라고! 그런 건 수정 구슬이라도 예측할 수 없단 말이다!"

나는 화가 나서 외쳤어.

"그렇게 불명확한 것일수록 수정 구슬이 볼 수 있어야 하는 거 아냐?"

하지만 그는 측은하다는 듯이 말을 이었다.

"아아, 미안하지만 이제 그만 가 줘. 마음 같아선 그냥 죽이고 싶지만, 재밌는 노인네 한 명 살려 주는 자비 정도는 베풀 수 있어."

나의 분노 섞인 고함을 무시하고 하츠는 계속 말을 이어갔다. 안개 때문에 보이지는 않아도 그가 입꼬리를 올리고 웃는 모습이 머릿속에 훤히 그려졌지.

"아, 그리고 내려갈 때는 수정 구슬을 이용하는 게 좋을 거야. 사실 이건 안개가 아니라 다 죽어 나간 바람의 시체들인데, 구슬이 이 죽은 바람들의 빈틈을 찾아 줄 테니까 그걸 이용해서 내려가."

그렇게 조언 아닌 조언을 들은 나는 이를 부득부득 갈며 허공에 떠다니는 바람의 시체들의 틈을 구슬로 살펴보았고, 하츠는 그런 나를 향해 웃으면서 다정하게 작별 인사를 고하더구나.

"잘 가, 이상한 할머니. 그 나이에 여기까지 오느라 수고가 많았어. 아, 내려갈 땐 부축이라도 해 드려야 되나?"

흘러가는 안개들 사이로 그의 입술이 빙긋 미소 지었어. 화가 난 내가 버럭 소리를 지르며 고개를 들었을 때, 그는 이미 그 자리에 없었단다. 나는 그날 그 가파른 산을 내려가면서 그 악당의 모가지를 반드시 내 손안에 넣고 말겠다고 결심했다.

하츠를 처음으로 대면한 그날 이후, 나는 그를 내 손으로 직접 잡기 위해 별의별 방법을 다 궁리했다. 그는 워낙에 영리한 악당이었기에 덫이나 독약 등 진부한 방법으로는 잡을 수가 없었거든.

나는 오랜 세월 동안 굳어 있던 머리를 미친 듯이 굴렸고, 며칠 후에는 드디어 그럴듯한 방법을 하나 떠올릴 수 있었다. 나는 우선 이 나라의 통치자, 요괴 섬의 여왕에게 지원을 요청하러 그녀의 궁전을 찾아갔다. 마침 하츠의 모가지에 나날이 현상금을 더해 가며 그를 잡는 데에만 애타게 집착하고 있던 여왕은 대마녀인 내가 나서자 기뻐하며 적극 협조를 해주었지. 지원병이며 무기며 아낌없이 퍼 주더군. 나 또한 무척이나 들떠 있었다. 나와 내 구슬을 한껏 비웃은 그놈이, 자신이 그렇게 깔보았던 것에 걸려들면 얼마나 창피해할까 생각하며 혼자 킬킬 웃고 좋아했지.

자, 이쯤에서 내가 생각해 낸 그 기발한 방법에 대해서 알려 주지.

나는 여왕의 궁전 안 시종들 중 가장 믿을 만한 자를 골라내서 그에게 하츠를 직접 찾아가게 시켰다. 그리고 하츠를 만나면 이렇게 말하라고 일러 놓았지. 전설 속의 약초 '브리초'가 산 아래에 묻혀 있다는 소식을 들었고, 돈은 얼마든지 대 줄 테니 해 질 녘 전까지 산 아래에 내려가서 그 브리초를 찾아 달라고 말이다.

브리초는 요괴들의 수천 년의 역사를 거슬러 올라가 보면 전설로 기록된, 요괴들에게 환상을 남겨 준 상상 속의 약초인데, 이 약초에 관한 소문은 너무나 무성해서 실제 어떤 것이 사실인지는 아무도 모른다. 이 약초를 달인 물을 마시면 시선 하나로 적들을 먼지 한 톨로 만들어 버릴 수 있다는 소문, 또 약초를 생으로 씹어 먹으면 모든 요괴들을 홀릴 수 있을 정도의 미모를 소유할 수 있다는 소문 등등 관련된 소문은 정말 갖가지였어.

브리초는 하츠의 보금자리인 그 산속에 묻혀 있다고 전해져 내려왔지. 브리초는 그 산속에 살고 있는 까마귀가 지키고 있다는 설이 있었는데, 그 새는 사실 원래 비둘기였다고 하더군. 그러나 타락해서 검게 물들어, 사람의 영혼을 쪼아 먹는 까마귀가 되었다고 들었어. 그 소문이 사실인지 아닌지와 상관없이, 나는 하츠에게 그가 사는 산 바로 밑에 그 신성한 약초가 존재한다고 거짓말을 하는 것이 꽤나 유용한 미끼가 될 수 있으리라 생각했다. 자신의 은신처 바로 아래에 그 유명한 브리초가 존재한다는 말을 들으면 분명히 하츠 그놈도 호기심을 가지고 내려올 거라 생각했기 때문이지.

내 계획은 이러했다. 습관처럼 돈을 받고 물건을 훔쳐 주거나 암살을 해주는 하츠는, 시종의 말을 믿고 브리초를 찾아 주겠다고 약속하겠지. 그리고 분명, 시종이 요구한 대로 해 질 녘 전까지 자신의 보금자리인 산에서 내려와 브리초가 묻혀 있다는 구역을 찾아올 것이다. 그러나 그건 함정이야. 너도 알다시피, 그 산은 해 질 녘 전까지는 안개, 아니 정확히 말하자면 바람의 시체들로 가득해서 앞을 잘 볼 수가 없는데, 나는 이것을 활용하기로 마음먹은 것이었다.

하츠가 브리초를 찾으러 오는 동안, 나는 여왕이 지원해 준 병사들과 함께 산 밑에 잠복해 있기로 했다. 그럼 하츠는 바람의 시체들에 가려진 우리를 보지 못하고 브리초가 묻혀 있다는 구역으로 접근할 것이고, 그동안 나는 근처에 숨어서 수정 구슬을 통해 그를 주시하다가, 그가 방심한 틈을 타 우렁찬 신호와 함께 병사들과 힘을 합쳐 그 악당을 붙잡을 것이었다.

아아, 꽤 만족스러운 계획이었어. 놈이 이 모든 것이 함정이었다는 것을 자각하고 무슨 표정을 지을지 상상해 보는 것만으로도 그해 스트레스는 모두 날려 버릴 수 있었지. 그래, 정말 멋진 상상이었어.

그리고 그 계획을 드디어 실행에 옮길 때가 왔을 때, 그

설렘은 배가 되어 나에게 더더욱 황홀하게 다가왔다. 얼마 후에 있을 고결한 승리의 순간만을 고대하며, 나는 바람의 시체들의 속살에 병사들과 같이 몸을 숨긴 채 그 악당이 오기만을 기다리고 있었지.

그러나 그것도 잠시, 예상했던 시간이 한참이 지나도 하츠는 나타나지 않았지. 부풀어 올랐던 자신감과 짜릿한 설렘은 점점 식고 아무것도 보이지 않는 상황에서 언제 올지 모르는 하츠를 기다리며 숨어서 벌벌 떨고 있는 꼴이 되어버렸어. 잠시라도 방심했다간 바로 뒤에서 그 악당이 나타날지도 모르는 상황이었기에, 우리에겐 살아 숨 쉬는 매초가 마치 죽어 있는 백 년처럼 느껴졌어.

여왕의 병사들은 혹여 제 숨소리라도 들릴까 조마조마한 맘으로 몸을 웅크리고 숨어 있었고, 나 또한 너무나 긴장한 나머지 눈알에 핏줄에 튀어나올 정도로 수정 구슬만을 뚫어져라 노려보고 있을 뿐이었지.

등 뒤에서 산짐승들이 지나가는 소리만 들려와도, 바람이 나뭇가지를 부스스 스쳐 가는 소리만 들려와도 모두 화들짝 놀라며 공포심이 가득 담긴 눈동자로 주변을 경계했다. 우리를 감싼 뿌연 바람의 시체 속에 숨어, 우리는 오롯이 청각에만 의존한 채, 어서 사냥감이 제 함정으로 들어오길 기다려야 했어.

하지만 우리를 살살 약 올리듯 춤추는 바람의 시체들 속엔 그 누구의 목소리나 숨결도 실려 오지 않았고, 오직 냉랭한 한기만이 우리의 몸 안에 차갑게 스며들어 머지않아 다가올 위험을 경고했다. 마치 세상이 나만 버려둔 채 죽어 버린 것 같았지. 끔찍한 순간이었어.

구슬을 너무나 힘주어 바라본 나머지 눈동자 속의 핏줄이 울긋불긋 튀어나오기 시작할 무렵이었다. 마침내 구슬은 나의 기다림에 대한 대답을 보여 주었고, 나는 구슬 속에 내비친 그 투명한 경고를 통해 알 수 있었다. 우리의 배를 채워 줄 환희의 사냥감이자 잠시 후엔 우리들 중 대부분의 영혼을 앗아 갈 참혹한 괴물이, 나의 함정 안으로 스스럼없이 걸어 들어왔다는 것을…….

구슬 속의 그가 허리를 숙여 브리초를 찾기 시작했을 때, 나는 거친 숨소리와 함께 "공격!"하고 들뜬 목소리를 내뱉었어.

나의 외침이 방아쇠를 잡아당긴 듯, 숨어 있던 병사들이 함성을 지르며 가운데로 쏟아져 나왔지. 요란한 함성이 하늘을 찔러 댔고, 마치 동물들의 대이동처럼 병사들이 우르르 바람의 시체들을 헤치고 거침없이 돌진해 나아갔어. 목구멍이 탁 트이는 그 시원한 함성과 돌진 소리는 나의 쾌감을 폭죽처럼 팡팡 터뜨려 내기엔 충분했지.

나는 곧이어 들릴 하츠의 겁에 질린 비명을 예상하며 미치광이처럼 입이 찢어져라 호탕하게 웃어 댔어. 통쾌해서 눈물이 다 나올 정도였지. 그 와중에도 병사들은 끝없이 내 옆을 지나쳐 사냥감이 잡혀 있을 그 함정으로 뛰어 들어갔고, 나는 다시 수정 구슬로 서둘러 고개를 돌렸다. 그 순간이 아무리 황홀하고 아름답더라도 잠깐의 웃음 때문에 하츠가 당하는 꼴을 놓칠 순 없었지. 암, 그렇고말고.

나는 자꾸만 입가를 비집고 터져 나오려는 웃음을 간신히 참으며, 하츠가 지금 얼마나 당황하고 있을지 보기 위해 황급히 수정 구슬을 들여다봤다. 아아, 그리고 기쁘게도, 성스러운 나의 구슬은 내 승리를 인정하며 나에게 기꺼이 그 악당이 패배하는 장면을 내주었어. 투명한 구슬 안에는 허공을 가로지르는 바람의 시체들 사이로 겁에 잔뜩 질린 눈동자가 어렴풋이 보였다.

"이겼다! 이겼어!"

승리의 기쁨에 젖은 나는 환호성을 지르며 구슬을 더더욱 열정적으로 보았고, 그러자 그 공포심이 가득한 눈동자가 더 또렷하게 보였어. 잔뜩 충혈된 갈색 눈동자. 어딘가 낯익은 눈동자를 본 나는 잠시 멈칫하며 구슬 안을 더 자세히 들여다보았고, 내 눈이 틀리지 않았음을 확신한 후 충격에 한동안 움직이지 못했어. 나는 가까스로 정신을 차리고서 "멈춰! 멈춰!" 소리를 지르며 그 전쟁터 안으로 뛰어 들어갔다.

고래고래 소리치며 우악스럽게 병사들 사이를 헤치고 들어간 나는 뒤늦게 보았다. 실같이 뽀얀 바람의 시체들 사이 병사들의 손에 죽어 있는 시체는 하츠가 아니라 나에게 하츠가 살고 있는 산을 알려 줬던 도박쟁이였어. 하츠의 얼굴을 모르는 병사들은 바람의 시체들에 가려져 제대로 보이지 않는 상대가 그일 거라 판단하고 애석하게도 무관한 상대를 죽인 거지.

나는 분노와 실망에 가득 차 여왕의 멍청한 병사들에게 분통을 터뜨렸다. 그러다 문득 정신이 들어 고개를 돌렸을 때는 두고 왔던 수정 구슬이 없어진 후였지. 심장이 철렁 내려앉아 눈앞이 컴컴해지더군. 나는 그때야 알아챘다, 이 함정의 진짜 주인공은 내가 아니었다는 것을.

격분에 못 이긴 나는 용암을 폭발시킬 듯 온몸을 뒤틀었고, 한심한 병사들은 우왕좌왕하며 '진짜 하츠'를 찾으려고 애를 썼다. 그러나 그들의 노력은 다 헛수고였지. 바람의 시체들 때문에 앞이 제대로 보이지도 않는 상황에서, 구슬을 훔치고 달아난 하츠를 찾아낼 방도는 없었으니까.

땅바닥에서 참혹하게 식어 가고 있는 불운한 도박쟁이의 시체를 밟고 지나가는 것으로, 나는 몸속에서 끓어오르는 분노를 표출했다. 여왕의 얼간이 같은 병사들, 나를 완전히 바보로 만들어 버린 하츠 그리고 무엇보다도 그에게 완벽히 놀아난 나에 대한 분노였다.

내가 반쯤 미쳐서 바람의 시체들을 사정없이 구기고 있을 때쯤, 저 멀리에서 희미한 웃음소리가 내 귓가를 파고들었어. 그 익숙한 웃음소리에 눈이 번쩍 뜨인 나는 본능적으로 고개를 들었다.

바람의 시체들 사이로 어렴풋이 보인 것은, 검은 머리카락 아래 고작 십 대 후반 정도로밖에 추정되지 않는 소년의 앳된 얼굴이었다. 예상보다 너무나 어린 나이였지. 그는 달빛에 은은하게 비치는 커다랗고 검은 눈동자로, 자신을 찾느라 우왕좌왕 정신이 없는 오합지졸 병사들을 아주 재밌어 죽겠다는 듯이 관람하고 있더구나. 어처구니가 없었지. 역겹게도 그에게 그 상황은 코미디 그 자체였다.

그는 내가 산 밑에 브리초가 묻혀 있다는 거짓 소문을 만들어 전했던 바로 그 순간부터 이 일이 나의 꼼수임을 눈치채고 내가 파 놓은 함정을 역이용하기로 마음먹었던 것이다.

하츠는 도박쟁이가 그간의 타락한 생활로 진 빚 때문에 궁하다는 사실을 잘 알고 있었다. 그래서 도박쟁이를 찾아가서 산 아래에 브리초가 묻혀 있다고, 그 성스러운 약초를 캐는 순간 떼돈을 버는 건 일도 아닐 거라고 속살댄 거였어.

돈이 필요했던 도박쟁이는 더 설득할 필요도 없이 당장 자기 집 문을 박차고 나가 하츠가 알려 준 위치로 가서 약초를 찾기 시작했고, 바람의 시체들 때문에 앞을 잘 볼 수 없었던 병사들은 그 도박쟁이가 하츠인 줄 알고 그에게 달려든 것이었지.

그리고 이 모든 상황을 저 뒤쪽에서 조용히 지켜보던 하츠는 내가 낌새를 눈치채고, 병사들에게 붙잡힌 인물이 하츠가 아닌 도박쟁이라는 사실을 두 눈으로 확인하는 순간…….
아, 가증스러운 것. 내가 잠시 방치해 둔 수정 구슬을 훔쳐 간 것이었다. 그렇게 하츠는 두 마리 토끼를 다 잡았지.

첫 번째 토끼는, 예전에 하츠를 잡으러 쫓아왔던 도박쟁이에게 선사한 죽음이라는 이름의 잔혹한 복수. 두 번째 토끼는, 지난번 그 앞에서 떵떵 큰소리를 쳤던 내 코를 누르고 구슬을 또 한 번 너무나 쉽게 훔쳐 간 것이었다. 그렇게 두 토끼로 배를 채운 그는 나의 구슬을 이용해 바람의 시체들을 헤치고 나가 자신의 보금자리인 산 위로 올라가 버렸다. 구슬이 없어 바람의 시체들을 헤치고 나갈 길이 없었던 나와 병사들은 그저 그 밑에서 웃음거리가 될 수밖에…….

뒤늦게 상황을 파악한 나는 욕지거리를 퍼부었다. 위쪽에서 자신을 찾아 헤매는 병사들을 비웃고 있던 하츠가 문득 고개를 내 쪽으로 돌렸지. 우리의 눈이 마주쳤어. 살짝 놀랐는지 그의 눈동자가 굳었다. 험상궂게 노려보는 나를 잔잔하게 바라보는 검은 눈동자는 뽑아내고 싶을 만큼 재수 없었지.

얼마 뒤, 차갑게 굳어 있던 그의 눈동자가 여유롭게 살살 풀리기 시작했어. 그는 천천히 입꼬리를 올리고 히죽였지. 난 어마어마하게 분노가 차올랐고 얼굴이 달아오른 채 욕을 퍼붓기 위해 입술을 열었을 때, 하츠가 갑자기 다정하게 눈을 깜박이더군. 그리고 나한테 윙크를 하고…… 놀리듯 등 돌려 사라졌어.

바람의 시체들이 사라지는 해 질 녘이 되어 병사들과 내가 산 위로 허겁지겁 올라갔을 때는 하츠가 이미 몸을 숨긴 뒤였지. 얼음으로 미끌미끌한 산 위에는 하츠가 침을 퉤 뱉어 놓은 수정 구슬만이 초라하게 뒹굴고 있었어.

하츠가 구슬을 훔쳐 가선 가져가지 않고 이렇게 침까지 뱉어 던져 버리고 간 이유는 '너한테 구슬이 있어 봤자 나는 얼마든지 너를 꺾을 수 있다'는…… 그러니까 얼마든지 자신에게 더 덤벼도 좋다는 나를 향한 일종의 도발이자 도전장이었지. 그리고 그것은 내 마지막 자존심을 먼지 조각보다도 작은 파편으로 와장창 깨뜨렸다…….

그렇게 완전한 패배 이후, 나는 그 대가로 아주 끔찍한 생활을 해야 했다. 자신의 적극적인 지원에도 불구하고 내가 실패했다는 사실을 알게 된 여왕은 크게 화를 내며 나를 무능력한 마녀란 이름으로 몰아냈다. 그리고 요괴들에게는 나를 고용하거나 내게 조금이라도 돈을 내준다면 거한 벌을 내리겠노라 선언했지. 참으로 속 좁으면서도 힘겨운 처벌이었어.

그렇게 하루아침에 거지꼴이 된 나는, 내가 필요해서 늘 들러붙던 자본가들과 상인들의 알랑대던 시선이 내가 지나가기만 해도 싸늘하게 뒤바뀌는 것을 견뎌야 했지. 사실 처음에는 별 감흥도 없었다. 다른 요괴들의 시선이야 본래부터 그다지 신경 쓰는 편은 아니었으니까. 그러나 시간이 지날수록 육체적인 고통이 나를 휘감았지.

처음에야 벌어 둔 돈이 있으니 별문제 없었다. 그러나 이전에 선불을 받고 의뢰를 받아 놨던 마법 약들을 값비싼 재료들을 구입하여 계속 만들어야 했으니, 소득이 없는 상태에서 빈곤층으로 전락하는 건 순식간이었어.

아아, 정말 끔찍한 생활이었어. 매일 아침 길거리에서 추위에 떨며 눈을 뜨고, 하루 종일 얇은 옷 한 장으로 버티면서 먹을 것을 구하기 위해 동네 꼬마들이나 좀 소심한 요괴들을 협박해야 했지. 차마 구걸까지는 내 자존심이 허락하지 않았거든.

그러던 어느 날, 도저히 나아질 것 같지 않던 비참한 생활 속에서 얄팍한 희망이 찾아왔다. 여왕의 명령에도 불구하고 굳이 나를 고용하고자 하는 대담한 요괴가 나타난 거야.

그가 바로 해돈이었다.

본디 가질수록 욕심이 커지는 법. 요괴 섬 최고의 레스토랑을 소유한 그는, 축적된 부만큼이나 욕심도 엄청났지. 해돈은 뛰어난 마녀로 명성이 자자했던 나를 예전부터 자신의 레스토랑에 고용하고 싶어했다. 물론 나는 그의 제안을 수차례 거절했지. 그때는 내가 마녀로서 보낸 일생 최고의 전성기였기에 한 곳에 매여 일을 하지 않아도 돈은 충분했거든. 그러나 여왕이 내게 오는 모든 물질적 경로를 막아 낸 이후, 해돈이 여왕을 비롯한 다른 요괴들의 시선을 피해, 그들이 자고 있는 밝은 낮에 그의 직원을 보내 내게 일자리를 제안했을 때, 그땐 상황이 달라진 후였기 때문에 솔깃했지.

다시 뜨끈한 까마귀 통뼈로 우려낸 국물을 맛볼 수만 있다면, 쥐꼬리 가죽으로 만들어진 부드러운 이불을 덮고 따뜻하게 잠들 수만 있다면……! 영혼이라도 기꺼이 내다 팔 자신이 있었던 나는 해돈의 그 자비로운 제안에 온 마음을 바쳐 그를 떠받들고 충성하겠다고 약속했다. 그리고 그날 이후, 나는 다른 이들의 눈을 피해 몰래 레스토랑으로 자취를 감추었지.

이야기가 잠시 빗나간 것 같다만, 이것이 내가 이곳에서 일하게 된 계기다.

나는 내가 일자리를 구했다는 것을 여왕이 알지 못하도록, 레스토랑에서 제일 깊고 깊어 마치 땅속과도 같은 이 어두운 지하실에 자리를 잡았고, 약도 쥬드를 통해서만 배달시키며 되도록이면 지하실 밖으로 몸을 내보이지 않으려 했다. 하지만 이 세상에 비밀은 존재하지 않는 법. 존재하더라도 그것은 한순간일 뿐이지.

레스토랑의 마녀였던 리디아가 해고되고 새로운 마녀가 고용됐단 사실에 요괴들은 호기심을 금치 못했고, 결국 내가 이곳에서 일하고 있다는 소문은 누군가에 의해 삽시간에 퍼지게 되었어. 그 사실은 불행하게도 여왕의 귀에까지 들어갔고, 자신의 명을 무시한 해돈을 향한 여왕의 분노는 무시무시했지. 그녀는 명령 위반죄라는 명목으로 해돈에게 가혹한 처벌을 내렸다. 그리고 그 처벌은 지금까지도 이어지고 있지.

그것이 바로 지금 해돈이 걸린 그 의문스러운 병, 그거야. 인간의 심장이 아니고서는 치료가 불가능한 그 병이 바로, 여왕이 해돈에게 내린 처벌이었어. 해돈은 나를 고용한 대가로 그런 화를 당해야 했으나, 나를 탓할 순 없었어. 지옥문을 여는 것인 줄 알면서도 그 손잡이를 잡아당겨 나를 맞이한 것은 그 스스로의 선택이었으니까.

그리고 며칠 후에 그는 또 다른 유명인을 자신의 성안에 끌어들였다. 바로 하츠였지. 정확히 말하자면 하츠는 해돈이 고용한 것은 아니었어. 그는 내가 끌어들인 거였어. 앞서 말했듯이 나는 전에 브리초에 대한 거짓 소문으로 하츠를 잡으려 했었는데, 안타깝게도 하츠는 내 함정에 걸려들지 않았지. 그는 그것이 거짓 소문이란 것을 알았으니까.

그가 그 소문이 거짓이라는 것을 파악할 수 있었던 데에는 다 이유가 있었단다. 바로 하츠가 진짜 브리초가 어디에 있는지 알고 있었던 거야. 지금 생각해 보면 너무나 당연하지만, 평소 그 꽁꽁 얼어붙은 산에서 생활하던 하츠가 산속에 묻혀 있던 브리초의 위치를 몰랐을 리가 없지.

내가 이걸 어떻게 알았냐고? 내가 봤거든. 바로 이 지하실에서. 수정 구슬을 매만지고 있을 때, 구슬 안에 비친 하츠는 추위로 하얗게 물든 얼굴 위에 환희의 미소를 조각한 채로, 브리초를 지키고 있다는 전설 속의 까마귀를 마주하고 있었거든. 수정 구슬로 의도치 않게 까마귀의 모습을 보게 된 나는 하마터면 구슬을 깨뜨릴 뻔했다. 본디 새하얀 비둘기였다가 타락해서 검게 변해 까마귀가 되어 버렸다는 그

저주받은 새는 추악하게 타 버린 새까만 까마귀의 몸통 위에, 눈부시도록 빛나는 악마의 얼굴을 가지고 있었지. 까마귀는 하츠와 똑같은 미소를 지은 채, 나긋나긋한 목소리로 제 앞에 서 있는 소년에게 속삭였어.

"아가야, 브리초를 가지러 왔구나."

나는 그의 말을 듣는 순간 팔뚝에 소름이 오소소 돋을 정도로 무서웠지. 그의 목소리는 무서우면서도 치명적으로 아름다운 목소리였다.

까마귀는 밤하늘도 다 쓸어 담을 것 같은 날개를 펼쳐, 손가락인지 깃털인지 모를 추악한 날개 끝으로, 제 등 뒤에 있는 약초를 부드럽게 쓰다듬으며 물었어.

"약초가 여기 있는 건 어떻게 알았고? 제법 찾기 어렵게 숨겨 놨는데 말이야."

하츠가 순순히 대답하더군.

"온통 새하얀 산에 웬 새까만 새가 들러붙었는데, 모르는 게 이상하지."

그는 악마같은 까마귀의 얼굴을 똑바로 마주 보며 요구했어. "나에게 브리초를 줘."라고 말이야. 그러자 악마의 얼굴은 소름 끼치도록 매혹적인 웃음을 흘리더군.

"오오, 하지만 오랫동안 힘들게 가꿔 온 것을 이렇게 쉽게 넘겨 버리자니, 아까워서 어떡하나."

악마는 친절하게 거절했어. 하지만 언제나 그러하듯 악마의 속삭임은 존재했지.

"네가 나에게 브리초를 대신할 선물을 준다면…… 약초쯤이야 기꺼이 내줄 수 있을 것 같은데."

그림을 그리듯 하츠의 뺨 위를 배회하던 까마귀의 날개가 악마의 노랫소리에 따라 부드럽게 움직였고, 악마의 속삭임이 계속됐단다.

"네 깨끗한 영혼에 내가 들어가게 해 줘. 들어가서 조금씩, 조금씩 쪼아 먹으면서 담백한 맛을 내가 음미할 수 있게 해주지 않으련?"

목구멍을 부드럽게 조여 오는 노랫소리에 하츠는 기꺼이 두 팔을 펼쳐 보였어. 나무 위의 악마를 향해 온몸을 펴 보이는 자세는 온통 구겨 버리고 싶을 만큼 무방비했지.

"그럼, 들어오시든가."

하츠는 낮은 목소리로 중얼댔어. 악마의 얼굴을 올려다보는 검은 눈동자의 눈빛은 참으로 담담했지.

그때 까마귀의 날개가 부채처럼 펴지며 허공을 쓸었어.

동시에 하츠의 입꼬리가 까마귀의 날개와 같은 곡선을 그렸어. 그리고 역시나 악마의 속삭임은 거부되지 않았지. 그렇게…… 악마라는 별명으로 불리던 한 소년은 실제로 악마가 되어 버렸어.

세상에서 가장 잔혹한 악당이 세상에서 가장 잔혹한 악마와 결합한 이후, 이 세상은 커다란 혼란에 젖어 들었어. 하츠 속으로 들어간 까마귀는 한때는 순수하리만치 깨끗했던 그의 영혼을 야금야금 갉아먹었고, 덕택에 그는 나날이 악마처럼 변해 갔지. 돈을 받고 필요한 때만 가려 악행을 저지르던 소년이 이제는 그저 재미로만 생명을 죽이기 시작했어.

그는 언제나 자신의 영혼 속에 깨어 있는 악마의 명에 복종해야 했어. 악마의 속삭임은 그저 속임수에 불과했다는 것이 곧 밝혀졌지. 악마의 손에 놓인 소년은 그저 악마가 원하는 대로만 움직일 뿐, 브리초를 가지지는 못했거든. 브리초를 제 손안에 넣기에는 악마의 통제력이 너무나 강했으니까. 때문에 브리초는 그저 산속 본래의 위치에 그대로 존재했고, 하츠는 날이 갈수록 더 망가져 갔다.

그가 걸어가는 발밑엔 붉은 핏방울로 만들어진 발자국이 길을 물들였고, 산더미처럼 쌓인 시체들 꼭대기의 왕좌 위에 그가 군림했다. 낮이건 밤이건, 요괴들은 한시도 긴장을 늦추지 못한 채 공포에 젖어 벌벌 떨었지. 오늘의 희생자 중 하나가 부디 자신이 아니기를 간절히 기도하면서.

물론 나라고 해서 크게 다를 건 없었다. 해돈의 레스토랑이라는 든든한 방패 속에 숨어 있었으나, 하츠와의 첫 대면 후 그가 언제 또 내게 화살을 돌릴지는 알 수가 없었으니까. 그리고 내가 지금 말하려는 그 사건이 일어났던 날도 마찬가지였어.

그날도 나는 여느 때처럼 지하실에서 한창 마법 약과 치료 약들을 만들고 실험하고, 수정 구슬로 세상 돌아가는 꼴을 보는 것을 반복하며 평소와 다를 바 없는 일상을 보내고 있었지. 그러다 두꺼운 책들 앞에서 깜박 잠이 들어 꾸벅꾸벅 졸고 있었는데, 갑자기 찬바람이 휘익 불더니 옆에 켜 놓았던 촛불이 꺼졌어. 싸한 느낌에 잠결에 깜박이던 눈이 번쩍 뜨였지. 창문 하나 없는 지하실에, 베란다가 있는 쥬드의 방문까지 닫아 놓은 이곳에 바람이 불어오기란 불가능한 거였거든. 누군가 들어온 게 아니라면…….

묘한 공포감에 겨우 성냥을 들어 다시 촛불에 불을 지핀

나는, 애써 침착하게 촛불을 들고 뒤를 돌아보았다. 동시에 하츠가 내 목에 단검을 겨누었어. 놀란 나머지 아무 말도 나오지 않더군. 단지 머릿속으로 이 악마가 어떻게 여기에 침입할 수 있었는지에 대해 정신없이 생각했을 뿐.

그러다 어느 정도 진정하고 전보다는 더 차분하게 하츠를 마주 보았을 때, 나는 단번에 그의 변화를 알아차릴 수 있었다. 등에 돋은 까마귀의 커다란 날개가 그의 어깨를 움켜쥐고 있었고 옆구리와 다리 등의 다른 부위들도 까마귀의 흉악한 깃털로 뒤덮여 있었다. 마치 거대한 까마귀가 그의 온몸을 삼켜 버린 것 같았지. 그러나 무엇보다도 가장 큰 변화를 보인 건 그의 눈이었다. 앳된 소년의 반짝이고 맑았던 눈동자는 싸늘하게 식어 그 빛을 잃고 있었어. 이미 죽은 자의 눈빛 같다고 할까.

놀란 나는 뭐라 말을 하려고 시도했지만, 하츠가 먼저 그의 단검을 내 입술에 갖다 대 조용히 하라는 신호를 보냈다. 그 바람에 그가 내게로 더 가까이 다가왔는데, 가까이에서 바라본 그의 얼굴은 지칠 대로 지쳐 있는 표정이었어. 눈 밑에는 전엔 없던 짙은 그림자가 움푹 파여 있었고, 생기 있던 뺨은 창백하기만 했지.

내가 더 이상 움직이지 않고 가만히 서 있자, 하츠는 내 입술을 압박하고 있던 단검을 조용히 뒤로 뺐다. 내가 방어에 쓸 만한 마법 약들이 어디에 놓여 있는지 머릿속으로 허둥지둥 생각하고 있을 때, 그가 말했어. "그런 눈으로 보지 마." 하고. 그렇게 말하는 목소리가 너무나 힘겹고 애절하게 느껴져서 나는 내가 그를 어떤 눈으로 보고 있었는지 차마 물어볼 수 없었다.

그는 어디서부터 뭘 어떻게 말해야 할지 몰라 망설이는 것 같았어. "당신을 해치러 온 게 아니야. 난 그냥……." 하고, 잠시 뜸을 들이던 그는 "이건 내가 원하던 게 아니야."라고 혼잣말로 중얼거렸어. 그때까지만 해도 나는 그가 내게 무얼 말하려고 하는지 알아채지 못했지. 나는 여전히 혼란스러웠거든. 그런데 그가 나를 올려다보더니 절실한 목소리로 "날 좀 도와줘."라고 하더군.

도움을 청하는 말투였으나 그는 내게 선택권을 주지 않겠다는 듯 내 어깨를 간절하게 움켜쥐고 있었어. 두 손으로 나를 필사적으로 붙든 채 내뱉는 목소리는 위태롭게 떨려 오고 있었지. 비록 제 안에서 자신을 조절하고 있는 악마 때문에 직접적으로 무엇을 도와 달라는 것인지 말하지 못했으나, 도와 달라는 그 한마디만으로도 내가 상황을 파악하기에는 충분했다.

나는 단번에 그를 도와주기로 마음먹었어. 물론 그를 향한 동정심이나 미운 정 따위의 우스운 명분으로 그런 결심을 한 건 아니었다. 단지 하츠가 악마에게서 조금이나마 자유로워질 수 있도록 도와준다면, 그가 언제 나를 찾아와 죽일지 모른다는 공포감에서 한층 벗어날 수 있을 게 분명했기 때문이지.

사실 기대도 좀 되었어. 그를 도와주기로 한 나의 선택이 후에 어떤 결과를 불러일으킬지는 장담할 수 없었지만, 한 가지는 확실했거든. 바로 모든 상황의 실마리가 이제 내 손 안에 있다는 것이지. 여왕의 분노, 해돈의 저주, 하츠의 결정 이 모든 것이 잘만 이용하면 내 맘대로 될지도 모르겠다는 생각이 들자 실실 나오는 웃음을 주체할 수가 없더구나.

"지금 네 안에 있는 악마. 그놈을 꺼내고 싶지?"라고 오직 나만이 정답을 알고 있는 질문을 하고서, 나는 그 순간을 만끽하기 위해 뜸을 들였어. 하지만 그리 길게 망설이진 않았지. 그러다 앞에 있는 이 못된 악당이 화가 나면 큰일이었으니까.

"그럼 어떻게 하면 될까."

그가 순순히 대답했어.

나는 하츠의 검은 눈동자를 바라봤어. 비록 감정이 없는 눈빛이었으나 그 눈이 어떤 감정을 품고 있을지 예측하는 건 너무나도 쉬운 일이었지.

"잡아먹는 수밖에……. 지금 네 안에 있는 놈보다 더 강력한 놈을 찾아야 해. 그런 악마라면 네 안에 있는 그놈을 잡아먹을 수 있을 테니까."

나는 즐겁게 속삭였다.

"더 강한 악마를 찾아라……. 그런데 누구를?"

절박하게 묻는 하츠의 말에 나는 희미하게 웃으며 대답했지.

"내가 소개해 줄까?"

전세가 역전되어 으쓱해진 나는 여유로운 몸짓으로 수정 구슬을 쓰다듬었지. 빙빙 도는 손가락을 따라 수정 구슬의 연기가 피어나기 시작했고, 곧이어 구슬 안을 영롱하게 채웠어.

"내가 하나 알거든. 그놈보다 더 강한 놈을……."

내가 말을 건네자, 하츠의 시선이 구슬에서 내게로 옮겨

왔어. 눈빛만 봐도 그가 나에게 할 말을 짐작할 수 있었지. 역시나 그는 "당장 불러 줘." 하고 말했어.

참으로 대담한 자야, 안 그래? 그토록 강력한 악마를 그 자리에서 바로 만나 보겠다는 배짱은 도대체 어디에서 나오는 건지. 나는 비싯비싯 웃었어. "못 해." 하고 속삭이는 게 또 어찌나 즐겁던지.

그때 수정 구슬 속에 가득 차 있던 연기가 커튼처럼 걷히고, 그 사이로 해돈이 나타났어.

"그놈은 아무나 불러내지 못해. 그놈을 불러낼 수 있는 자는 단 한 명. 해돈한테 가."

나의 말에 하츠는 눈썹을 치켜세우며 물었어.

"해돈이 악마를 불러낼 수 있다고?"

어처구니가 없어 하는 그 반응은 나도 이해했다. 엄청난 마녀인 나도 못 불러내는 그런 악마를, 고작 레스토랑 주인이 불러낼 수 있다는 건 꽤 못 미더운 전개였으니까. 그러나 애석하게도 해돈은 단순한 레스토랑 주인이 아니었어. 그가 운영하는 레스토랑은 요괴 섬 최대 규모의 레스토랑이야. 그만큼 벌어들이는 자본도 막대하지. "악마도 결국은 물질적인 탐욕에 약하잖아?"라는 내 말에 하츠가 눈살을 찌푸렸지. 그 표정이 매우 맘에 들었어. 이 상황이 그의 마음대로 돌아가지 않고 있다는 증거였으니까.

나는 계속 말을 이어갔어.

"해돈이 운이 좋았지. 그놈이 우연히 이 레스토랑으로 식사를 하러 왔을 때, 해돈은 그 기회를 놓치지 않고 자신이 축적한 막대한 자본을 바탕으로 그놈과 거래를 맺었어. 이토록 거대한 레스토랑이 제대로 굴러가도록 하기 위해, 해돈에게는 수많은 직원들이 필요했어. 단순히 직원의 수가 많기만 하면 되는 게 아니라, 그들을 마음껏 제어하고 속박할 수 있어야 했지. 그러나 혼자 힘으로 그렇게 무수한 숫자의 직원들을 주무르는 건 무리였어. 그래서 해돈은 그 악마를 이용한 거야. 레스토랑의 직원들과 고용 계약을 맺을 때마다, 그 악마를 중개인으로 하여 계약을 맺은 거지. 그럼 악마가 중개한 계약을 맺은 이곳 직원들은 악마에게 종속되어 레스토랑을 떠날 수도, 자유를 가질 수도 없게 되는 거고. 그걸 알면서도 계약을 맺는 걸 보면 이 레스토랑의 요괴들은 다 하나같이 절박한 자들뿐이야. 우습게도 나도 그중에 하나고."

여유가 생긴 나는 제법 친절하게 설명해주었지. 어느새

연기는 구슬 안을 가득 채워 안개처럼 은은하게 일정한 원을 그리며 돌고 있었어. 돌고, 돌고, 또 돌고…….

"물론 그 악마가 계약인 역할을 그냥 해주는 건 아니야. 해돈이 레스토랑 직원들을 마음껏 통제하고 구속할 수 있게 해주는 대가로, 그는……."

구슬 속에서 최면을 걸듯 규칙적으로 원을 그리는 연기는 어느새 구슬 속에 나타난 팔팔 끓는 주전자의 김이 되어 모락모락 피어나고 있었어. 수정 구슬 속에 나타난 주전자의 엉뚱한 등장에 하츠가 황당하다는 듯이 "주전자?" 하고 중얼거렸고 나는 킬킬 웃었어.

"그래, 특이하게도 그 악마는 대가로 주전자를 받았다. 그것도 엄청나게 많이. 그는 고용 계약을 한 건씩 중개해 줄 때마다 무수히 많은 주전자들을 챙겨 갔지. 그가 왜 그리 주전자를 좋아하는지, 이유는 나도 몰라. 그놈은 꿰뚫어 보려 하면 엉뚱한 구멍만 내는 놈이니까."

나는 수정 구슬 속 연기를 다시 흐트러뜨리며 계속 말을 했어.

"물론 거대한 레스토랑의 영업주인 만큼, 해돈의 입장에선 그리 어려운 요구도 아니었어. 레스토랑에서 주전자란 넘치고 넘치는 것이었으니. 그래서 결론은 네 안에 있는 그 놈보다 강한 놈, 그놈을 해돈이 계약 중개인으로 써먹고 있다고."

나는 샐쭉 웃으며 말했어.

"다시 말해, 그놈을 불러낼 수 있는 건 해돈뿐이란 거겠지?"

"해돈은 어디 있는데?"

내 말이 끝나지도 않았는데 하츠는 성급하게 물었어.

결론에 도달하자마자 그를 찾으려 하는 하츠의 성급한 모습에 나는 그만 히죽 웃어 보였어. 그의 참을성이 바닥나고 있다는 건 잘 알았으나, 뭘 어쩔 수 있었겠어? 그는 더 기다려야 할 수밖에 없었는걸.

"왜, 해돈 찾아가서 그놈 불러 달라고 하게? 못 불러."

수정 구슬 속에는 어느덧 나를 고용하지 말라는 여왕의 명령을 거역한 벌로 시름시름 앓고 있는 해돈의 모습이 드러났어.

"지금은 해돈이 좀 많이 아프거든. 약해진 상태라 악마를 온전히 다 불러내지 못해. 계약할 때 악마의 팔이나 다리 정도나 불러낼 수 있는 상태지. 그렇게 불려 온 악마는 딱 그 부위만큼만 힘을 쓸 수 있어. 레스토랑의 직원들을 속박하는 데에는 문제가 없지만 네 안의 악마를 잡아먹기에는 무리인 거지."

희망을 철저히 배제한 절망적인 말만을 속사포처럼 내뱉은 나는 희열을 느꼈어.

"물론 그 악마가 우연히 식사하러 내려오기를 기다릴 수도 있겠지만 그게 몇 시간 후가 될지 몇십 년 후가 될지는 아무도 몰라."

나는 그 말을 마치고는 미친 듯이 낄낄 웃어 대기 시작했고, 점점 더 심하게 솟아나는 웃음을 주체하지 못하고 지하실 바닥에서 데굴데굴 굴렀어. 그러나 그 웃음은 곧 멈추었지. 하츠가 웅크리고 앉아 내 목을 향해 날카로운 단검을 겨누었거든. 지난 번처럼 말이야.

"뭐가 그렇게 재미있는 거야?"

그는 정말이지, 화가 많이 난 것 같았어.

상황을 파악한 나는 얼굴을 험상궂게 찡그리며 웃음을 멈췄지. 욕지거리를 한바탕 들은 뒤 결국은 설명을 계속 이어갔어.

"진정해. 뭐, 가능성이 없는 건 아니지. 지금은 그가 매우 아파서 악마를 온전히 불러내지 못하지만, 언젠가 회복하면 불러낼 수 있을 테니까."

나는 고개를 들어 그를 똑바로 바라보며 말했지.

"지금 해돈에게 가서 그를 위해 일하겠다고 말해. 그럼 너는 그 악마가 중개하는 고용 계약을 해돈과 맺게 되겠지. 상위 악마가 보증하는 계약 아래 묶인 이상, 네 안에 있는 하위 악마의 통제력은 약해질 거야. 네 안에 있는 놈이 완전히 없어지는 것은 아니지만 당분간은 그것만으로 만족해야 해."

내 말에 하츠는 아무런 표정도 짓지 않았어. 그저 구슬 너머로 시름시름 앓고 있는 해돈을 담담하게 쳐다봤을 뿐.

그 무표정 속에 수많은 감정들이 내포되어 있다는 걸 알았기에 나는 계속해서 설명했지.

"해돈이 여왕의 저주로 인해 걸린 병, 그 병에서 회복할 수 있게 도와. 그가 회복해야 그 악마를 완전히 불러낼 수 있을 테니까."

나는 과연 하츠가 어떤 방식으로 그의 과업을 헤쳐 나갈지 기대가 돼 웃음이 나왔어. 이로써 그가 요구한 정답을 알려 준 내가 할 일은 오직 지켜보는 것뿐이었지. 내가 심어놓은 상황들을 주축으로 이제 이 괴이하고도 위험한 세상이 어떻게 꼬여 갈지, 난 그저 재밌게 구경만 하면 되는 거였어. 가끔 내 맘에 들지 않으면 이리 주무르고 저리 주물러 입맛대로 바꿔 가면서 말이야.

그런데 그것을 아는지 모르는지, 아니면 그냥 관심이 없는 건지 하츠는 담담해 보였어.

"그렇다면 일단 해돈의 밑으로 들어가고 그가 저주에서 풀려나도록 도와야겠군."

그는 조금의 망설임도 없이 당장 해돈을 찾아가기 위해 몸을 돌렸지. 그러다 갑자기 걸음을 멈추고는 다시 내 쪽으로 고개를 돌리더군. 나는 웃음을 멈추고 그를 바라보았고, 그도 내 눈을 마주 보았지.

"할망구."

익숙한 그 호칭에 내가 얼굴을 일그러트렸을 때, 믿기지 않게도 그는 나를 향해 빙긋 웃어 보이더니 "고마워." 하고 말하곤 뒤도 돌아보지 않고 곧바로 지하실을 나가더군.

그로부터 한 시간도 채 지나지 않아 하츠는 레스토랑의 직원으로 발표되었고, 나를 제외한 모든 요괴들은 이 사실에 깜짝 놀랐지. 덕분에 이곳 레스토랑 안엔 새로운 긴장감이 감돌았어. 뒤에서 몰래 하츠 이야기를 함부로 지껄인 성안 직원들은, 하츠에게 발각되는 순간 가차 없이 험한 꼴을 당했거든. 그 때문에 요괴들은 뒤에서 그에 관한 입놀림을 하는 것에 조심스러워질 수밖에 없었던 거야.

"자, 시아. 여기까지가 내가 들려줄 수 있는 하츠 이야기의 전부란다. 그러니까 내가 너에게 전해 준 이 값진 정보들을 가벼이 넘기지 말고 마음에 잘 새겨라. 이것이 너의 유일한 희망이니까. 해돈이 저주에서 해방되어 병을 회복해야, 하츠 역시 그 안에 있는 악마로부터 풀려날 수 있다. 따라서 하츠는 해돈이 병에서 회복할 수 있게 하기 위해서라면 무엇이든 다 할 것이다."

"……."

"그리고 그 방법에는 두 가지가 있지. 첫 번째는 해돈의 병을 고칠 수 있는 또 다른 치료 약을 찾고 있는 너를 도와 너와 함께 새로운 약을 찾아내는 것. 두 번째는 지금으로서는 유일한 치료 약으로 알려진 인간의 심장을, 다시 말해 너의 심장을 가져가는 것이다. 너는 무슨 일이 있어도 반드시, 그가 첫 번째 방법을 선택하도록 만들어야 한다. 이곳 최고의 악당이자 두려움의 대상인 그가 두 번째 방법을 선택한다면 그는 무슨 일이 있어도, 반드시 너의 심장을 가져갈 테니까.”

어둑어둑한 지하실 안 엄숙한 침묵이, 어린 소녀와 늙은 마녀 사이를 꿰뚫고 자리를 차지했다. 이야기를 끝낸 야콥은 흥미롭다는 듯 킬킬대며 시아의 반응을 살폈고, 시아는 머릿속으로 야콥이 했던 말을 신중히 곱씹어 보았다. 하츠라는 작자가 누구인지 드디어 알게 되었지만 시아에게는 갑작스럽게 우르르 몰려든 정보들을 일단 정리할 필요가 있었다.

시아는 드디어 원하던 답을 얻었지만 막상 남은 건 더 큰 혼란뿐이었다. 시아는 제 표정을 감상하며 껙껙 웃어 대는 야콥을 알아채지도 못하고 열심히 생각에 잠겼다. 그녀가 조금 전에 들은 이야기는 분명 엄청난 정보였다. 잘만 하면 또 다른 치료 약을 찾는 데 실마리가 되어 줄지도 모르는 일이었다. 그래서 시아는 이야기를 좀 더 집요하게 꼬집어 보기로 했다.

“하츠 안에서 그를 억압하고 있다는…… 악마 있잖아요.”

“말이 억압한다는 거지, 집어삼킨 거나 다름없어. 애 몸을 아예 까마귀 털로 도배를 해 놨으니. 끄윽끄윽. 까마귀 날개에, 깃털에……. 끄윽. 물론 가끔씩만 나타나는 것들이긴 하지만 일단 한번 보고 나면 꿈에도 나올 정도라니까."

야콥은 정작 본인이 입고 있는 리본투성이의 분홍색 드레스엔 신경도 쓰지 않으며 즐겁게 말을 이었다. 하지만 시아의 관심사 역시 그게 아니었다.

"그걸 집어삼킬 수 있다는 더 강한 악마, 그 악마는 누구인가요?"

야콥의 표정이 조금 묘하게 바뀌었다. 시아는 자신이 제대로 짚었다는 것을 알 수 있었다.

"흥미롭군……. 보통 그놈이 누구냐는 질문보다는 어떤 놈이냐는 질문을 많이 하는데 말이야. 그놈은 세상에서 가장 사악한 놈이야. 동시에, 알 수 없는 놈이고."

얌전하게 반달로 그려진 곡선은 야콥의 미소라기엔 너무나 고요하고 은밀했다.

"이건 그놈이 어떤 놈이냐는 질문을 받았을 때의 나의 대답이야. 그러나 그놈이 누구냐고 묻는다면……."

사포처럼 거칠고 산봉우리처럼 툭 튀어나온 눈알이 시아를 뚫어지게 바라보았다. 모순적이게도 눈빛은 잔잔했다.

"고용 계약의 중개인으로서 해돈에게 그 많은 직원들을 제어할 수 있는 막강한 권력을 준 대신 우습게도 그 대가로 주전자를 요구한 그는…… 누구일까. 그에게는 많은 이름이 있어. 그는 그의 몸 위에 서명된 이름 중 가장 마음에 드는 걸 그때그때 제 이름으로 써먹거든. 그래서 우리는 단순히 그를 이렇게 부르지."

시아의 심장이 빨라졌다. 동시에 야콥이 소리 내어 웃었다. '뭘 모르는 척해. 사실은 너도 알잖아.' 하고 말하듯이.

"톰."

야콥이 속삭였다.

"너도 그를 만난 적이 있지."

시아가 이틀 전의 기억을 되짚었다.

'해돈 님의 제안을 받아들인다고 하셨으니, 톰의 팔 위에 손가락으로 이름을 적으십시오. 일종의 계약서라고 보면 되겠군요.'

'……관리인 마담 모리블입니다. 이미 들어서 알고 계실 수도 있지만, 오늘 톰이 계약 중개를 한 건 해서요. 주전자를 추가로 더 보내셔야 합니다. 아뇨, 그것보다 더 필요할 겁니다. 네, 그럼…….'

해돈과 계약을 맺었던 날 통역관이 했던 말과 관리실에서 들었던 마담 모리블의 통화 내용이 소름 끼치도록 정확하게 마치 녹음되었던 것처럼 시아의 머릿속에 재생되었다.

드디어 난해했던 퍼즐들이 딱, 딱, 날카로운 괴성을 지르며 자리를 잡아 갔다. 톰의 팔. 그 팔 위에는 무수히 많은 이름들이 빼곡히 적혀 있었다. 그렇다면 그 많은 이름들은…….

"그 악마의 몸이 곧 계약서야. 해돈이 계약을 맺을 때 그를 불러내면, 그의 몸 위에 이름을 서명한 직원들은 계약을 맺은 그 순간부터 악마에게 종속된 거나 마찬가지지. 그러므로 해돈이 그들을 제어할 수 있는 거고."

시아는 절망했다. 그의 팔 위의 수많은 이름들 중 하나는, 잔인하게도…….

"시아."

야콥이 웃었다.

"너도 그의 몸 위에 이름을 적었지? 그럼 너도 이미 악마에게 종속된 거야."

시아는 정확하게 상황 파악이 되지 않았다. 게다가 그저 말로만 들었기에 자신이 이 잔인한 이야기의 한 조각이 되었다는 것을 실감할 수도 없었다.

"그래도 너무 낙담하지는 말라고. 적어도 너는 치료 약을 한 달 안에 찾아내면 풀려날 수 있잖아? 다른 직원들은 그런 희망조차 없지."

그렇게 말하는 야콥의 표정은 시아가 처음으로 읽어 내기 어려운 것이었다. 그러나 더 어려운 것은 따로 있었다.

"……그렇다면 저는 치료 약을 찾으려면 어떻게 해야 할까요?"

이야기의 원천이자 가장 중대하고 고대하던 결론에 다다른 시아가 떨리는 목소리로 물었다. 야콥은 느긋한 목소리로 속삭거렸다.

"말했잖아, 하츠를 네 편으로 만들라고. 하츠가 그의 안에 있는 놈을 꺼내기 위해선 톰이 필요해. 톰을 완전한 몸으로 불러내려면 해돈의 병이 나아야 하고."

"그래서 결국은……."

얼굴이 한층 어두워진 시아가 입을 열었다.

"하츠는 악마로부터 자유로워지기 위해, 해돈이 병에서 회복하도록 돕는다는 거."

시아가 고개를 들어 야콥을 바라봤다.

"그 방법 중 하나는 하츠가 저를 도와서 또 다른 치료 약을 찾는 것이고, 다른 하나는 제 심장을 치료 약으로 가져가는 것……."

야콥은 시아가 이제 모든 이야기를 이해했다는 사실에 만족스러운 듯 낄낄 웃어 댔으나, 불쌍한 시아는 다리에 힘이 풀리지 않도록 애를 써야 했다. 공포심이 그녀의 마음을 적셔 와 작은 어깨를 진동하게 만들었다.

"알려 주세요."

시아는 더 간절하게 속삭였다.

"하츠가 제 심장 대신 새로운 치료 약을 찾도록 설득할 방법을……."

"안타깝게도 그 방법을 찾는 건, 온전히 너의 몫이란다."

현실은 무자비했다. 절망한 시아는 야콥의 눈동자를 똑바로 마주 보았다. 그리고 아까부터 계속 궁금했던 마지막 질문을 힘없이 내뱉었다.

"당신은……."

너무나 힘이 없어서 금방이라도 무너질 것 같은 목소리였다.

"어째서 이 모든 걸 내게 설명해주는 거죠?"

의심스러워하는 시아의 질문에 야콥이 눈살을 찌푸렸으나 시아는 아랑곳하지 않았다. 적어도 며칠 동안 시아가 본 야콥은 아무런 이유 없이 이 정도 호의를 베풀 만큼 아량이 넓은 자가 아니었으니까.

"글쎄…… 굳이 말하자면……."

그러나 들려오는 대답은 시아를 오히려 더 깊은 미궁 속에 빠뜨릴 뿐이었다.

"나의 것을 다시 되찾기 위해서랄까……."

그제야 시아는 눈치챘다. 수정 구슬을 그녀의 보물 2호라고 말했던 야콥. 그렇다면 보물 1호는 무엇이고, 어디 있는 걸까.

하츠와의 만남

시아와 야콥이 있는 지하실로부터 한참 위에 솟아 있는 밤하늘 저편, 한 소년이 하늘만큼이나 새까만 날개에 거칠게 끌려가듯 허공을 가로질러 오고 있었다. 거대한 날개는 소년의 몸을 집어삼킨 채 거칠게 움직이고 있었고, 소년은 피로가 쌓여 지칠 대로 지친 얼굴이었다. 한동안의 힘겨운 날갯짓 후, 드디어 목적지에 다다랐는지 움직임이 잦아들기 시작했다. 서서히 속도를 늦춘 소년은 달빛에 은은하게 빛나고 있는 발코니로 천천히 발을 내밀었다.

섬세하게 조각된 화려한 난간 아래, 얼굴이 또렷하게 비칠 정도로 광이 나는 대리석 바닥에 핏자국이 길을 남겼다. 소년은 피곤에 젖은 두 눈을 반쯤 감은 채 거친 숨을 내쉬며 베란다에서 방 안으로 천천히 그리고 힘겹게 한 발 한 발을 내디뎠다. 새하얀 커튼이 붉게 얼룩졌으나 소년은 그런 것 따위는 전혀 개의치 않았다.

소년이 앞으로 나아갈 때마다 그의 온몸을 그러쥐고 있던 까마귀의 깃털들과 날개는 점차 사그라들어, 그가 방 안에 다다랐을 때는 아예 자취를 감추고 없었다. 가벼이 너울대는 커튼을 뒤로하고 방 안에 완전히 들어선 소년은 신음을 뱉으며 제 망토의 끈을 풀기 시작했다. 그러곤 눈을 반쯤 감고서 몸 안의 긴장을 풀었다.

"이제야 오셨군요."

달빛이 닿지 않는 구석에서 어둠에 가려져 있던 루이가 차갑게 말했다.

"정해진 시간이 있었나?"

소년이 웃으며 망토를 벗었다. 기다란 천이 걷히며 피에 물든 셔츠가 훤하게 드러났다. 루이는 돋보기안경을 추어올리며 피가 흥건한 하츠를 날카롭게 훑었다.

'별로 다치지도 않았군.'

속으로 중얼거린 루이는 사무적인 어조로 하츠에게 말했다.

"당신이 돌아오면 즉시 자신에게 데려오라는 해돈 님의 명에 따르기 위해 왔습니다. 따라오시지요."

"왜 자꾸 오라 가라야. 짜증 나게."

소년은 전혀 따라갈 생각이 없는 듯 신경질을 내기만 했다. 투둑, 툭. 붉게 물든 셔츠의 단추를 뜯는 손길이 잔뜩 화가 난 듯 거칠었다.

"아직 모르시는군요. 당신이 여왕에게 뇌물을 바치러 갔다 오는 동안, 제가 해돈 님께 심장을 바칠 인간을 데려왔습니다."

"아, 난 또……."

소년은 무심한 어조로 대꾸하며 힘없이 풀어진 셔츠를 완전히 벗고 새 셔츠의 구멍에 팔을 집어넣었다.

"드디어 찾아 왔군. 축하해."

루이는 소년의 반응을 관찰하며 말을 계속했다.

"인간이 왔다는 것의 의미는, 당신도 잘 알고 있겠지요. 이제 곧 해돈 님도 저주에서 풀려나실 테고 그러면 톰을 불러내서 당신도 악마로부터 자유로워질……."

"그래, 그래. 나도 알아."

소년이 루이의 말을 귀찮다는 듯 잘라 버렸다. 그러나 루이는 고집스럽게도 계속해서 말을 이었다.

"설명은 끝까지 들으시지요. 잡혀 온 건……."

루이의 오드 아이가 날카롭게 반짝였다.

"보통의 인간이 아니니까요."

갈아입은 셔츠의 단추를 잠그는 하츠의 싱거운 반응을 살피며, 루이가 말을 이었다.

"해돈 님께서는 그 인간의 심장을 먹지 못하셨습니다. 대신 조건을 걸고 계약을 하셨죠."

단추를 잠그고 있던 소년의 손가락이 멈추었다. 소년이 반응을 하자, 루이는 일종의 복수의 맛을 즐기며 설명을 계속했다.

"해돈 님께서 심장을 가져가려고 하시자 인간이 요괴 음식을 집어 들더니 그걸 먹어서 자신의 심장을 썩게 해 버리겠다고 협박했거든요."

이어서 루이는 시아와 해돈이 맺은 계약에 대해서까지도 무덤덤하게 알려 주었다. 설명이 끝나자 소년의 한쪽 입꼬리가 살며시 올라갔다.

"……그래?"

셔츠 깃까지 정리를 마친 후, 소년이 마침내 고개를 들었다. 햇빛 한 점 없는 얼어붙은 산속에서 살아왔던 그의 과거를 대변해주는 듯한 흰 피부가, 발코니를 통해 스며들어 오는 달빛과 섞여 들었다. 기다란 속눈썹 아래로는 괴로운 세월 속에 굳어 버린 검은 눈동자가 그윽한 눈매 속에 담겨 있었다.

하츠는 루이의 눈을 똑바로 들여다보며 말했다.

"어디 있어? 그 멍청이는……."

방 안에는 차가운 정적이 흘렀다. 루이는 의심이 가득한 눈길로 하츠를 바라보았다. 그는 대답을 기다리는 것처럼 계속해서 바라보는 시선에 마지못해, 미심쩍다는 말투로 입을 열었다.

"……지하실. 들은 바로는 지하실에 있다고 하더군요. 인간은 앞으로 한 달간 야콥의 지하실에서 지낼 겁니다."

"한 달을 보내기엔 최악의 장소로군. 해돈에게 자신의 심장을 먹으라고 권한 자와 함께 산다니."

생각지도 못한 재미있는 조합이었다. 하츠가 루이를 마주 보며 중얼거리듯이 물었다.

"그런데…… 인간은 어떻게 생겼지? 내가 한 번도 본 적이 없어서……. 우리랑 많이 다른가?"

하츠는 정말로 궁금하다는 듯이 루이를 빤히 들여다보고 있었다.

"……작고 나약하게 생겼더군요."

"작고 나약하게라……."

루이의 말을 그대로 중얼거리며 곱씹어 보는 태도가 영 수상했다. 루이가 돋보기안경을 추어올렸다. 그의 불길한 예상이 맞았다는 걸 온몸으로 보여 주기라도 하듯, 하츠가 힘차게 발걸음을 뗐다.

"인간한테 가 봐야겠어."

루이는 손으로 이마를 짚었다. 부상자치고는 너무나 활기찬 하츠의 발걸음이 그의 머리를 찍어 내리기라도 하는 듯 지끈지끈 통증을 일으켰다. 루이는 목울대로부터 빠져나오려는 한숨을 꾹 참으며 하츠를 저지했다.

"그만."

깊은 곳에서부터 흘러나오는 목소리는 낮게 깔려 있었다. 문고리를 잡아당기려던 하츠의 손이 멈추었다.

"말씀드렸다시피 전 지금 당신을 해돈 님께 데리고 가야 합니다. 개인적인 일은 그 후에 보도록 하시죠."

하츠는 루이의 말을 들을 생각이 전혀 없어 보였다. 그는 문으로부터 등을 돌려 루이를 마주 보더니, 팔을 쭉 펴 자신의 상처를 보여 주었다.

"보다시피 난 지금 환자야. 이런 상태로 해돈한테 가는 건 좀 무리일 것 같은데."

그러나 루이는 매정했다.

"조금 전의 그 힘찬 발걸음을 보니, 걷는 데엔 별문제가 없는 것 같습니다만……."

"무슨 소리야. 아까 내가 이 방 안으로 얼마나 힘겹게 걸어 들어왔는지 봐서 알 거 아니야."

뻔뻔하게 말도 안 되는 변명을 하며 뒤에 있는 의자에 여유롭게 걸터앉는 것으로 하츠는 절대 말을 듣지 않을 거라는 자신의 뜻을 확고하게 드러냈다.

"그럼 일단 치료를 해야겠어. 붕대 가져다줘. 날개도 다쳐서 더는 날지도 못하겠거든."

하츠는 의자에서 아예 움직일 생각이 없다는 듯 허리를 쭉 펴고 늘어진 채 말했다. 루이는 그런 그를 못마땅하다는 눈빛으로 바라보았으나 곧 포기해야 했다. 하츠가 이렇게 버티면 그에게는 달리 어찌할 도리가 없었기 때문이다. 루이가 한숨을 쉬며 걸음을 옮겼다.

"……붕대, 가져오겠습니다."

문 쪽으로 뚜벅뚜벅 걸어가던 루이는 잠시 걸음을 멈추고 뒤로 돌아서며 당부했다.

"제가 돌아올 때까지 다른 데 가지 말고 얌전히 기다리십시오."

그렇게 루이가 나간 후, 의자에 앉아 아픈 사람치고는 너무나 편안하고 태평하게 손톱을 매만지던 하츠는, 살며시 일어나 닫힌 문 쪽으로 걸어갔다. 슬그머니 문손잡이를 당겨 보니 예상대로 문은 잠겨 있었다. 열리지 않는 문에서 손을 떼며, 그는 실없는 미소를 지었다.

'오, 루이. 대체 왜 이러는 거지. 잠겨 있는 문은 부숴 버리면 그만이란 것을 너도 잘 알 텐데.'

하츠는 다시금 걸음을 옮겨 조금 전 자신이 들어온 베란다 쪽으로 걸어갔다. 달빛을 타고 온 한밤중의 봄바람이 하츠의 피부에 서늘한 감촉으로 와 닿았다.

하츠는 베란다 난간 쪽으로 다가가 정원을 조용히 내려다보았다. 그의 양옆으로는 어느새 까마귀의 포악한 날개가 다시 나타나 달빛을 시꺼멓게 가리고 있었다. 벚꽃이 만개한 정원의 장관을 감상하는 듯싶던 하츠가 갑작스럽게 난간으로부터 몸을 던져 허공으로 뛰어내렸다.

'갈아 끼운 지 얼마 되지도 않았는데 문을 또 바꿀 필요는 없겠지. 내 날개는 사실 멀쩡하거든.'

밤하늘로 검은 인영이 날아올랐다.

한편, 그 시각 지하실에서는 고요한 저편 발코니와는 전혀 다른 상황이 펼쳐지고 있었다.

"아아, 그나저나 쥬드 이 자식은 왜 이렇게 안 일어나는 것이냐! 벌써 해가 뚝 떨어지고 달이 똑 떴건만! 평소에는 해가 지자마자 냉큼 일어나더니 요즘 내가 너무 잘해주니까 간덩이가 배 밖으로 튀어나온 게 분명해! 뭣 하고 있는 거냐, 이 눈치 없는 비둘기 같은 계집애 같으니. 어서 가서 쥬드 좀 깨우라고!"

야콥이 미친 원숭이처럼 바락바락 날뛰며 소리쳤다. 오늘 저녁, 잠에서 깨자마자 지하실 구석에서 뜻밖에 입수하게 된 하츠에 관한 정보를 신중하게 곱씹어 보고 있었던 시아는, 야콥의 날벼락 같은 불호령이 떨어지고 나서야 화들짝 놀라며 허리를 꼿꼿이 폈다.

"아, 네! 갈게요."

번들거리는 야콥의 커다란 사각 이빨이 시아를 향해 맹수처럼 번뜩이자 기가 죽은 시아가 얼떨결에 대답하며 쥬드의 방 쪽으로 걸음을 서둘렀다.

"잠깐!"

야콥이 요란한 고함으로 시아의 걸음을 멈추게 하고는 그녀에게 이리 오라는 손짓을 했다. 영문을 몰라 주춤주춤 다가간 시아의 손에 야콥이 쥐여 준 것은 놀랍게도 총이었다. 총을 처음 보고 놀란 시아에게 야콥이 삐뚤빼뚤한 치열을 드러내며 씨익 웃었다.

"그놈은 그냥 깨워선 안 일어날 거다. 한 두어 발은 쏴야 일어날 거야."

당황해서 입을 뻐끔거리고 서 있는 시아를 야콥이 우람한 팔로 밀어내며 어서 가라고 재촉했다. 힘에 밀려 어느새 쥬드의 방문 앞 계단까지 다다른 시아는 한쪽 손에 어설프게 총을 든 채 계단을 올라 방 안으로 들어갔다.

아직 머릿속이 복잡해 정리할 시간이 필요했지만, 일단 시아는 쥬드부터 깨우고 보기로 했다. 그러지 않으면 야콥이 또 시끄럽게 굴 게 분명했으니 말이다. 방 안에서는 오늘도 역시 정신없이 자고 있는 쥬드가 잠꼬대를 하며 요란한 광경을 연출하고 있었다.

"날아라! 히로! 이랴, 이랴!"

그는 히로를 타고 날고 있는 꿈을 꾸는 모양이었다. 들뜬 목소리로 요란하게 외치며 한쪽 뺨에는 침을 찍 흘려 놓고 머리에는 까치집 한 채를 지은 채 대자로 뻗어 있는 쥬드를 바라보니 눈살이 저절로 찌푸려졌다.

시아는 쥬드를 제법 세게 흔들어 깨워 보았으나 야콥의 말대로 전혀 먹히지 않았다. 어제 종일 야콥의 심부름을 하느라 많이 지친 모양인지 아무리 발길질을 하고 흔들어도, 쥬드는 도무지 깨어나질 않았다. 허공에 총을 쏘면 총소리를 듣고 곧바로 일어날 것이 분명했지만, 그렇게까지 할 필요는 없을 거라 여긴 시아는 결국 방 안 공기를 환기시키고자 커튼부터 걷기로 했다.

시아는 총을 주머니에 조심히 넣고 조용히 일어서서 베란다 앞 커튼을 양옆으로 잡아당겼다. 걷힌 커튼 사이로 벚꽃잎을 안고 들어오는 바람이 오늘따라 스산하게 느껴졌다. 어쩌면 조금 전 야콥에게서 들은 살벌한 이야기 때문일지도 모른다는 생각이 들었다.

'하츠를 언제 어떻게 찾아가서 무어라 말하면 될까?'

젖혀진 커튼 너머로 드러난 밤하늘처럼 시아의 머릿속은 캄캄하기만 했다.

그 순간, 벽 끝까지 잡아당긴 커튼 너머에서 다시 한번 불길한 바람이 침범했다.

"안녕."

바람을 타고 들어온 것은 까만 날개를 거칠게 펄럭이며 공중에 떠 있는 소년이었다. 시아가 뒷걸음질을 칠 새도 없이 소년의 손이 내려와 시아의 고개를 우악스럽게 움켜쥐었다.

시아의 손에서 커튼이 힘없이 흘러내렸다. 허무한 공기만을 그러쥔 손이 저도 모르게 주머니 속으로 향했다. 야곱이 시아에게 총을 쥐여 준 데에는 다른 이유가 있었던 것이다.

"작고…… 나약한……."

시아를 내려다보며 중얼거리는 말이 꼭 시아를 가리키는 것 같았다.

"네가…… 그…… 인간이구나."

어제도, 오늘도, 그리고 언제나…….

"나는 하츠라고 해."

불행은 찾아가는 것이 아니라 찾아오는 것이었다.

어두운 밤하늘을 배경으로 벚꽃잎이 하나둘 모여드는 베

란다 앞, 어디선가 신비롭고 부드러운 음악이 흘러나올 것만 같았다. 두 사람의 침묵 속에서 빚어진 은밀한 분위기는 마치 크리스털과 같아 좀처럼 깨지지 않았다.

시아의 고개를 뿌리째 뽑아 버릴 듯 강하게 움켜쥔 하츠의 손은 느슨해질 줄을 몰랐고, 서로의 숨결이 고스란히 닿을 정도로 가까이에서 바라보는 압도적인 짙은 눈동자는 눈에 보이지 않는 그물이라도 펼치고 있는 듯 시아를 단단하게 옭아매고 있었다. 기다란 속눈썹을 내리깔고 시아를 바라보는 검은 눈동자에는 빛도, 감정도, 초점도, 아무것도 없었지만 진하고 강렬했다. 소름 끼치도록 잔잔한 시선이었다.

"반응을 보아하니, 내 얘기는 야콥한테 다 들은 것 같고……."

'내 반응이 어떻길래 아무 말도 하지 않았는데…… 표정을 보고 안 걸까. 아니면…….'

시아는 주머니 속에서 총을 잡고 있던 손을 슬그머니 빼내었다.

하츠가 고개를 비스듬히 기울이며 잔잔하게 미소를 지었다. 낮게 가라앉은 목소리가 나지막이 말했다.

"너나 나나 서로 할 얘기가 아주 많을 것 같은데."

시아의 눈동자가 흔들렸다.

"어때? 대화하고 싶은 마음이 있나?"

머릿속이 하얗게 물들었다. 살아남기 위해 빨리 그를 만나 이야기를 해 봐야겠다고 생각하기는 했으나 이렇게 하츠 쪽에서 먼저 올 거라곤 꿈에도 생각하지 못했다. 더군다나 그녀는 지금 아무런 준비도 되지 않았다.

"싫어?"

다시 한번 속삭이는 목소리에 시아는 정신을 차렸다. 그러곤 야콥이 조금 전 했던 말을 떠올렸다. 하츠가 그 안의 악마로부터 풀려나기 위해 취할 수 있는 방법은 시아를 도와 해돈의 병을 고치는 또 다른 치료 약을 찾거나, 그녀의 심장을 가져가 해돈의 병을 고치거나. 둘 중 하나라고 했다.

'반드시 첫 번째를 선택하게 만들어야 해.'

절실한 목소리가 머릿속을 울렸다.

그 말은 즉, 시아가 하츠 마음에 들어야 한다는 것이었다. 시아의 심장을 가져가지 않아도, 시아를 도우면 충분히 심장 외의 다른 치료 약을 찾을 수 있으리란 신뢰와 믿음을 하츠에게 심어 주어야 했다. 지금이 그 기회다. 또 언제 그를 만날 수 있을지 모른다.

시아가 입을 열었다.

"……그래서 얘기는 어디서 할까?"

생각보다 대담한 대답에 하츠는 이 어리석은 소녀를 비웃고 싶은 걸 간신히 참았다. 그는 웃음을 꾹 참으며 물었다.

"너는 어느 쪽이 더 좋아? 업히는 거 아니면 안기는 거?"

지그시 바라보며 나온 질문이 생각지도 못한 것이라 시아는 당황했다.

"무슨……."

"어서."

"어, 아무거나?"

하츠가 시아의 턱을 움켜쥐고 있던 손을 빼며 기울이고 있던 허리를 폈다.

"아무거나 괜찮으면 내 마음대로 하고."

무슨 소리를 하는 거냐고 채 묻기도 전에 시아의 몸이 허공으로 번쩍 들어 올려졌다. 마치 시아를 짐 덩이라도 되는 것처럼 어깨에 둘러멘 채 하츠는 뒤로 돌아 베란다 밖으로 날개를 움직였다.

시아는 비명을 질렀다. 눈을 감고 있어 볼 수는 없었지만 확실한 건 그녀가 지금 하츠의 어깨에 걸쳐진 채로 공중을 날고 있다는 사실이었다. 그 속도는 가히 어마어마했다. 어딘가 부딪치기라도 할 기세로 빨라지는 속도는 시아가 여태껏 놀이 기구 따위에서 체감해 온 것과는 차원이 다른 것이었다. 게다가 자세는 또 어떠한가. 앞뒤로 늘어진 팔다리가 금방이라도 아래로 쏠릴 것만 같아 시아는 안간힘을 다해 하츠의 등허리를 붙잡고 있어야 했다.

"아아악! 천천히 좀 가!"

차가운 밤바람이 제 얼굴을 치는 것을 느끼며 식겁한 시아가 기를 쓰고 소리쳤지만, 하츠는 도무지 그녀의 말을 들을 생각이 없는 모양이었다. 아니, 오히려 더 빠른 속도로 질주했다. '너 일부러 그러는 거지?'라고 따지고 싶었지만 따질 여유마저 허용되지 않았다.

"악!"

허리를 휘감고 있던 팔이 갑자기 풀리고 몸이 아래로 떨어지는 느낌에 시아는 한 번 더 비명을 질렀다. 그다음 순간, 그녀는 벚꽃잎들로 폭신한 땅 위에 아무렇게나 내팽개쳐져 있었다.

'이 악마 자식, 끝까지 매너 따윈 안중에도 없다니…….'

다행히 떨어진 곳이 제법 낮은 위치였던 데다 벚꽃들이

땅을 말랑하게 해 줘서 크게 다치진 않았으나 부딪힌 곳의 통증은 상당했다.

시아는 아픈 부위를 문지르며 하츠에게 눈을 흘겼다. 그는 뻔뻔스럽게도 본인은 아주 살포시 착지했는데 그 순간 그의 날개가 사라졌다. 그것을 노려보고 있자, 그가 먼저 입을 열었다.

“여기는 좀 맘에 드나?”

그제야 시아는 그가 자신의 질문에 행동으로 대답하였다는 사실을 파악할 수 있었다. 말없이 주변을 둘러보니 그곳은 그야말로 벚꽃 천지였다. 한지 같은 벚꽃이 사방에 소복이 쌓여 있었고, 벚나무에서 계속해서 흩날리는 꽃잎들은 하늘을 채우며 나풀나풀 춤추고 있었다. 온 세상이 연분홍색으로 빈틈없이 물들어 있었다.

“예쁘네…….”

꽤나 낭만적인 곳이었다. 자신을 죽일 사람과 함께 있는 것이 아니라면 말이지만…….

벚꽃잎이 눈송이처럼 쏟아지는 가운데, 하츠가 물었다.

“내가 왜 너를 이곳으로 데려왔는지 알아?”

알 리가 없는 질문에 시아는 아무 말도 할 수 없었다. 그는 이를 드러내며 웃었다.

"내가 살던 곳과 닮았기 때문이야."

그 말이 끝나기가 무섭게 분홍빛 꽃잎들이 새하얗게 물들었다. 부드럽게 쌓여 가던 벚꽃들은 금세 차가운 눈이 되어 꽁꽁 얼어붙었고, 공중에선 눈바람이 매섭게 몰아쳤다.

눈송이가 사방을 가득 채운 한가운데에서 시아는 생각했다. 하츠가 악마를 만나기 전에 살았던 곳, 꽁꽁 얼어붙어 있던 싸늘한 산. 시아는 지금 그녀가 그 산속에 있는 것 같다는 착각이 들었다. 생각만 해도 끔찍해서 온몸이 부르르 떨렸다.

"각자 할 얘기가 많겠지만 얼어 죽을 쪽에게 먼저 기회를 주는 게 맞겠지."

거센 눈보라 속에서 검은 눈동자가 시아를 향하고 있었다.

"서두르는 게 좋을 거야. 근무 시간인데 너 보려고 몰래 빠져나온 거거든."

넌지시 재촉하며 하츠는 기다렸고, 시아는 목을 가다듬었다. 사정없이 뛰박질하는 심장을 잠재우며, 시아는 하츠에게 어떻게 무어라 말을 해야 할지 고민했다. 지금부턴 단 일 초도 긴장을 놓아선 안 되었다. 말 한 마디 한 마디에 그녀의 목숨이 달려 있었다. 단 한 번의 실수로 그녀는 심장을 잃을 수도 있다.

시아는 하츠의 싸늘한 눈동자를 마주 보았다. 할 이야기는 많았지만 그 많은 이야기가 도달하는 곳은 결국 하나였다.

"나를 도와줘."

10

폭설 속의 하루

“나를 도와줘.”

시아가 간절하게 속삭였다. 그러나 하츠는 시아를 보며 비웃을 뿐이었다.

“같이 새로운 치료 약을 찾자. 네가 날 도와주면 분명히 찾을 수 있을 거야.”

하츠의 그런 반응에도 시아는 용기를 내어 힘겹게 부탁했지만 하츠는 여전히 기가 막히다 못해 웃겨 죽겠다는 표정을 지었다. 눈을 번뜩이며 웃는 얼굴에서는 광기가 느껴졌다.

“아니 뭐, 나한테 자원봉사라도 해 달라는 건가? 눈앞에 멀쩡한 치료 약이 보이고 귀에는 네 심장 소리가 팔딱팔딱 들려오는데, 내가 이 기회를 날리고 굳이 널 도와줄 것 같아?"

하츠가 코웃음을 쳤다. 한심하다는 듯 자신을 내려다보는 눈동자를 시아는 똑바로 마주 보았다.

"응, 그럴 것 같으니까 부탁하는 거야."

시아가 떨리는 마음을 감추며 대답했다. 더욱더 어이없는 대답에 하츠는 이제 시아를 구경하듯이 바라보았다.

"나를 죽이고 내 심장을 가져가겠다고? 더는 그런 못된 짓을 하고 싶지 않아서 악마로부터 벗어나려는 거 아니었어?"

하츠의 눈빛이 묘해졌다. 시아가 읽어 내기 어려운 반응이었지만 어쨌거나 시아는 꿋꿋하게 제 할 말을 이어 나갔다.

"그런 일은 이제 그만두는 게 어때? 나는 지금 도움을 구걸하는 게 아니야. 정의를 말하고 있는 거야."

거센 눈보라 속에서 떨지 않기 위해 힘을 어찌나 많이 줘야 했는지, 입술이 파래진 시아는 하츠를 노려보았다.

둘 사이에 침묵이 흘렀다. 그러나 곧 불어닥친 눈보라가 훅 하고 그 침묵을 휩쓸어 가 버렸다.

하츠가 소리 내어 웃었다. 이번엔 정말 미친 듯이 웃었다. 시아가 보기에 그는 정말로 미친 것 같았다. 시아는 이해할 수 없었다. 그녀가 내뱉은 모든 말은 진중했고, 웃을 만한 부분이라곤 조금도 없었다.

시아가 의아해하고 있자, 하츠가 겨우 웃음을 멈추고 시아를 마주 보았다.

"순진해라. 인간들은 원래 다 그런가?"

하츠가 미소를 띤 얼굴로 시아를 내려다보며 중얼거렸다. 그의 입에서 순진하다는 말이 튀어나온 순간 시아는 자신이 무언가 실수했음을 깨달았다.

"하아, 내가 더는 누군가를 죽이고 싶지 않아서 지금 이 짓거리를 하고 있는 거라고, 혹시 그렇게 생각하는 거야?"

눈꼬리를 내리고 귀엽다는 듯이 웃는 하츠를 보며, 시아는 그의 눈빛이 마치 가축을 바라보는 주인의 그것과 같다고 생각했다. 살이 오르면 잡아먹으려는 속셈으로, 자신이 주는 밥을 먹고 있는 가축을 바라보는 눈빛.

"있잖아, 네가 살던 데에선 어땠는지 모르겠는데 여기선 누군가를 죽이는 게 흔한 일이야."

시아는 얼어붙었다. 하츠는 시아를 바라보며 음산하게 웃었다.

"내 가족들도 다 그렇게 죽었지."

경사진 산맥처럼 거칠게 들리는 목소리가 허공을 푹푹 찔러 댔다. 사정없이 찢긴 허공에서 보이지 않는 핏방울이 튀어나와 주변이 순식간에 붉어지는 것만 같았다. 시아의 머릿속이 텅 빈 터널처럼 아득해졌다. 하츠는 놀라울 정도로 태연했다.

"넌 모르겠지. 정의를 주장할 수 있는 것도 특권이라는 걸."

하츠가 나지막이 속삭였다.

"그건 특권이 아니야. 선택권은 누구에게나 있어. 나에게도 그리고 너에게도……."

시아가 단호하게 반박했다.

"여덟 살 때야. 학교가 끝나고 집으로 돌아와 보니 아빠는 문 앞에서 손에 칼을 쥔 채 죽어 있었고, 주방에서 눈알 수프를 끓이고 있던 엄마는 가스레인지 불 위에 얼굴이 그을린 채로 죽어 있었고, 동생은 욕조 안 붉은 거품 속에서 퉁퉁 불어 죽어 있던 것이……."

"그것이 누군가를 죽이는 것에 대한 정당한 이유가 될 수는 없어."

열여섯의 시아에게는 너무나도 충격적인 이야기였다. 시아는 눈을 감고 귀를 막았지만, 하츠는 거침없이 자신이 할 말만 뱉었다.

“다행히 이웃집에 살고 있던 늙은 노파가 날 거둬들여서 떠돌이 신세는 면할 수 있었지. 그 노파는 가족의 시체를 보고 충격을 받은 어린 나를 아주 소중하게 보듬어 주었어. 정말로 가족이라고 생각될 정도로…….”

“그런데 왜……?”

“노파는 낮에는 여느 요괴들처럼 잠을 자고, 밤에는 일을 하러 나갔지만 남는 시간에는 틈틈이 집에 와서 나와 놀아주었지. 나는 밤에는 대부분 노파를 기다리다가 함께 보내고, 낮에는 자지 않고 훈련했어. 가족들을 죽인 자를 찾아가려고. 찾아가서 복수하려고.”

매섭게 불어오는 눈보라는 그보다 더 차갑게 쏟아지는 이야기에 이제는 그저 얌전한 배경으로 느껴질 뿐이었다.

“하루에도 온몸에 수십 개, 때론 수백 개의 상처가 나고 뼈가 부러졌지만 수만 번씩 칼을 휘두르고 총을 쐈어.”

시아는 지금의 자신보다 작고 어렸던 하츠가 그런 훈련을 했었다는 것이 쉽게 상상되지 않았다.

“밤이 되어 집에 가면 노파는 아무것도 묻지 않고 내 상처에 약을 발라 주고 요리를 해주었지. 그렇게 십 년 동안의 훈련을 끝낸 어느 날 낮, 나는 그 당시 유일하게 수정 구슬을 가지고 있다고 알려져 있었던 야콥의 집에 몰래 들어갔어. 구슬의 사용법은 이미 알고 있었던 터라 구슬을 이용해 가족을 죽인 자가 어디에 있는지 알아내는 건 어렵지 않았지."

하츠는 지루하다는 듯이 손톱을 매만졌다.

"그 노파더라. 내 가족을 죽인 자."

시아는 아무런 반응도 할 수 없었다. 하츠는 그런 그녀를 곁눈질로 쳐다보며 픽 웃었다.

"알겠어? 여긴 그런 데야. 이웃이 이웃을 죽이고, 친구가 친구를 죽이고 심지어는 가족마저 가족을 죽이는 곳. 나는 이런 세상을 여덟 살 때부터 체감했어. 다른 요괴들이라고 해서 사정이 다르진 않지. 그럼에도 정의를 주장할 수 있는 성인군자가 이 세상에 과연 몇이나 존재할까."

시아는 굳어 있던 입을 열었다. 물어보고 싶은 것이 있어서였다. 하지만 정체 모를 감정이 목구멍을 콱 틀어막아서 목소리가 나오지 않았다. 하지만 그렇게까지 애쓸 필요는 없었다. 하츠는 시아가 무엇을 알고 싶어 하는지 이미 다 알고 있는 것 같았다.

"안 죽였어."

그렇게 말하는 그의 눈동자는 감정이 비어 버린 듯 황량했다.

"죽이려고 했는데, 자고 있는 노파 옆에 칼까지 들고 갔는데, 칼을 든 상태로 해가 저물 때까지 서 있었어. 그냥 바라만 보면서……."

하츠는 시아의 말을 별로 듣고 싶지 않은 건지 시아가 뭐라고 말을 하기도 전에 말을 이었다.

"정말 죽여야겠다고 마음을 먹었을 때 노파가 깨어났어. 일어나서 참 뻔뻔하게도, 나한테 배고프겠다며 눈알 수프를 끓여 주더군."

자신의 가족을 죽인 자가 차려 준 밥상이라면 시아는 절대 먹지 않을 것 같았다.

"그냥 억지로 먹었어. 별로 맛도 없었는데."

하츠가 느긋하게 말했다.

"그리고 그날 노파가 집을 비웠을 때 바로 가출했어. 그때부터 얼어붙은 그 산속에서 산 거야. 할 줄 아는 건 누구 죽이고, 뭐 훔치고, 이런 것밖에 없었으니까 그걸로 먹고산 거고."

하츠가 반쯤 감은 눈으로 시아를 바라보았다.

"네가 이런 상황이어도 누군가를 죽이지 말라고 말할 수 있겠어?”

그가 매서운 눈보라 속에서 시아의 코앞까지 고개를 들이밀며 물었다.

“네가 나와 같은 삶을 살았다면 과연 다른 선택을 했을 것 같아?”

여태껏 보여 주었던 무심한 눈빛과는 달리 강렬한 눈빛이 금방이라도 시아를 물어뜯을 짐승의 것처럼 보였다. 시아의 눈에는 하츠가 절박하게 대답을 구하는 것 같기도 했다.

“나라면…… 적어도 누군가를 죽이는 일 따위는 하지 않았을 거야.”

시아가 매정하게 대답했다. 사정은 참으로 딱했지만 시아는 눈과 귀를 막은 상태였다. 그녀는 이상적인 판단을 해야만 했다.

“그래?”

하츠의 목소리가 예상과는 달리 너무나도 차분해, 시아는 그의 얼굴을 바라보았다. 믿기지 않게도 그는 잔잔하게 웃고 있었다. 가슴이 두근거리는 미소였다. 그리고 다음 순간, 사람을 꿰뚫어 보는 듯한 검은 눈동자가 초승달처럼 섬뜩하게 휘었다.

"그러면서 주머니 안에 총은 왜 가지고 있는 건데?"

천진난만하게 묻는 목소리는 담백했다.

손바닥 하나만큼의 거리를 두고 있던 둘의 얼굴 사이에서 검은 총이 시계추처럼 좌우로 왔다 갔다 하며 움직였다. 눈앞의 총을 보며 하츠의 미소가 조금 더 진해졌다. 시아는 덜컥 심장이 추락하는 듯하며 눈앞이 아득해졌다. 시아의 머리끝부터 발끝까지 눈송이가 빠르게 훑어 내리며 온몸에 소름이 돋게 만들었다.

"이런, 말이랑 행동이 다르잖아."

점잖게 타이르는 목소리에 웃음이 묻어났다. 마치 이런 상황을 예상하고 있었다는 듯, 즐기고 있는 것 같기도 했다. 하츠는 총을 든 채 등을 휙 돌려 걸어가며 탄창 안에 든 총알을 손바닥 위에 꺼내 보았다.

"하나, 둘, 셋…… 여덟 개. 많이도 챙겼구나."

총알들을 탄창 안으로 다시 슥슥 집어넣는 소리가 들려왔다. 시아가 다급하게 입을 열었다.

"누구를 해칠 생각으로 가지고 있었던 건 아니야! 야콥이 쥬드를 깨울 때 쓰라고 챙겨 준 걸 혹시 몰라서……. 어쩔 수 없이……."

"비겁해라."

태평하게 중얼거리는 목소리가 시아의 변명을 깔아뭉갰다.

"어쩔 수 없었다기에는 처음 본 순간부터 온 힘을 다해 쥐고 있던데. 주머니 안에 들어 있다고 내가 모를 줄 알았어?"

다시 뒤를 돌아 시아를 마주 본 하츠의 입꼬리는 오싹하게 올라가 있었다. 그가 한 손으로 총을 흔들어 보였다.

"이건, 너도 필요하다면 누군가를 죽일 의지가 있었다는 뜻이 되겠네?"

'적어도 사람을 죽이는 일 따위는 하지 않았을 거야.'

당당하게 내뱉은 말이 시아 자신의 머릿속에 갇혀 우스꽝스러운 메아리를 만들었다. 시아의 얼굴이 빨개졌다.

"나야…… 사정이 있잖아."

시아가 힘없는 목소리로 웅얼거렸으나 하츠는 미소를 띤 채 지그시 눈을 감고 고개를 저었다.

"그것이 누군가를 죽이는 것에 대한 정당한 이유가 될 수는 없어."

하츠는 시아가 자신에게 했던 말을 그대로 읊으며, 기다란 속눈썹 아래 신비롭고 묘한 눈동자로 시아를 고요히 바라보았다.

"사정은 나한테도 있었어. 결국 너나 나나 같은 거야."

하츠는 그렇게 덧붙이며 시아를 조롱했다.

"단, 나는 스스로에게 그런 의지가 있다는 것을 인정할 수 있을 정도로 용기가 있는 거고, 너는 끝까지 변명만 하는 거고."

"일부러 그런 건……."

해명하려고 벌어졌던 시아의 입술이 변명이란 단어에 움츠러들었다.

"사람은 자신이 감춰 버린 본성을 다른 사람이 드러내면, 그 사람을 비판함으로써 자기 자신은 정의로운 사람이라고 생각하고 만족감을 얻지."

'나는 지금 도움을 구걸하는 게 아니야. 정의를 말하고 있는 거야.'

아까 전 하츠에게 확신에 차서 말했던 것이 후회가 되었다.

"근데 그건 정의가 아니야."

나직하게 속삭이는 하츠의 목소리만으로도, 시아는 온몸이 바스러질 것만 같았다. 고막을 조용히 누르는 목소리는 진하고 강렬했다. 하츠를 설득해서 자신의 편으로 만들려고 했던 시아의 각오는 이제 한낱 어린애의 꿈으로밖에 여겨지지 않았다. 설득은커녕, 오히려 그에게 통째로 휘말려 버린 셈이었다.

하츠가 철컥, 총의 잠금장치를 잠그며 측은하다는 눈길로 시아를 내려다보았다.

"지키지 못할 정의는 떠들지 마."

시아는 반박을 할 수 없었다. 눈보라 너머로 매서운 정적이 흘렀다. 시아가 아무 말도 하지 못하자 하츠는 다 예상했다는 표정으로 그녀를 쳐다보았다.

"그, 그러면……!"

시아가 다급하게 입을 열었다. 하츠의 거침없는 파도 같은 말에 이대로 멍청히 쓸려 갈 수는 없었다.

"사람을 죽이는 게 아무렇지도 않다면, 그 악마한테선 대체 왜 벗어나려고 하는 거야?"

참을 수 없는 초조함에, 시아는 머릿속에서 둥둥 떠다니는 생각 중 하나를 자세히 살피지도 않고 움켜잡아 입 밖으로 던져 버렸다.

그러나 막상 말을 내뱉고 나니 정말 궁금해졌다. 야곱에게 들은 바에 의하면, 하츠는 악마에게 휘둘려 많은 요괴들을 무자비하게 죽이게 됐고, 그렇기에 악마에게서 벗어나려고 하는 것 같았다. 그런데 그 이유가 아니라면, 대체 왜……?

"자기 집에 불이 나면 말이야."

하츠는 시아의 질문에는 답하지 않고 또 다른 이야기를 꺼내 시아를 더 혼란스럽게 만들었다.

"빠르게 퍼지는 불길에 쫓겨 급하게 자신부터 빠져나오는 자가 있는가 하면, 그 와중에도 바로 나오지 않고 불길 속에 있는 소중한 것을 구하려다 시간을 지체하는 자도 있는 법이야. 그 소중한 것이, 살아 있는 것이든 물건이든."

하츠가 시아에게서 빼앗은 총을 이리저리 돌려 보며 이야기했다.

"문제는 그러다가 죽는다는 거야. 그렇잖아, 불길이 얼마나 빠른데 그 와중에 다른 걸 챙겨. 나 하나 나오기도 벅찬데."

총은 검고, 딱딱하고, 매끄러웠지만 다 낡아 빛이 바랬다. 하츠가 총에서 시선을 떼고 시아를 바라보았다.

"웃기지 않아? 자기한테 소중했던 것 때문에 정작 자기는 불에 타 죽게 되는 거잖아."

가만히 내려다보는 눈빛은 차분했다. 하츠가 중얼거리듯 말했다.

"무언가에 정을 주면 그게 곧 네 약점이 되는 거야."

맥락 없는 이야기에 시아는 그저 답답했다. 그것이 하츠가 악마로부터 벗어나려는 이유와 무슨 상관이 있는 건지, 시아는 도무지 알 수가 없었다.

"그러니까 내 말은, 대체 왜……?"

시아의 말이 끝나기 전에 하츠가 입을 열었다.

"악마가 내 안에 들어온 후 힘들어졌던 것도 바로 그것 때문이야. 악마는 어떻게 해야 내가 괴로워하게 될지 아주 잘 알고 있었어. 그놈은 나를 산 밖으로 끌어낸 후, 내가 친구와 이웃을 만들게 하고, 그들과 정이 들게 만들었어."

"그래서 어떻게 됐는데?"

기다리던 질문에 대한 답이 흘러나오기 시작하자 더더욱 긴장한 시아가 물었다. 하츠가 웃으며 말을 이었다.

"그다음 그들을 모두 죽이게 했지. 내 의지가 담기지 않은 팔로 여기도 푹, 저기도 푹. 소리 지르고 싶은 입으로는 강제로 웃으면서, 오직 눈에서만 눈물을 흘리면서……. 저항할 수도 없었어. 악마는 완전히 나를 통제하고 있었으니까. 그들을 모두 죽이면 나는 또 다른 친구를 만들고 이웃을 만들고 그다음엔 죽이고, 또 만들고 죽이고……. 만들고 죽이고……. 참 지겨운 순환이 아닐 수 없었다. 만들고, 죽이고, 만들고, 죽이고, 죽이고, 죽이고, 죽이고, 죽이고, 죽이고, 죽이고, 죽이고.”

하츠는 계속해서 총을 만지작거리며 정신을 잃은 듯 혼잣말을 해 댔다. 시아는 그만하라고 소리 지르고 싶었지만 지금 그에게 그런 말을 하는 건 너무나 이기적인 짓인 것 같아 아무 말도 하지 못했다. 제가 좋아하는 사람들을 제 손으로 계속 죽이게 된다면 어느 누가 미치지 않겠는가. 그저 상상하는 것만으로도 괴로웠다.

“하츠가 없어졌다!”

“또?”

그때, 저 멀리에서 눈보라를 뚫고 어렴풋하게 고함이 들려왔다. 하츠가 시아를 보기 위해 몰래 빠져나온 것이 들통난 모양이었다.

“빨리 찾아!”

“아, 또 어딜 간 거야!”

여기저기에서 희미하게 들려오는 신경질적인 목소리들이 시아의 머릿속을 헤집어 놓았다. 퍼뜩 무언가를 떠올린 시아의 등줄기로 차가운 전율이 흘렀다.

'그러고 보니, 하츠는 나를 왜 찾아온 거지? 나는 하츠의 도움이 필요하니 그를 꼭 찾아야 했지만, 하츠는 나를 찾아올 이유가…… 이유가…… 있다!'

환상

감정이 전환되는 것은 순식간이었다. 시아의 심장이 크게 뛰고 온몸이 종잇장처럼 흔들렸다. 시아는 하츠의 손에 들려 있는 총을 당장이라도 빼앗고 싶었지만 그게 가능할 리 없었다.

말을 멈춘 하츠가 고개를 거칠게 들어, 떨고 있는 시아를 지그시 바라보았다.

"추워?"

그들을 휘감으며 눈보라가 몰아치고 있었기에 그것은 너무나도 당연한 질문이었다.

"하긴, 나도 이 온도에 적응하고 사는 데에만 몇 년이 걸렸는데."

하츠가 악마에게 휘둘리기 전에 살았다던 그 추운 산속, 시아와 하츠가 서 있는 이곳과 닮았다는 그곳의 이야기였다. 하츠가 즐겁게 속삭였다.

"그런데도 내가 왜 굳이 그 추운 데 살았게?"

시아는 그대로 그 자리에 얼어붙었다. 안타깝게도 그녀는 그 답을 알고 있었다.

정든 노파의 침대 옆에서 칼을 들고 한참 동안이나 서 있었던 그날을 되풀이하지 않기 위해서 상처받은 어린 하츠가 도망쳐서 간 산속은, 누군가에게 정을 주는 것은 약점이 된다는, 그날 뼈저리게 배운 교훈을 적용할 수 있는 곳이었을 것이다. 다시는 누군가에게 배신당하지 않고 누군가를 해치는 데 망설일 필요가 없도록, 인연과 벽을 쌓기 위해 하츠는 어린 나이에 추운 산속으로 들어간 것이다.

악마를 만나기 전까지, 하츠는 그곳에 살면서 죄책감 따위를 느끼지 않고 맘 편히 다른 요괴들을 죽일 수 있었겠지. 그리고 그곳을 닮았다는 지금 이곳……. 설마설마하던 불안이 확신이 되자 시아의 얼굴이 하얗게 질렸다.

하츠가 나지막이 흥얼거렸다.

"죄책감으로부터 해방된 공간 그리고 그 어떤 인연도 아닌 너."

하츠가 감탄했다. 아, 이 얼마나 완벽한 조건인가.

하츠의 팔이 매끄러운 호선을 그리며 우아하게 올라갔다. 그는 마치 시아에게 마지막 악수를 건네는 것처럼 자연스럽게 총을 들어 올렸다. 사냥감을 겨냥하는 자세가 너무나 훌륭해서 이전에도 많이 해 본 짓이라는 게 티가 났다. 눈보라를 사납게 끌고 온 바람이 하츠의 검은 머리칼을 뒤로 흩날렸다.

"해돈은 나한테 한 달이란 시간을 약속했어. 그 전까진 날 죽이지 않기로 했다고!"

시아가 다급하게 외쳤다. 여전히 총은 시아에게 겨눈 채로, 하츠는 한쪽 입꼬리를 삐딱하게 올렸다.

"누가 죽인대?"

그가 근사하게 웃으며 말했다.

"난 이 안에 든 총알 여덟 개를 다 쓰고도, 네 숨은 여전히 붙어 있게 할 수 있어.

하츠의 입가에서 웃음이 사라졌다. '뭐가 잘못됐어?' 그녀를 바라보는 순수한 눈빛이 그렇게 물어보는 것 같았다.

"죽이지 말랬지, 다치게 하는 것도 안 된다고는 하지 않았잖아."

하츠는 시아에게 죽지 않을 만큼 고통을 주어 시아가 고통을 참지 못하고 스스로 심장을 내주도록 만들 속셈이었다. 한 번도 경험해 보지 못했던 어마어마한 크기의 공포가 시아를 통째로 덮쳐 이성적인 사고가 불가능했다. 시아 자신이 서 있는지, 쓰러져 있는지도 구분되지 않을 정도였다. 온몸이 지진을 맞이한 것처럼 흔들렸다.

"약속할게. 내가 네 심장을 멋대로 빼앗는 일은 없을 거야."

그가 예쁘게 웃었다.

"네가 가져가 달라고 애걸복걸하기 전까지는……."

사나운 파도가 몰아치는 검은 바닷속에 잠겨 허우적대듯 시아는 숨이 막히고 눈앞이 캄캄했다. 모든 소리를 집어삼킬 정도로 강렬한 목소리가 멈추자 총성이 들려왔다.

탕!

눈을 감을 새도 없었다. 머릿속을 거칠게 파고들어 간 총성이 멍할 정도로 빠르게 또다시 울려퍼졌다.

탕!

'어?'

시아의 시야가 점점 더 뚜렷해지며 하츠의 굳은 표정이 눈에 들어왔다.

"뭐야, 이거?"

하츠가 신경질적으로 중얼거리곤 다시 시아에게 총을 쏘았다. 탕! 명확한 총성을 울리며 시아에게로 날아오던 총알이 별안간 시아 앞에 나타난 팔에 부딪혀 다른 방향으로 튕겨 나갔다. 투명한 바탕에 각기 다른 글씨체의 글자가 적혀 있는 팔은, 한 번뿐이지만 전에도 본 적이 있는 것이었다. 톰의 팔이었다. 총알이 어이없을 정도로 허무하게 튕겨 나가자 기괴한 팔 역시 저절로 사라졌다.

하츠가 얼굴을 찌푸리며 물었다.

"너, 설마 해돈이랑 계약할 때 톰의 몸에 서명을 한 거야?"

상황 파악이 전혀 되지 않은 시아는 대답도 하지 못했다. 이게 어떻게 된 일일까. 분명 하츠는 그녀에게 총을 쏘았고, 총성도 또렷했다. 하츠의 구겨진 표정을 보니 추측에 확신이 더해졌다. 기뻐할 만한 일이었다. 하지만 왜? 톰의 팔은 왜 불쑥 튀어나와 총알을 막고 홀연히 사라진 것일까?

시아의 머릿속에 멈추어 있던 톱니바퀴들이 삐걱삐걱 움

직이다 빠르게 돌아가기 시작했다. 시아는 톰이 보증하는 계약하에, 한 달이 지나기 전까지는 그 어떤 생명의 위협도 받지 않을 권한을 인정받은 셈이었다.

상황을 어느 정도 이해한 시아의 눈빛에 다시금 생기가 돌기 시작했다. 악마에게 종속된 것이 이렇게 다행이라고 느껴지게 될 줄은 꿈에도 몰랐다.

"저기다!"

"어휴, 레스토랑에서 총성이라니……. 손님들이 있는데 대놓고 이런 짓을 할 만한 작자는 하츠뿐이야!"

침묵을 깨는 목소리들이 우왕좌왕 들려왔다. 하츠를 찾던 직원들이 총성을 듣고 이쪽으로 달려오고 있는 모양이었다. 덕분에 긴장을 푼 시아는 하츠의 얼굴을 살폈다. 하츠의 표정에서는 깊은 분노가 느껴졌다. 시아는 저도 모르게 움츠러들었다.

"세상에……."

어느새 근처까지 다가온 직원들은 분홍빛 벚꽃으로 가득했던 낭만적인 정원의 일부가 눈보라가 거세게 몰아치는 휑한 벌판이 된 것을 보고 식겁하지 않을 수 없었다.

그들은 굳어 있는 하츠에게 주춤주춤 다가와 조심스럽게

이야기를 꺼냈다.

"저기, 루이가 급하게 찾던데…… 또 없어졌다고……."

"해돈 님이 찾으시던데, 빨리 가 봐야……."

매우 화가 난 하츠가 중얼거리듯 대답했다.

"알아, 안다고……! 안 그래도 갈 거였어."

눈보라가 훅 하고 사라지며 빈 공간을 다시 벚꽃이 가득 채웠다. 하츠가 인사했다.

"다음에 또 보자."

시아는 순식간에 분홍빛으로 물들어 가는 주변을 보니 어지러워 토할 것만 같았다. 하츠가 시아를 보며 부드럽게 덧붙였다.

"물론 그때까지 살아 있다면……."

어느새 그의 어깨에는 날개가 돋아 있었다. 연분홍빛 화사한 세상에 후두둑 잉크를 뿌리듯 검은 까마귀 깃털이 하나둘 떨어졌다. 벚꽃 속에서 순식간에 자취를 감추는 하츠를 바라보며, 시아는 속으로 비명을 질렀다.

하츠는 블랙홀처럼 시꺼멓고 끝이 없어 보이는 황량한 하늘 위로 순식간에 날아올랐다. 하늘은 진공청소기가 먼지를 빨아들이듯 휘이이 거친 소리를 내며 공기를 강력하게 빨아들이고 있었다. 매섭게 빨려 들어가며 휘몰아치는 바람을 맞으며, 하츠는 해돈이 있는 곳을 향해 추악한 날개를 우악스럽게 움직였다. 부상을 당한 가슴팍에서 찌릿찌릿 통증이 느껴졌지만 고통을 호소하기엔 그는 이미 너무나 지쳐 있었다. 잠시 멈춰 쉰다고 해서 회복될 것도 아니었다.

밤하늘은 시린 바람이 회오리처럼 몰아치는 검은 벌판 같았다. 별은 그 벌판을 드문드문 비춰 주는 가로등 같았는데, 불 켜는 사람이 도망이라도 간 듯이 별빛은 곧 어둠에 먹힐 것처럼 위태롭게 빛나고 있었다.

그가 지겹도록 보아 온 이 풍경을 한 번도 본 적 없는 이들도 있을 것이다. '그날'만 아니었어도 하츠 역시 이런 불쾌한 풍경 따위 평생 모르고 살았을 것이다. 무시무시한 기세로 빨려 들어가는 바람이 그에게 옛일에 대한 기억을 불러일으켰다.

'그날' 밤에도 그는 꽁꽁 얼어붙은 산에서 자신을 잡으러 온 두 명의 요괴를 쫓아내고 다음 손님은 또 어떤 멍청이일까 궁금해하고 있었다. 물론 그 손님이 현상금을 노리고 하츠를 잡으러 온 멍청이일지, 아니면 하츠에게 범죄를 의뢰

하려 온 멍청이일지는 짐작할 수 없었지만, 어쨌거나 그들은 바람의 시체가 걷히는 밤중에만 자신을 찾아올 수 있었기 때문에 머지않아 누군가가 또 모습을 드러낼 거라는 건 아주 당연한 사실이었다.

그가 손님을 기다리며 산속에서 여유롭게 풍류를 즐기고 있을 때, 아래쪽에서 누군가가 어수선하게 올라오는 소리가 들려왔다. 낑낑대며 힘들게 산을 올라오는 소리에 하츠는 어처구니가 없었다. 대체 어떤 멍청이가 이리도 무방비하게 자신을 찾아온단 말인가.

계속되는 소리에 호기심이 생긴 하츠는 소리가 들려오는 쪽으로 빠르게 내려갔다. 내려갈수록 소리는 더 크게 들려왔다. 어찌나 크던지, 하츠가 이곳에 있든 말든 조금도 신경 쓰지 않는 것 같았다. 그리고 이 대담한 상대의 얼굴을 마침내 확인했을 때, 하츠의 눈동자가 흔들렸다. 몇 년간 같은 표정만을 지었던 그가 당황한 기색을 감추지 못했다.

“하츠, 내 아가. 아아, 정말 보고 싶었단다.”

자글자글한 주름이 가득한 얼굴로 가쁜 숨을 내쉬던 노파가 하츠를 향해 팔을 벌렸다. 세월이 흘렀지만 그녀의 목소리와 표정, 눈빛은 그가 기억하던 것 그대로였다. 익숙한 팔이 조금 더 벌어지며 하츠를 재촉했다. 그러나 그가 그 품에 안기지 않을 것이라는 것은 양쪽 모두 잘 알고 있었다.

멀찍이 떨어진 채로 추한 노파를 내려다보던 하츠의 눈빛이 천천히 건조해졌다. 잠시나마 당황했던 표정도 다시금 차갑게 돌아갔다.

"……너무 늙어서 기억을 못 하는 건지, 아니면 뻔뻔한 건지……."

하츠가 나직하게 중얼거렸다. 하츠로선 자신에게 팔을 벌리며 애정 담긴 말을 쏟아 내는 노파의 모습이 가증스럽다 못해 역겨울 뿐이었다. 갑작스러운 만남에 잠시 놀라기는 했으나 딱 거기까지였다. 이 오랜만의 재회가 따뜻한 이유에서 비롯된 것일 리 없었다.

"이제 와서 이러는 이유가……. 아, 혹시 현상금 때문에?"

복잡하게 생각할 필요도 없이 무정한 목소리가 알아서 잘도 흘러나왔다. 노파를 바라보는 눈빛에는 애정도, 그리움도, 애틋함도 없었다. 남아 있는 것은 그저 원망뿐.

"고작 돈이 고파서 이 설산을 올라왔겠느냐. 나는 그저 너를 다시 보듬어 주고 싶어서, 너를…… 데리러 온 거란다."

헛소리. 전혀 예상치 못한 말에 하츠는 기가 찼다. 나이를 먹어서 정상적인 사고가 불가능해진 것일까.

"아니, 대체 무슨 낯짝으로……. 그러면 내가 '네, 알았습니다.' 하고 같이 가 줄 거라고 생각하는 건가? 내 가족을 모조리 죽여 버린 당신한테?"

하츠가 비아냥거렸지만 노파는 빙그레 미소를 지었다. 한때 하츠가 그렇게도 위안으로 삼았던 푸근한 미소였다.

"너는 꼭 당하기만 한 것처럼 얘기하는구나. 듣자 하니 넌 그동안 더한 짓들을 해 왔다던데. 돈을 받고 대신 범행을 하는 일이라니……."

하츠의 무심한 눈동자를 들여다보며 노파가 고개를 설레설레 저었다.

"네가 죽인 자들 역시 누군가에게는 가족, 연인, 친구였을 터인데 너는 그저 돈을 벌기 위한 목적으로 그들을 죽였다지. 비록 자세히 말해 줄 수는 없으나 나는 너의 가족들을 불가피한 이유 때문에 어쩔 수 없이 죽여야만 했다."

하츠가 그 이유를 물어보기도 전에 노파가 올곧은 목소리로 말을 이었다.

"너는 누군가를 죽이고도 그 어떤 반성의 기미도 보이지 않으니, 너를 거두어 키움으로써 네 가족을 죽인 것에 대하여

죄를 속죄해 온 나에 비해 훨씬 더 악질인 것이 아니겠느냐."

하츠는 자신이 죄책감을 느끼지 않는다는 이유로 자신이 더 악질이라고 비난하는 노파의 말을 이해할 수 없었다. 애초에 그로부터 죄책감을 느낄 기회조차 빼앗아 버린 건 노파가 아니었던가.

"난 적어도 당신처럼 내가 죽인 자의 가족에게 훈계질을 할 정도로 뻔뻔하진 않아."

하츠는 그저 이 상황이 불쾌했다.

"뻔뻔하다라……. 그래, 너는 네 앞에서 이런 얘기를 하는 내가 뻔뻔하게 느껴질 수도 있겠구나."

하츠는 이제 와서 부질없는 이야기를 주절주절 늘어놓는 노파가 답답했다. 밀려오는 짜증을 참지 못하고 그만 내려가라고 말하려는데, 노파의 말이 그의 입술을 멈추게 했다.

"그런데 이건 뻔뻔한 게 아니라, 그렇게 여겨질 걸 감수하고서라도 네게 이런 말을 할 정도로 내가 너를 아낀다는 거야."

미처 모르고 있었는데, 아까부터 그를 바라보고 있는 노파의 눈빛은 너무나도 따뜻했다. 마치 예전의 그때처럼.

"말하지 않았느냐. 너를 다시 보듬어 주고 싶어서, 너를 데리러 온 거라고."

세월의 나이테가 새겨진 쭈글쭈글한 손이 하츠를 향해 뻗어졌다.

"그 어린 나이엔 몰랐겠지만, 이젠 너도 다 커서 알지 않느냐. 누군가를 죽이거나 악행을 저지르는 건, 너무나도 사소하고 흔한 일이라는 것을. 그러니 이제 그만 화를 풀고 다시 옛날로 돌아가자꾸나."

하츠는 그를 향해 다정하게 뻗어진 손을 가만히 쳐다보았다. 손가락 마디마디에, 주름 하나하나에 많은 기억들을 담고 있는 손이었다. 그 손은 그가 기억하던 것보다 주름이 몇 개 더 늘어나 있었다.

하츠가 눈썹을 일그러뜨리며 노파를 쳐다보았다.

"별 꼴값을 다 떠는군. 겨우 그딴 헛소리에 내가 넘어갈 것 같나? 내가 그렇게 감정에 죽고 못 사는 애 같아?"

더는 상대도 하고 싶지 않아 하츠가 그만 가려는데, 넌지시 들려오는 노파의 말이 그를 움켜잡았다.

"충분히 그런 것 같은데, 아닌가? 네가 야콥이라는 마녀로부터 수정 구슬을 훔쳤다가 그 구슬이 미래는 점치지 못하고 오직 과거와 현재만을 보여 준다는 사실을 깨닫고, 그것을 다시 야콥에게 던져 줘 버렸다는 소문을 들었다."

하츠는 무심한 눈동자로 노파를 내려다보았고, 노파는 뻔하다는 듯이 웃었다.

"네가 꿈꿔 볼 수 있는 미래가 하나 말고 더 있겠느냐."

날카로운 산맥을 둘러싼 노란 별들이 이글이글 불타오르며 하츠를 노려보는 것 같았다.

"내가 이 산에 찾아올지, 다시 나를 만날 날이 올지, 내가 널 보듬어 줄 날이 또 올지, 그것이 궁금해서 구슬을 훔친 것이지?"

별들이 마치 속삭이는 것 같았다. 그녀는 다 알고 온 거야.

"내가 너를 키운 게 몇 년인데 그걸 모를까."

한 걸음, 한 걸음, 하츠를 향해 뱀처럼 천천히 다가오며, 쉬익, 쉬익, 마치 최면을 걸 듯이 노파가 속삭였다. 그 모습은 흡사 방울뱀 같았다.

뱀이 꼬리를 흔들면 방울 소리 같은 신비한 소리가 나, 나무 위에 있던 다람쥐는 그 소리에 현혹되어 아래를 내려다보는데, 독사의 눈과 마주치는 순간 다람쥐는 겁을 먹고 균형을 잃어 나무 아래로 떨어진다. 그리고 순식간에 잡아먹힌다.

"지치거나 외로울 때, 찾아갈 수 있는 자가 없다면 그것만큼 비참한 것도 없겠지."

노파의 묵직한 말 한마디가 하츠의 심장을 후벼 팠다. 하츠는 거부하려는 듯 고개를 돌렸다. 방울뱀이 꼬리를 흔들 듯 신비한 소리가 나, 나무 위에 있던 다람쥐가 그 소리에 현혹되어 아래를 내려다보는데…….

"나는 그 심정을 너무나 잘 이해하고 있단다. 아가, 얼마나 힘들었을까."

아, 방울뱀은 이미 나무 위에 올라와 있다.

"나는 너를 아주 소중하게 대해 줄 거야."

그런데…… 방울뱀의 눈이 따뜻했다. 너무나 따뜻해서, 다람쥐는 나무 아래로 떨어지지 않았다. 대신 방울뱀은 방울 소리를 내면서…… 더 가까이 다가왔다. 노파가 손을 뻗어 하츠의 뺨을 가만가만 쓰다듬었다.

"너도 내 가족으로 살았을 때 행복했다는 것을 너무나 잘 알고 있지 않느냐. 자, 다시 행복해질 수 있는 기회다. 이 기회를 걷어찬다면 너는 또다시 이 추운 산속에 혼자 남아 후회하게 되겠지."

노파가 살며시 하츠를 끌어안았다.

"나의 아들, 나의 가족."

속삭이는 노파의 품속에서, 하츠는 미동도 하지 않았다. 정신을 차려 보니 이미 뱀의 똬리 안이었다.

"너는 내 말만 따라 주면 돼. 그럼 나는 너를 세상에서 가장 소중하게 대해 줄 거야. 내 말만 따라 준다면, 내 부탁만 들어준다면, 그러면 되는 거야. 딱 한 번만 들어주면 돼."

노파가 하츠의 귀에 대고 속삭였다.

"브리초를 찾아와 줘."

잡아먹히는 것은 순식간이었다.

12

정원사의 선물

실패했다. 후들거리던 다리가 그대로 힘이 빠져 시아는 바람에 쓸려 가는 벚꽃들 위로 털썩 주저앉았다. 머릿속에서는 방금 전 한꺼번에 우르르 쏟아진 충격적인 일들이 한 장면씩 재생되었다. 온몸에 경련이 일었다. 곧 쓰러질 것 같았다. 아무 감각도 느낄 수 없었다. 무서웠다. 혼란스러웠다. 숨 쉬는 게 힘들었다. 숨은 어떻게 쉬더라.

시아는 초점 잃은 눈을 한 채 달리기를 한 것처럼 격하게 숨을 쉬었다. 미친 듯이 흔들리는 두 손을 가까스로 들어 올려 얼굴을 파묻었다. 얼굴이 가려지자, 막대한 설움이 발끝부터 목구멍까지 울컥 치밀어 오르면서 결국 울음이 터져 버렸다.

시아가 어깨를 들썩이며 크게 울었다. 누군가는 그런 삶을 살 수 있다는 것도 처음 알았고, 그렇게 잔인한 세상이 있다는 것도 처음 알았고, 죽임을 당할 뻔한 것도 처음이었다. 소름 끼치도록 텅 비어 있는 그 검은 눈동자에 모든 것이 죄다 빨려 들어간 것 같았다.

시아는 한참을 울었다. 그간 쥬드나 야곱이 자는 사이, 그들이 깨지 않게 숨죽여 울었던 것으론 턱없이 부족했다. 그래서 시아는 무엇인지도 모를 그 모든 것을 완전히 놓쳐 버린 지금, 그저 목 놓아 울며 서러웠던 감정을 원 없이 다 토해 냈다. 그렇게 한참을 울고 난 뒤, 시아의 눈이 퉁퉁 부어버린 것은 너무나 당연한 일이었다.

시아는 따끔거리는 눈가를 더듬더듬 만져 보며 확인하고 천천히 자리에서 일어섰다. 실컷 울고 나니 기분이 차분해져 이성적인 생각을 다시 할 수 있게 되었다. 그러나 여전히 마음속은 텅 비어 공허하기만 했다. 시아는 비참한 마음으로 주변을 빙 둘러보았다. 눈앞에는 정원이 밤하늘 아래 은밀하게 펼쳐져 있었다.

'어느 쪽으로 가야 될까?'

시아는 생각했다. 그러나 곧 그녀는 질문이 잘못됐음을 인지했다.

'어디를 찾아가야 할까?'

시아가 스스로에게 다시 물었다. 다시 지하실에 간다고 해서 할 수 있는 것도 딱히 없었다.

'나는 어딜 가야 하는 거지?'

상황은 급박한데, 남은 기간에 어디서부터 무얼 해야 좋을지 전혀 모르겠다는 사실이 그녀를 불안에 휩싸이게 했다.

"길을 잃어버렸니?"

그 순간 나지막한 물음이 들려왔다.

"어, 그게……."

문득 정신을 차린 시아가 말을 멈추고 사방을 둘러보자, 주변엔 아무도 없었다. 이젠 환각까지 들리는 것일까. 더더욱 절망한 시아가 고개를 푹 숙였다.

그러던 중 아래에서 자신을 쳐다보고 있는 불도그와 눈이 마주쳤다. 시아는 눈을 깜박였고, 불도그도 눈을 깜박였다. 그렇게 잠시 동안 둘은 서로를 바보처럼 멀뚱멀뚱 쳐다보고만 있었다.

"길을 잃어버렸니?"

불도그가 다시 넌지시 물었다. 아니, 아니다. 불도그는 말을 하지 못하지. 그러나 어디선가 목소리가 들려왔고 동시에 불도그의 입이 움직였다.

시아가 아무 말도 못 하고 있자 괜스레 민망해진 불도그가 어쩔 줄 몰라 하며 귀를 늘어뜨렸다. 자신이 너무 갑작스럽게 나왔다느니 그래서 사람을 놀라게 했다느니, 뭐라고 중얼중얼거리며 불도그는 눈동자를 데굴데굴 굴렸다.

그제야 시아도 이 황당한 상황을 어느 정도 파악했다. 여기는 동물도 말을 하나? 하긴, 계란도 말하는데 동물이라고 못 할 건 없었다. 이젠 적응할 만도 하다.

시아는 놀란 마음을 진정시키며 가만히 불도그를 바라보았다. 시아 키의 반절만 한 불도그는 엄청난 덩치를 소유했지만 크고 온순한 눈망울 때문에 전혀 위험해 보이지 않았다. 달빛에 빛나는 베이지색 털은 잘 관리된 잔디밭처럼 가지런히 정돈되어 있어 우아했고, 불도그의 머리를 장식한 작은 은색 왕관과 하트 모형이 달린 목걸이는 불도그에게 기가 막히게 잘 어울렸다.

"길을…… 잃어버렸니?"

긴장한 불도그가 방금 전보다 더 자신감 없는 목소리로 물었고, 시아는 이번에는 대답을 해주었다.

"으응, 그런 것 같아."

조금 묘한 기분으로 대답하자 불도그는 드디어 반응을 받아 냈다는 것에 안심하는 표정이었다.

"어디 가는 중인데?"

불도그가 용기를 내서 물었다. 나지막하면서도 따뜻하고 친근한 목소리가 사람의 목소리보다 더 듣기 좋았다.

"그게…… 나도 잘 모르겠어."

시아가 솔직하게 대답했다. 불도그는 길만 모르는 것이 아니라 목적지도 모르는 건 해결해주기 상당히 어려운 문제라고 판단했는지, 처진 주름을 이리저리 미묘하게 움직이며 골똘히 생각에 잠겼다.

"그러면 내가 정원사에게 데려다줄게."

자신이 제시한 해결 방안이 부끄러운지 귀가 붉어진 채로 웅얼대는 불도그를 보며 시아가 물었다.

"정원사가 누군데?"

불도그는 꾸물거리더니 대답했다.

"으응, 정원사는 나를 키우는 주인인데, 이 레스토랑의 정원을 다 가꾸었어! 게다가 정원사는 어떤 문제든 다 해결해 줄 수 있거든!"

불도그의 해맑은 대답에 시아는 저도 모르게 살며시 미소를 지었다. 아무래도 주인에 대한 신뢰가 엄청난 모양이었다.

"그래, 그럼 그렇게 해 줘."

어차피 특별히 갈 데도 없었다. 정원사를 찾아가서 의외의 수확을 거둘 수 있을지도 몰랐다.

그렇게 해서 시아는 이 사랑스러운 동물과 나란히 정원을 걷게 되었다. 끝없이 펼쳐진 몽환적인 정원을 침묵 아래 걷고 있자니, 지나가는 다른 요괴들은 그저 환각처럼 느껴졌고 또 하나의 세상처럼 시아와 불도그 오직 둘만이 존재하는 것 같았다.

"넌 이름이 뭐니?"

조용히 걷고 있던 시아가 넌지시 묻자 불도그는 혼란스럽다는 표정을 지었다.

"이름 말이야, 이름."

시아가 다시 말하자 불도그는 한참을 끙끙대더니 이내 고개를 푹 숙이며 웅얼거렸다.

"이름이라는 게 무슨 말인데?"

전혀 예상치 못한 질문에 시아는 잠시 걸음을 멈추고 불도그를 쳐다보았다. 불도그가 매우 당황한 것을 눈치채고 다시 걸으며, 시아는 곰곰이 생각하다가 입을 열었다.

"이름은…… 마치 꼬리표 같은 거야. 상대방이 너를 부를 때 말하는 거. 그게 이름이야."

그러자 불도그는 잠시 아주 열심히 고민하는 듯싶더니 이윽고 커다랗고 둥글둥글한 눈동자를 내리깔며 시무룩한 표정을 지었다.

"난 이름이 없는 것 같아."

그 우울한 대답에 놀란 시아가 다시 입을 열었다.

"그럼 정원사는 널 어떻게 부르는데?"

불도그는 이번에는 더 열심히 고민을 해 보더니, 다시 고개를 푹 떨구었다.

"지금 생각해 보니까 정원사는 날 부른 적이 단 한 번도 없었던 것 같아. 정원사가 날 부르기도 전에 항상 내가 먼저 다가갔으니까."

불도그는 마치 무슨 대단한 비밀이라도 고백한 것처럼 귀를 축 늘어뜨리더니 땅만 보고 걸었다. 그 모습이 가여워 보인 시아는, 자신이 직접 이 선량한 동물에게 이름을 붙여 주기로 했다.

"그렇다면 내가 너에게 이름을 지어 줄게."

그 말에 불도그가 눈을 빛내며 기뻐했다. 시아는 불도그 머리 위에 놓여 있는 작은 왕관과, 주름으로 가득한 두툼한 목을 아주 우아하게 꾸며 주고 있는 목걸이를 유심히 관찰했다. 마치 공주의 것 같았다.

"프린세스. 어때? 공주라는 뜻이야."

시아가 대뜸 말하며 불도그의 눈치를 살폈다. 그러나 소심한 불도그는 그저 고개를 땅에 파묻고 칭얼거렸다.

"그건 너무 거창해."

하는 수 없이 시아는 다른 이름들을 생각해 봤다. 누군가에게 이름을 붙여 본 일이 거의 없었기에 시아는 결국 자신이 제일 좋아하는 책에서 아이디어를 얻기로 했다.

"체셔는? 책 속 고양이 이름에서 따온 건데."

"……고양이 싫어해."

"앨리스는? 그 책 주인공 이름이야."

"그건 너무 부담스러운데."

"그럼, 하트 퀸은? 네 하트 목걸이랑도 잘 어울리는 이름 아니니?"

"너무 화려해."

아이디어가 바닥난 시아는 눈을 깜박이며 불도그를 쳐다보았다. 불독의 취향은 예상보다 까다로웠다. 시아의 시선을 느낀 불도그가 부끄럽다는 듯이 눈을 재빨리 피하며 웅얼거렸다.

"나, 나는 그냥, 너무 거창하지도 않고 화려하지도 않은…… 소박하고 편한 이름이 좋을 것 같아."

당황한 듯 주절주절 빠르게 말을 읊어 대며 불도그가 시아의 눈치를 살폈다.

시아는 고개를 끄덕이며 생각에 잠겼다. 편하고 소박한 이름. 시아는 머리를 굴려 최대한 촌스럽고 구수한 이름을 궁리해 보았다.

"춘자."

"어?"

불도그가 되묻자 시아가 미소 지으며 다시 말했다.

"춘자, 어때?"

다시 언급된 그 이름에 불도그가 쑥쓰러워했다.

"……마음에 든다."

불도그 춘자가 이어 나지막이 속삭였다.

"다 왔다."

토실토실한 엉덩이를 씰룩이며 열심히 나아가던 춘자가 걸음을 멈췄다. 시아도 춘자의 말에 따라 멈춰 서며 주변을 훑어봤다. 그러나 정원에서 움직이는 건 오직 시아와 춘자뿐, 정원사라곤 흔적도 찾아볼 수가 없었다. 시아가 춘자를 힐끗 쳐다봤으나 춘자는 그저 헤실헤실 수줍게 웃으며 시아를 마주 보고 있을 뿐이었다.

시아가 마지못해 입을 열었다.

"춘자야, 정원사는 안 보이는데?"

춘자는 들뜬 얼굴로 눈동자를 굴리며 고개를 저었다.

"아니야, 잘 봐."

춘자가 축 늘어진 주름이 가득한 두툼한 머리로 어딘가를 열심히 가리켰다.

"정원사는 바로 저기 있잖아!"

춘자가 '정원사'라고 칭하며 열심히 가리킨 것은 바로 덤불 속의 나뭇가지들이었다. 춘자는 신이 나서 엉덩이를 씰룩이며 덤불 쪽으로 뛰어갔다. 그리고 덤불 속 나뭇가지들을 보며 발랄하게 말했다.

"정원사님, 낮 동안 잘 주무셨나요?"

시아가 입을 쩍 벌리고 굳어 있는 동안 춘자는 계속해서 나뭇가지들을 향해 쫑알거렸다.

"제가 손님을 데려왔어요, 정원사님! 길을 잃어서 도움이 필요하대요."

차마 비난할 수 없을 정도로 순진하고 해맑은 표정으로 설명을 마친 춘자가 드디어 시아에게 이쪽으로 오라는 신호를 했다. 시아는 춘자의 엉뚱한 상상에 맞장구치며 나뭇가지들을 향해 인사를 할 마음의 여유가 없었다.

"어⋯⋯ 춘자야! 하하, 내가 좀 바빠서 말이야. 나 그냥 갈게."

시아는 어색한 미소를 지으며 은근슬쩍 발길을 돌렸다. 한 달 안에 단서도 없는 치료 약을 찾아야 하는 상황에서 벌써 삼 일째인데 바보같이 나뭇가지나 보면서 이야기하고 있으라니⋯⋯.

"아, 아, 아냐! 가지 마."

춘자가 애처롭게 시아를 불렀다. 외면하기 어려운 필사적인 목소리에 시아가 춘자를 쳐다보았다. 큼직한 눈망울로 슬프고 아련한 눈빛을 보내며 찡찡대는 불도그가 그렇게 안타까울 수가 없었다. 하아. 시아가 한숨을 쉬었다. 어쩔 수 없었다.

'딱 몇 초만 같이 있어 주자. 어차피 갈 데도 없었잖아.'

마음이 흔들린 시아는 그렇게 합리화하며, 결국 그 나뭇가지들을 향해 다가갔다.

"인사해."

춘자가 수줍게 말하자 시아는 하는 수 없이 입을 열었다.

"어, 안녕하세요……?"

나뭇가지에게 인사를 하다니 시아는 완전히 바보가 된 기분이었다.

"당신은 인간이로군요."

시아가 고개를 끄덕였다.

"네, 맞아요."

시아는 다시 춘자의 눈치를 보며 걸음을 옮기기 위해 몸을 돌렸다. 그러나 순간 벼락이라도 맞은 듯 눈을 번쩍 뜨며 다시 나뭇가지들을 향해 다가섰다. 시아는 설마 하는 마음으로 나뭇가지들을 바라보았다. 본인의 정신 상태가 의심될 정도였다. 시아는 할 말을 잃고 나뭇가지들을 하염없이 쳐다보았다. 그러거나 말거나, 나뭇가지들은 계속해서 속삭였다.

"그 유명한 분이 날 찾아오다니, 오래간만에 재미있는 일이 생겼네요."

나뭇가지들의 목소리는 너무나 신비롭고 몽환적이어서, 가만히 듣고 있노라면 마치 꿈속에서 소리를 듣고 있는 것 같았다. 부드럽고 차분한 자연의 목소리는 새벽이슬처럼 촉촉하고 봄바람처럼 살랑거리며 차가운 밤에 잔잔하게 퍼졌다. 그리고 좀 이상하지만, 시아는 나뭇가지들이 빙긋 웃은 것만 같다고 생각했다.

"흐응……. 뭐, 어쩔 수 없군요. 손님을 누워서 맞이하는 건 예의에 어긋나는 행동이니……."

당당하면서도 우아하게 서 있던 나뭇가지들이 갑자기 움직이기 시작했다. 위로, 더 위로, 나뭇가지들이 올라갔다. 덤불과 나뭇잎들까지 하늘로 솟아났다. 그리고 그것들은 마치 기지개를 펴듯 뒤틀려 있던 형태를 곧게 폈다.

"세상에……."

시아가 옅은 숨을 내뱉었다. 시아가 나뭇가지라고 생각하고 있었던 것은 어느새 하늘을 향해 듬성듬성 뻗어 있었고, 봄인데도 불구하고 주황빛으로 물든 나뭇잎들이 풍성하게 어우러져 있어 마치 여자의 흐트러진 머리칼 같았다. 그 아래에는 눈송이처럼 하얀 얼굴 위에 보석처럼 박혀 있는 에메랄드색의 아름다운 눈동자가 식겁한 시아를 차분하게 내려다보고 있었다. 한쪽 눈에는 춘자의 하트 목걸이와 동일한 모양의 안대가 걸쳐져 있었다.

얼굴 아래 뻗어 있는 몸은 마치 색깔만 하얀 나무 기둥처럼 울퉁불퉁하고 단단해 보였는데, 그 위에 걸친 얇은 연둣빛 천 조각 사이로 뻗어 있는 한쪽 팔은, 믿기지 않게도 고동색의 튼실한 나뭇가지였다.

천 조각은 중간중간 찢어져 있었는데 그 주변은 피로 물들어 있었다. 마치 무언가에 찔리고 베인 상처처럼 보였다. 그런 상처가 어찌나 많은지, 시아는 정원사의 몸이 심하게 망가져 있다는 것을 금세 알 수 있었다.

"이, 이게 어떻게 된……."

놀란 시아가 말을 더듬자 눈앞의 정원사는 이미 이런 반응쯤은 예상하고 있었다는 듯이 차분하게 말했다.

"놀라지 말아요. 이것은 그저 나의 일부분일 뿐이니까."

시아는 도무지 놀라지 않을 수가 없었다. 덤불 속 나뭇가지가 말을 한 것만도 놀라운데 갑자기 이런 기이한 외모의 여인으로 변해 버리다니, 누가 놀라지 않을 수 있단 말인가.

시아가 한동안 아무 말도 하지 못하고 있자, 이번에는 춘자가 나섰다.

"저기…… 괜찮아?"

춘자가 안절부절못하며 시아의 손에 기대어 조심스럽게 속삭였다. 손에서 느껴지는 춘자의 따뜻한 체온에, 시아는 간신히 정신을 차렸다.

"아아, 죄송해요. 갑자기 달라지셔서 당황한 나머지……."

시아의 사과에 정원사는 고개를 끄덕였다.

"아니에요. 인간은 이런 것에 익숙하지 않다는 걸 잊고 내가 너무 갑작스럽게 행동한 탓이에요."

정원사의 말은 한 마디 한 마디가 차분하고 품위 있었다.

시아는 고개를 들어 정원사를 마주 봤다. 깨끗한 순백의 몸은 우아했으며 나무 기둥처럼 꼿꼿이 뻗어 있는 자태가 고상하기까지 했다. 투명하고 자그마한 유리 얼굴 위 반짝이는 에메랄드색 눈동자는 밤하늘의 별을 따다 박은 것처럼 영롱하고 신비로웠다.

가까이 있지만 가까이 대할 수 없을 것만 같은 분위기가 흐르는 이 고고한 여인은, 시아가 여태 본 요괴들 중 가장 아름다웠다. 요괴에 종류가 있는지 시아는 잘 모르지만, 여인은 마치 요괴보다는 요정의 느낌이었다.

시아가 유심히 정원사를 살펴보는데, 정원사의 하얗고 깨끗한 몸을 망가뜨리고 있는 수많은 상처들이 다시금 눈에 들어왔다. 상처들은 새하얀 몸 위에 붉은 꽃잎이 피어난 것처럼 새겨져 있었다. 시아는 안타까운 마음에 눈을 찡그렸다. 여인의 몸에 왜 저렇게 많은 상처가 있는지 궁금했다.

시아의 생각을 읽기라도 했는지 정원사가 말했다. 입이 정확히 어디 있는지 시아는 알 수 없었다.

“예쁘죠? 내 노력의 결실이에요. 일종의 훈장 같은 거죠.”

시아가 무슨 말인지 모르겠다는 표정을 짓자 정원사가 친절하게 설명했다.

“이미 알고 있겠지만 나는 이 레스토랑의 정원을 가꾸는 일을 해요. 이 상처들은 일을 하면서 생긴 상처들이죠.”

“정원을 가꾸면서 그렇게 많이 다치세요? 꽃들에 가시라도 있는 건가요?”

시아의 물음에 정원사가 고개를 저었다.

“아니요, 가시 때문은 아니에요. 당신은 인간이라서 이곳의 꽃들에 대해서 잘 모르나 보군요.”

시아가 고개를 끄덕였다.

"이곳의 꽃들은 인간 세상의 꽃들과는 사뭇 달라요. 더 아름답고, 더 향기롭고, 더 우아하죠."

그 부분은 시아도 동의할 수 있었다.

"아름다울수록 그것을 무기 삼아 그 안에 더 잔인한 독을 숨길 수 있답니다."

정원사가 자신의 정원을 사랑스럽다는 듯이 둘러보았다.

"여기 꽃들은 피를 마셔요."

"네?"

충격적인 발언에 시아가 놀라자, 정원사가 다시 그녀를 마주 보았다.

"꽃뿐만 아니라 자그마한 풀 하나하나도, 커다란 나무도 마찬가지예요. 이곳 식물들은 물 대신 피를 마시고 자라요. 또 햇빛 대신 달빛을 양분으로 취하죠."

정원사가 사근사근 속삭였다.

"그래서 내가 이렇게 된 거예요. 나는 나 자신을, 나의 정원에게 먹이로 주니까."

시아는 아무 말도 하지 못했지만 정작 정원사 본인은 아무렇지도 않다는 듯이 태연하게 말을 이었다.

"피를 주지 않으면 정원은 죽어요. 그래서 나는 식물들이 달빛을 흡수하는 밤이 되면, 내 피를 그들에게 떨어뜨려 주죠."

그녀의 눈동자가 흐뭇하다는 듯이 반짝였다.

"이 아름답고 고고한 정원이 곧 나예요. 나의 피로 이루어진, 너무나 근사한 결과물이죠."

그녀가 꿈꾸듯이 중얼거렸다.

"이 상처들도 지금은 안대로 덮인 나의 한쪽 눈도, 나뭇가지로 대체된 나의 한쪽 팔도 모두 나의 고상한 결과물에 동화된 것이랍니다."

"하지만…… 그렇게까지 해서 이 일을 하고 싶나요?"

시아가 속삭이듯 물었다. 그러나 들려오는 대답은 너무나 확고했다.

"싫죠, 싫어요. 그렇지만 도망갈 수가 없잖아요."

정원사가 시아를 마주 보았다. 그리고 슬픈 미소를 지었다.

"나는 이미 이 정원의 일부인걸요."

시아의 등골이 서늘해졌다. 아아, 불쌍한 정원사. 그녀의 머리카락은 이 정원의 나뭇가지들과 잎으로 이루어져 있었고, 그녀의 몸통은 정원의 나무였다. 그녀의 말대로 그녀도 곧 이 정원의 일부라는 의미였다.

"나는 여기서 평생을 이 정원을 위해 일해야 해요. 정원을 위해 나 자신을 망쳐 가면서……."

정원사는 마치 보이지 않는 어딘가를 바라보는 것 같았다.

"그리고 언젠가 시체가 되어도 또다시 정원의 일부로 피어나겠죠. 이 성에서 일하는 요괴들은 모두 그래요. 모두 자신의 일을 위해 자신은 살아 움직이는 쓰레기가 되어 버리는 거죠."

정원사가 소리 없이 웃었다.

"모두 평생을 시간 감각 없이, 외부와의 소통도 없이……. 톱니바퀴처럼 돌고 돌아 같은 일만 반복하며 기계처럼 일하다가, 시체가 되어서야 비로소 이 레스토랑에서 나갈 수 있겠지요. 죽을 때까지 풀리지 않는 노동의 저주에 굴복하면서, 그래도 살아가기에 이곳 만한 곳은 없다고 자위하면서……."

시아는 그런 그녀의 말을 들으며 떠오르는 이들이 있었다. 평생 술을 만들며 그 술에 허덕일 술꾼, 평생 차를 만들며 죽을 때까지 쉬지 않고 같은 자리에서 이야기만 해야 할 떠들, 법석 아주머니들, 평생 구석에 앉아 밀가루만 반죽하고 있을 괴짜 아저씨.

아름다울수록 그것을 무기 삼아 그 안에 더 잔인한 독을 숨길 수 있다는 정원사의 말은, 비단 피를 마시는 꽃들만을 의미하는 것이 아니었다.

정원사의 소름 끼치는 고백으로 그들 사이에 무거운 침묵이 감돌았다. 시아는 할 말을 잃고 자신을 둘러싼 배경을 하염없이 바라보았다. 이토록 아름답게만 보이던 레스토랑이 알고 보니 그 향긋한 속살 속에 다 썩고 부패한 심장을 품고 있는 것과 같았다. 끔찍한 사실을 알고 난 시아의 표정은 좀 전보다 더더욱 굳어졌다.

"아! 그래서 이 바쁜 와중에 나를 찾아온 이유가 뭐라고 했었죠?"

정원사가 온화한 미소를 유지하며, 경쾌한 목소리로 어두워진 분위기를 밝혔다. 시아는 고개를 들어 그녀를 마주 봤다.

"혹, 나의 도움이라도 필요한 건가요? 어서 말해 보세요."

시아는 정원사의 고고한 얼굴을 열심히 살펴보았지만 깨끗하고 맑은 얼굴 위에선 슬픔이라고는 조금도 찾아볼 수가 없었다. 오히려 오아시스가 없는 사막처럼 건조해 보이기까지 했다. 시아가 마지못해 천천히 입을 열었다.

"해돈의 병을 치료할 새로운 약을 찾고 있는데, 어디서부터 어떻게 찾아야 할지 모르겠어요."

정원사가 이런 문제를 해결할 수 있으리라고 생각하지는

않았지만, 정원사의 재촉하는 듯한 눈빛에 말하지 않을 수 가 없었다.

그러나 시아의 예상과 다르게 그녀의 고민을 들은 정원사는 환하게 웃으며 고개를 끄덕였다.

"아아, 기쁘게도! 그런 거라면 어쩌면 내가 당신을 도와줄 수도 있겠군요."

뜻밖의 선물 같은 대답에 시아는 자신의 귀를 의심했다.

"네? 도와주실 수 있다고요? 어떻게요?"

심장이 거칠게 뛰는 것을 느끼며 시아가 재촉하자, 정원사는 고요하기 그지없는 에메랄드색 눈동자를 천천히 깜박였다.

"일단 그 치료 약에 대한 단서가 없는 한, 우리는 그것이 무슨 형태일지 모르죠."

그게 무슨 말이냐는 듯한 시아의 표정에 정원사가 사근사근 설명을 계속했다.

"그러니까 내 말은 야콥이 말했던 인간의 심장처럼 또 다른 치료 약 역시 다른 생물의 심장일 수도 있고, 어떤 음식이나 그 밖의 다른 것 등일 수도 있다는 거죠."

정원사의 여유로운 목소리에 애가 탄 시아가 열심히 고개를 끄덕였다. 시아를 내려다보던 정원사의 표정이 미묘하게 바뀌었다.

"그런데 만약, 그 치료 약이 '식물'이라면?"

시아는 정원사의 말이 무슨 뜻인지 몰라 혼란스러웠으나 정원사는 조용히 웃음을 삼켰다. 그리고 그 뒤론 아무 말도 하지 않았다. 결국 애가 탄 시아가 다시 입을 열어야 했다.

"그 치료 약이 식물이면 뭐 달라지는 게 있나요?"

시아가 이해할 수 없다는 듯이 물었다. 그러자 정원사는 너무나도 당연한 사실을 묻는다는 표정으로 시아를 바라봤다.

"달라지지요. 그렇고말고요. 그렇게 되면 상황이 완전히 뒤바뀔 거예요."

정원사가 차분히 말했다.

"아직도 모르겠어요? 나는 정원사잖아요."

"네, 그건 저도 알고 있지만……."

"이런, 여전히 모르는군요. 여기 내 정원에는 요괴 섬에 존재하는 모든 식물들이 있어요. 그러니까 만약 해돈 님을 치료할 수 있는 치료 약이 식물이라면, 그렇다면……."

"그렇다면 그 치료 약은 이 정원에서 찾을 수 있겠군요!"

드디어 눈치챈 시아가 흥분하며 소리쳤다. 갑작스럽게 찾아낸 보물 같은 희망에 시아는 짜릿한 기쁨을 느끼며 지혜로운 정원사를 끌어안고 싶어졌다.

시아가 진짜로 정원사에게 달려들기 전, 정원사가 다시 차분하게 입을 열었다.

"너무 기뻐하지는 말아요. 그 치료 약이 식물인지 아닌지는 확실하지 않으니까. 그렇지만 제 생각이 맞다면 그 치료 약은 이 정원에 있을 확률이 높아요."

정원사의 말에 긴장한 시아는, 온 신경을 집중하여 그녀의 설명을 주의 깊게 들었다.

"나의 정원에는 약초들의 종류가 너무나 많아서 그것들로 치료하지 못하는 병이 없을 정도랍니다. 물론 해돈 님의 병이 정확히 무엇인지 모르기에 올바른 약을 가려내려면 시간이 상당히 걸리겠지만, 가능성은 있다고 보지요."

정원사의 희망 가득한 말들이 쏟아지는 동안, 시아는 날아갈 것만 같은 기분을 진정시키기 위해 갖은 노력을 해야 했다.

"당신이 원한다면 나의 약초들을 내줄게요. 약초들을 종류별로 하나씩 가져가서 잘 연구해 보세요. 혹시 모르잖아요. 그중에 하나로 해돈 님의 병을 고칠 수 있을지도……."

살아서 집으로 돌아갈 수 있다는 근사한 희망이 시아의 마음을 풍성하게 채웠다.

"고마워요. 정말 고마워요."

연신 고맙다는 말을 내뱉으며 시아는 요괴 섬에 온 후, 처음으로 소리 내어 웃었다. 아직 정원사의 약초들 중 하나가 치료 약일 거라는 확신은 없었으나 어쨌거나 미미한 가능성이 있다는 것만으로 시아는 충분히 기뻤다.

"아니에요. 내 피로 가꿔 낸 결과물을 이렇게 의미 있는 일에 사용할 수 있게 되어서 기쁠 따름이에요."

정원사가 부드러운 미소를 지었다.

"자, 이제 어서 나를 따라와요. 약초들이 있는 곳으로 데려다줄게요. 나의 손을 잡아요. 빨리요. 어쩌면 당신의 행운이, 그곳에 묻혀 있을지도 모르니까요."

이보다 더한 천사의 속삭임은 세상에 없을 거라고 시아는 확신했다.

"정말 고맙습니다. 하나도 잃어버리지 않고 열심히 연구할게요!"

시아가 기뻐하며 외쳤다. 두 팔 가득 소중하게 감싸 든 약초들이 그녀에겐 그렇게 소중할 수가 없었다.

"부디 그렇게 해주세요. 내 분신과도 같은 약초들이 낭비되지 않았으면 좋겠어요."

정원사가 고상한 미소를 지었다. 시아가 걱정하지 말라는 듯이 열정적으로 고개를 끄덕이자 정원사가 흡족해하며 계속해서 말했다.

"연구할 때에는 약초들을 햇빛과 달빛이 들지 않는 곳에서 바싹 말리도록 해요."

햇빛과 달빛이 들지 않는 곳이라면 지금 시아가 머물고 있는 지하실이 제격이었다.

'좋아, 보관 장소는 지하실로 정하면 되겠다.'

자신감에 가득 찬 시아가 고개를 끄덕이자 정원사가 이야기를 계속했다.

"그렇게 며칠을 말리면, 약초들이 잔뜩 쪼그라드는 현상을 볼 수 있을 거예요. 그러면 약초들을 각각 하나씩 솥에 넣고 끓여 보세요."

솥은 야콥이 마법 약을 만들 때 필요한 것이기에, 지하실에 널려 있었다.

'완벽해. 그것도 걱정할 필요 없겠어.'

"약초를 끓이면 수증기가 피어오르는데, 약초 종류에 따라 그 수증기의 색이 다르답니다."

고개를 들어 기다란 속눈썹 아래로 시아를 내려다보며, 정원사가 설핏 웃었다.

"여기서부턴 조금 까다로워요. 그렇게 수증기가 피어오르면 약초들의 효능이 나타나기 시작할 거예요. 그러면 당신은 그중에서 인간의 심장과 공통점을 가지고 있는 약초를 찾아야 합니다."

정원사의 의미심장한 말에 시아의 표정이 난감하게 바뀌었다. 정원사가 가느다란 팔을 곧게 뻗어 시아의 심장을 가리켰다.

"인간의 심장. 당신이 이곳에 오게 된 원인이자 당신이 이곳에서 생존하기 위해 지켜야 할 것이지요."

정원사가 팔을 거두었다.

"잘 들어요. 인간의 심장은 현재 유일하게 해돈 님의 병을 고칠 수 있는 것이라고 하지요."

시아는 정원사의 설명을 들으며 그녀의 바다 같은 눈동자를 똑바로 들여다보았다.

"그러니 만약 또 다른 치료 약이 있다면 그 약에도 인간의 심장과 공통된 성분이 포함되어 있겠죠?"

그러나 아무리 보고 또 보아도, 그 깊은 바다는 오히려 시아에게 혼란스러움을 더해 줄 뿐이었다. 정원사가 지금까지와는 다른 말투로 거칠게 속삭였다.

"그런 성분이 있는 약초를 찾아내야 해요. 약초들을 솥에 넣고 끓인 후 수증기가 나타나는 순간부터 미친 듯이 연구하세요. 그리고 당신의 심장과 같은 성질을 가진 약초를 반드시 찾아내세요."

"그렇지만 그걸 어떻게 알아……."

시아는 조금 더 구체적인 설명을 요구하려 했다. 그러나 정원사는 고개를 저었다.

"이것이 내가 당신에게 말해 줄 수 있는 전부예요."

그녀가 힘없이 미소 지었다. 더는 알려 줄 수 없다는 듯이 입을 꾹 다물어 버린 그 모습이 시아에겐 짓궂어 보이기까지 했다.

"나는 당신에게 길을 알려 줄 수는 없어요. 시작점에 대한 힌트만 조금 드리는 것뿐이랍니다."

측은하다는 눈길로 시아를 바라보는 정원사의 속마음을 시아는 알 길이 없었다. 정원사의 미소는 더없이 다정하기만 했다.

"시작점을 찾는 건 당신 몫이에요. 그리고 그 길을 걷는 것도 당신의 몫이죠. 설령 당신이 선택한 것이 잘못된 길이라도 말이에요."

시아가 그 미소의 진정한 의미를 찾기 위해 정원사의 얼굴을 천천히 살펴보았지만, 어느샌가 정원사는 다시 표정을 바꾸고 고개를 돌려 버렸다.

다시금 잔잔한 정적이 그들을 찾아왔다. 생각에 잠긴 시아를 고요히 바라보던 정원사가 앞에 얌전히 앉아 있는 춘자에게 말했다.

"이젠 손님을 다시 돌려보내 드리렴. 이 정원에서 드릴 수 있는 것들은 충분히 드렸으니까."

정원사의 부드러운 명령에 춘자가 배시시 웃으며 시아를 쳐다보더니, 시아에게 제 털을 비비며 길을 이끌었다.

"감사했어요. 안녕히 계……."

시아가 작별 인사를 하며 숙였던 고개를 들자, 정원사는 이미 사라진 뒤였다. 덤불 속의 작은 나뭇가지들만이 시아의 눈에 들어왔다. 가냘프게 흔들리는 익숙한 붉은 나뭇잎이, 시아의 눈에는 왜인지 살려 달라고 애원하는 것처럼 애처롭게 느껴졌다.

얼마나 지났을까. 약초들을 들고서 춘자를 따라 걸어가던 시아는 어느새 자신이 춘자를 만나기 전 하츠와 있었던 곳으로 돌아왔다는 사실을 깨달았다. 사방에는 쓸쓸하게 떨어진 벚꽃들이 가득했다. 그 속 어딘가에 총알이 떨어져 있을 거라 생각하자 구역질이 나올 것 같았다. 시아의 어두워진 표정을 알아챈 춘자가 걸음을 멈추었다.

"무슨 문제 있어?"

춘자가 조심스럽게 물었다.

"아, 아니……. 그냥 여기서 아까 하츠가……."

뭐라고 해야 할지 몰라 시아는 말끝을 흐렸다.

'하츠가 끔찍한 과거사를 들려주었어. 하츠가 내게 총을 쏘았어. 총을 내게…….'

문장들이 헝클어져 머릿속을 어지럽혔다. 춘자는 이해한다는 듯이 고개를 끄덕였다.

"나도 알아. 사실 이런 일이 한두 번이 아니거든. 별로 대수로운 것도 아닌데, 뭐. 익숙해지는 게 좋을 거야."

이런 일에 익숙해지라니, 황당했지만 이곳의 가치관은 상당히 난해하다는 것을 이미 실감한 시아는 상황을 다른 각도로 보아야겠다고 판단했다.

"그런데 하츠도 그냥 이곳 직원일 뿐인데 그렇게 제멋대로 행동해도 되는 거야?"

다른 요괴들은 저마다의 요리실이나 작업실 안에 머무르며 일을 하는 듯했지만, 하츠는 다른 직원들 몰래 자신을 찾아오기까지 했다. 거기다 총을 쏘기까지…….

시아의 질문에 춘자가 열심히 대답해주었다.

"아, 아냐. 같은 직원이더라도 직급이 다르잖아. 하츠가 이 식당에서 하고 있는 일은 다른 직원들의 일과는 차원이 다른 일이야. 그렇기 때문에 더 많은 권리를 누릴 수 있는 거고."

"무슨 일을 하는데?"

시아가 물었다. 문득 궁금해졌다. 그런 자는 대체 이곳에서 무슨 일을 할까. 요리사나 웨이터로 일할 리는 없지 않은가.

"으응, 해돈 님은 자신에게 저주를 내린 여왕님께 용서를 구하는 뇌물을 수시로 보내. 그리고 그 뇌물을 가지고 가는 사신 역할을 하츠가 하는 거야."

시아는 열심히 설명하는 춘자를 바라봤다. 야콥을 고용하지 말라는 여왕의 명을 해돈이 어겨, 그 처벌로 저주를 받아 병을 앓게 되었다는 이야기는 야콥으로부터 전해 들어 알고 있었다. 그러나 그 사건 때문에 일이 또 이렇게 얽혀 있을 줄은 전혀 몰랐다.

"그게 그렇게 많은 권리를 부여할 만한 일이야?"

시아가 묻자 춘자가 이마의 주름을 접었다 펴기를 반복하며 고심한 끝에 대답했다.

"그거 엄청 힘든 일이야! 여왕님은 과거의 일로 해돈 님과 하츠에게 화가 잔뜩 나신 상태거든. 그래서 하츠는 뇌물을 바치러 갈 때마다 매번 성난 여왕님의 공격을 받게 돼. 여왕님은 이 세상에서 가장 강한 분이시잖아. 그분의 공격을 감당할 수 있는 건, 아마 악마의 힘이 내재되어 있는 하츠뿐일 거야."

시아는 불과 얼마 전 하츠를 보았던 때를 돌이켜 보았다. 그가 입고 있던 셔츠 아래로 붉은 피가 언뜻 비쳤던 것이 기억 속을 스쳐 지나갔다. 설마 그 부상도…….

시아는 조용히 숨을 들이켰다. 자신의 몸까지 해쳐 가면서 일해야 한다는 정원사의 이야기에서 하츠도 예외가 아니었던 것이다. 한 가지 다른 점이 있다면, 다른 직원들은 죽을 때까지 이 레스토랑에서 일해야 하지만 하츠는 여왕이 용서하는 순간, 해돈의 병이 낫는 순간 그 굴레를 벗어 던질 수 있다는 것이다.

"춘자야, 여왕은 해돈을 언제쯤 용서해 줄까?"

춘자가 알 턱이 없었지만 시아는 춘자의 추측이라도 듣고 싶어 물어봤다.

"용서받을 일은 없어."

예상을 깨뜨리고 확답이 들려왔다.

"해돈 님과 하츠도 알고 있어. 여왕님으로부터 용서를 받을 날은 평생 없을 거라는 걸 알면서도 하는 거야. 해돈 님은 제 말을 곧이곧대로 따르지 않는 하츠를 괴롭혀 주고 싶어서 그에게 그 일을 시키는 거고, 하츠는 달리 선택권이 없잖아. 그저 가는 수밖에……."

잔인한 말을 쾌활하게 하는 춘자의 모습이 시아는 어색하게 느껴졌다.

"야콥을 제외한 다른 요괴들은 하츠에 대해 말하는 걸 꺼렸는데. 춘자야, 넌 괜찮은 거야?"

시아가 조심스럽게 묻자 춘자는 수줍게 웃었다.

"괜찮아. 하츠는 누군가가 뒤에서 제 이야기를 했다고 하면 그자를 찾아가 괴롭히지만, 그가 날 해코지할 일은 절대 없을 거야."

춘자가 미소 지었다. 활활 타오르지도, 차갑지도 않은 그저 미지근한 온도의 미소였다.

"이 레스토랑에서 나의 존재를 아는 자는 정원사뿐인걸."

춘자의 이야기를 듣고 시아는 무언가에 홀린 듯 멍해졌다. 그러나 곧 시아를 어르는 듯한 목소리가 들려왔다.

"저기……."

고개를 들자 춘자가 어딘가로 조심스럽게 고갯짓을 하고 있었다. 그곳으로 시선을 돌리자 무성한 풀들 사이에 꽂혀 있는 안내판이 눈에 들어왔다. 안내판에는 여러 가지 길들을 알려 주는 화살표들이 달려 있었는데, 그 중 몇 개는 특이하게도 땅이나 하늘을 가리키고 있었다.

춘자가 살며시 말했다.

"어느 쪽으로 갈래?"

잊고 있었던 가장 중요한 물음에 시아는 정신을 가다듬었다. 최대한 많은 정보를 얻되, 그 정보에 묶여 있어서는 안 되었다. 시아는 마음을 다잡으며 춘자를 똑바로 바라보았다.

"난 지하실로 가야 돼."

시아가 대답하자 춘자는 그게 아니라는 듯이 고개를 도리도리 저었다. 그 때문에 춘자의 주름들이 밀려나며 복잡하게 움직였으나 춘자는 자신의 주름엔 그다지 신경 쓰지 않는 것 같았다.

"지하실은 이 길들 중 어디로 가도 다 나오게 되어 있어. 하나만 골라야 해."

"그럼 가장 빠른 지름길로 갈게."

시아가 망설이지 않고 대답했다. 그러자 갑자기 춘자가 쑥쓰러운 표정을 지었다. 영문을 모르는 시아가 왜 그러냐는 듯한 표정을 짓자 춘자는 아무 말도 않고 시아를 한쪽으로 이끌었다.

춘자가 시아를 데리고 멈춰 선 곳, 시아의 발밑에는 커다란 구덩이가 파여 있었다. 그 구덩이는 너무나 깊고 어두워서 마치 웅덩이를 보는 것 같았다. 춘자가 수줍게 미소 지었다.

"간식들을 묻으려고 내가 파 놓은 구덩이야."

어쩐지 덩치가 크다 했더니 식욕도 남다른가 보다고 시아는 생각했다. 먹을 것 하나 때문에 이렇게 어마어마한 구덩이까지 파 놓다니…….

춘자가 종알종알 말을 이었다.

"지하실은 레스토랑 제일 아래쪽, 깊은 곳에 있어. 그러니까 이 구덩이 속으로 내려가면 바로 지하실이 나올 거야. 이게 지름길이야."

"어?"

놀란 시아는 그제야 특이한 안내판 화살표들의 의미를 깨달았다. 시아가 당황하는 동안 춘자는 그저 천진난만하게 웃고만 있을 뿐이었다. 그리고 순하디순한 큼직한 눈망울로 시아를 올려다보며 춘자가 해맑게 외친 말은, 시아를 식겁하게 만들기에 충분했다.

"헤헤, 구덩이가 워낙 깊어서 안전은 보장 못 하지만, 그래도 엄청 빠르게 갈 수 있을 거야!"

상황이 기묘하게 돌아가고 있음을 눈치챈 시아가 황급히 입을 열었다.

"안전을 보장 못 한다니 그게 무슨……."

그러나 춘자는 시아의 말을 끝까지 들어 주기엔 너무나 들떠 있었다. 자신이 직접 만든 구덩이에 시아가 들어갈 것이라는 생각에 뿌듯함을 느끼며 들뜬 춘자는, 스스로를 아주 자랑스러워하며 시아를 당장이라도 구덩이 속으로 밀어 넣으려고 하고 있었다.

"아니, 춘자야, 잠깐만……."

등 뒤에서 열심히 자신을 미는 불도그를 어떻게든 막으려고 애를 쓰며 시아가 외쳤으나 그녀는 엄청난 힘의 불도그를 이기기엔 역부족이었다. 눈 깜짝할 사이에 시아는 구덩이 속으로 밀려 버리고 말았다.

"으아아아아!"

마치 블랙홀로 빨려 들어가듯 기겁하며 시아가 비명을 질렀으나, 눈치 없는 불도그는 시아의 당혹감을 깨닫지 못하고, 칭찬을 바라는 초롱초롱한 눈빛으로 낙하하는 시아를 내려다보며 꼬리를 흔들었다.

순식간에 시아의 시야가 어둠으로 덮여 버렸다. 시아는 점점 더 아래로 아래로 어둠에 잡아먹힌 채 무시무시한 속도로 떨어졌다.

구덩이가 너무나 깊어 그렇게 한참이 흐른 뒤에도 여전히 아래로 떨어지고 있던 시아가 계속되는 이 상황이 익숙해질 때쯤, 드디어 아래쪽에 환한 빛이 보이기 시작했다. 그리고 그 빛을 향해 중력의 힘으로 시아가 떨어져 내렸다.

"아아악!"

위험을 느낀 시아는 본능적으로 고함을 지르며 눈을 세게 감았다. 곧 온몸이 바스러지는 끔찍한 고통을 예상하며 바들바들 떠는데 시아의 몸이 탄탄한 물체 속으로 비교적 가볍게 안착하였다.

어라? 혼란 속에 허우적대며 시아가 조심스럽게 눈을 떴을 때, 마주친 것은 쥬드의 놀란 토끼 눈이었다. 그제야 시아는 자신이 쥬드의 품 안으로 떨어졌다는 것을 알아차렸다.

"아아아아아악!"

둘은 동시에 소리를 질렀다. 부끄러워 죽을 지경이 된 시아는 쥬드와 눈도 제대로 마주치지 못했고, 놀란 쥬드는 버럭 고함을 질렀다.

"하다 하다 이제는 멀쩡한 문을 두고 천장을 부수고 내려와? 거기다 다짜고짜 가만히 있는 사람을 껴안다니!"

"하필이면 이쪽으로 떨어질 게 뭐람?"

난처해진 시아는 일부러 큰 소리로 투덜거렸다.

"네가 노리고 내 쪽으로 떨어진 거겠지!"

"그런 거 아니거든! 이게 다 그 순진해 보이는 불도그의 치밀한 설계야! 틀림없어!"

"뭐? 불도그 같은 소리 하네. 핑계를 댈 거면 그럴듯한 걸 대!"

말다툼이 꼬리에 꼬리를 물고 이어졌다. 한참 후에도 여전히 분을 삭이지 못한 둘은, 누가 먼저 안긴 것인가 혹은 안은 것인가에 관해 열띤 토론을 펼쳤고, 서로에 관한 험한 말이 몇 번이나 오고 갔다. 그렇게 한번 시작된 지하실의 소란은 좀처럼 쉽게 가라앉지 않았고, 시간은 흘러 어느덧 밤이 깊어졌다.

창밖의 밤하늘을 고스란히 가져온 것처럼 어두운 방 안에서는 해돈이 자신의 몸집만큼이나 거대한 황금 의자에 앉아 있었다. 시아와 계약한 지 불과 삼 일째밖에 되지 않았는데 그새 늘어난 주름과 식은땀에 찌든 털은 그를 몇십 년은 더 늙어 보이게 했다. 해돈은 눈을 뜨고 있는 것마저도 힘이 드는지 눈을 지그시 감은 채로 앉아 있었다. 마치 잠들어 있는 것처럼, 어찌 보면 죽어 있는 것처럼…….

그렇게 모든 것이 죽은 채로 흘러가던 때, 그 침묵을 요란하게 깨며 방문이 쾅 하고 열렸다. 문틈으로는 한 줄기 빛이 들어와 얇은 길을 만들었다. 그 길을 밟고 들어온 소년의 온몸에서 까마귀 깃털이 낙엽처럼 떨어졌다.

"제법 늦게 왔군, 하츠. 루이한테 널 데려오라고 한 지 한참이 지났는데 말이야."

침묵을 먼저 깬 쪽은 해돈이었다. 그는 전에 시아에게 그랬듯이 손짓으로 말을 하지도, 그렇다고 입을 열어 말을 하지도 않았다. 해돈의 입은 움직이지 않았지만, 몸뚱이 전체에서 그의 말소리가 울려 퍼지고 있었다.

"아, 좀 놀고 오느라."

하츠가 가볍게 대꾸했다. 죄책감이라곤 조금도 찾아볼 수 없을 정도로 태연한 목소리였다. 그러나 해돈의 관심은 이미 다른 데에 가 있었다.

그는 피로 얼룩진 하츠의 셔츠를 보았다. 언뜻 보아도 제법 많은 양이었으나, 해돈의 반응은 달랐다.

"이번에는 많이 다치지 않았군."

걱정보단 아쉬움이 느껴지는 말투였다. 자신에게 예의를 갖추지 않는 하츠가 여왕의 궁전에 뇌물을 바치러 갔다 올 때마다 부상을 입고 오는 것은 해돈에게 은근한 기쁨을 안겨 주는 일이었다. 그러나 하츠는 매번 부상을 입어도, 전혀 고통스럽지 않다는 듯이 태연했다.

"운이 좋았어. 웬일인지 여왕이 오래 상대하지 않고 그냥 보내 주더군."

하츠는 고개를 들어 해돈의 불쾌한 감정이 어린 눈동자를 쳐다보았다.

"눈빛이 왜 그래? 내가 더 다치지 않아서 실망한 건가?"

하츠의 말투는 장난스러웠지만 눈빛과 표정은 해돈만큼이나 싸늘했다.

“실은 나도 방금 전에 꽤 실망스러운 일을 겪어서 말이야.”

하츠가 팔을 들어 올려 소매에 붙어 있는 까마귀 깃털 하나를 손끝으로 툭, 건드려 떼어 냈다.

“인간을 죽이려고 했는데…….”

깃털이 시계추처럼 좌우로 일정하게 움직이며 아래로 떨어졌다.

“톰이 나와서 방해를 하더라고.”

아래로 떨어진 깃털은 이젠 어둠 속에 묻혀 보이지도 않았다. 아마도 저 바닥 어딘가에 초라하게 떨어져 있을 것이었다.

“대체 왜 인간에게 톰의 몸에 서명하도록 시킨 거야? 안 그래도 마음에 안 드는 계약을 굳이 그렇게까지 해서 더 불리하게 만든 이유가…….”

하츠가 예리한 눈초리로 해돈을 훑어보며 부드럽게 타이르듯 말했다.

“……아니면, 다른 속셈이라도 있는 건가?”

이어진 질문은 정곡을 찌르는 것이었다. 덕분에 해돈은

거추장스러운 설명 없이 곧바로 결론을 내뱉을 수 있었다.

"그래, 맞다. 인간과 맺은 계약에는 한 달이란 시간을 보장해주겠다는 내용만 있었던 것이 아니야."

해돈의 목소리가 묵직하게 울려 퍼졌다. 계약이 불리한 쪽으로 흘러가는 것을 해돈이 가만히 보고만 있었을 리가 없었다. 해돈이 그 정도로 순진하고 멍청했더라면 지금 이 자리에 앉아 있지도 못했을 것이다. 본디 계약이란, 체결하는 양쪽 모두에게 공평하고 합리적인 것이어야 한다. 해돈에게 기분 좋은 내용도 하나 정도는 있어야 하는 것이었다.

"조항이 하나 더 있었지. 인간은 그 한 달 동안 새로운 치료 약을 찾을 뿐 아니라 이곳 레스토랑 일까지도 돕겠다고 약속했다. 레스토랑 일에 실패하면 그 즉시 심장을 내주기로 했지."

뜻밖의 이야기에 하츠가 한쪽 눈썹을 치켜올렸다. 파동 없는 호수 같던 눈동자가 고요히 일렁였다. 반면에 사막처럼 메마른 해돈의 눈동자는 하츠를 건조하게 마주 보았다. 가는 데 한 달이나 걸리는 길이라면 지름길을 만들면 그만이니까.

"하츠, 내 상태가 생각했던 것보다 더 빠른 속도로 악화되고 있다. 이대로 가다간 한 달이 다 되기도 전에 목숨이 끊길지도 몰라."

해돈이 늘어놓는 진부한 호소는 하츠를 금세 지루하게 만들었다. 심드렁한 표정을 짓는 하츠를 해돈이 가만히 바라보았다.

"그러니 내 상태가 더 위급해지기 전에 어서 심장을 빼앗아야 해."

해돈은 하츠의 무심한 눈빛이 그저 가소로울 뿐이었다.

'내가 회복하지 못하면, 톰을 완전히 불러내지 못할 테고, 톰을 완전히 불러내지 못하면, 네 안에 있는 악마를 없애지 못할 테지.'

"그 일을 하츠, 네가 하도록 해라. 인간이 인간의 힘으로는 절대 하지 못할 만한 일을 시켜 심장을 가져오도록 해. 최대한 빨리."

해돈이 건강을 회복하지 못하면 손해가 가장 큰 건 하츠였다. 그러니 하츠는 누구보다 적극적으로 인간의 심장을 빼앗기 위해 노력할 테고, 영리하기까지 하니 결과는 안 봐도 뻔했다. 얼마 후면 자신의 앞에 싱싱한 심장이 대령되어 팔딱팔딱 뛰고 있을 거라고 해돈은 생각했다.

하츠는 해야 할 일이 늘었다는 것이 영 못마땅한지 언짢은 눈빛이었다. 물론 이 정도 반응은 이미 예상하고 있었다. 해돈은 준비해 놓은 회유책을 하나 던졌다.

"그 일을 하는 동안 여왕에게 뇌물을 전하는 일은 쉬게 해 주지."

구미가 당기는 듯 하츠의 눈동자가 해돈에게 고정되었다. 그러나 해돈은 여기서 이야기를 끝내지 않았다.

"그렇지만 만약 네가 시킨 식당 일을 인간이 성공적으로 해낸다면, 너는 여왕에게 뇌물을 어마어마하게 많이 가져다 주어야 할 거야. 할 수 있겠느냐?"

낮게 잠긴 목소리가 쿵 내려앉았다.

그러나 하츠의 눈동자는 여유롭기만 할 뿐이었다. 하츠는 셀 수 없을 정도로 많은 요괴를 죽이고 다녔다. 그런데 고작 인간이라니…….

"당연하지."

'지금 당장이라도 가능해.'

탈출

시아가 잠에서 깼을 때는 해가 뉘엿뉘엿 지기 시작하는 저녁쯤이었다. 여기 온 후부터는 낮밤이 바뀌었다. 자리에서 일어나 베란다를 내다보자 벌써부터 많은 손님들이 레스토랑으로 몰려오고 있었다.

이제는 제법 익숙한 풍경이었다. 매일 저녁 눈을 뜰 즈음엔 레스토랑의 요괴들이 이미 일어나서 바쁘게 움직이고 있었고, 손님들은 하나둘 이곳으로 모여들었다. 요괴들이 일어나는 시간인 이른 저녁부터 손님들이 오는 것을 보면 이곳이 어마어마하게 유명한 레스토랑이라고 소개했던 루이의 말이 과장은 아닌 듯했다.

며칠째 반복되는 일상의 한 조각을 확인한 시아는, 아직도 자고 있는 쥬드를 위해 다시 커튼을 치고 얇은 옷 위에 담요 하나를 뒤집어쓴 채 지하실로 내려왔다.

산뜻하고 따사로운 봄이었으나 지하실의 서늘한 공기가 시아의 얇은 옷 속을 파고들었다. 시아는 담요를 더 꼭 여미며 저쪽에서 아직 자고 있는 야콥을 깨우지 않기 위해 지하실 구석으로 살금살금 걸어갔다. 그리고 가만히 앉아서 마치 새끼의 모습을 지켜보는 어미처럼 조심스럽게 정원사가 준 약초들을 바라보았다.

시아는 약초들이 쪼그라들 때까지 햇빛도 달빛도 받지 않는 곳에 두라는 정원사의 말에 따라, 약초들을 지하실 구석에 펼쳐 놓았다. 약초들을 이곳에 놓은 지 거의 일주일이 다 되어 갔지만 약초들은 조금도 쪼그라들 기미를 보이지 않았다.

시아는 애가 타는 마음에 틈만 나면 약초들을 지켜보고, 하나라도 잃어버리지 않도록 꼼꼼히 관리했지만 별다른 성과는 없었다. 조바심이 든 시아는 정원사를 다시 찾아가기도 해 보았지만 그녀는 그저 조금 더 기다려 보라는 둥 여유를 가지고 지켜보라는 둥 진부한 답변만 늘어놓을 뿐, 좀처럼 특별한 얘기는 해주지 않았다.

시아는 속으로 한숨을 쉬었다. 희망일지 헛된 낭비일지, 아직은 짐작할 수 없는 약초들을 그저 바라만 보았다. 그렇게 담요 속에 숨어 지하실 안의 적적한 침묵 속에 파묻혀 있을 때였다.

"또 그러고 있었냐?"

등 뒤에서 하품 섞인 목소리가 들려왔다. 시아가 고개를 돌리기도 전에 쥬드가 그녀 옆에 털썩 주저앉았다.

"그렇게 계속 본다고 얘네가 네 뜻대로 움직여 주겠어?"

쥬드가 시아의 옆에 앉아 눈을 깜박이며 잠이 덜 깬 목소리로 중얼거렸다. 방금 세수를 했는지 얼굴이 촉촉했다.

"그래도 신경 쓰이니까 그렇지."

시아가 나직하게 말했다. 쥬드는 시아 몸 위를 덮고 있는 담요를 당겨 저도 그 속으로 들어왔다. 둘이 사이좋게 덮은 이불은 부드럽고 아늑했다. 해 질 녘 지하실의 서늘한 공기는 희미하게밖에 느껴지지 않았다. 휑한 지하실 안의 어둠마저도 그저 감미로웠다.

시아는 티끌만큼의 변화라도 있기를 애처롭게 기다리며 약초들을 하염없이 바라보았다.

시아를 말없이 바라보던 쥬드가 웃으며 장난스럽게 속삭였다.

"내가 재밌는 거 보여 줄까?"

쥬드는 주먹을 쥐고 있던 손을 부드럽게 펼쳤다. 쥬드의 손바닥 위에서 추락한 별처럼 반짝이고 있는 것은 반딧불이였다. 어둠을 노란 파스텔빛으로 밝히고 있는 모습이 참 예뻤다.

"아, 이건…… 리디아 거잖아."

시아가 중얼거렸다. 그 고집스러운 아이로부터 빠져나올 때 잡았던 것을 여태 가지고 있을 줄은 몰랐다.

아담한 빛을 고요히 지켜보던 시아가 담요 밖으로 손을 뻗었다. 반딧불이를 제 손가락 위로 옮긴 시아는 천천히 반딧불이를 들어 올렸다. 그러자 허공을 가르고 유유히 날아오른 반딧불이는 마치 제 역할을 안다는 듯이 약초들 위에 내려앉아 약초들을 환하게 비추었다.

"……쥬드."

시선은 여전히 반딧불이에 고정한 채, 시아가 속삭였다.

"네 생각엔 이 약초들이 나를 도와줄 수 있을 것 같아?"

담요, 친구, 불빛. 포근한 이 세 가지만으로도 시아의 내면은 금세 따뜻하게 데워지고 풍성해졌다. 이제 남은 건 희망

뿐이었다.

"글쎄, 결말을 모르니까 희망도 가져 볼 수 있는 거 아니겠어?"

희망은 확신할 수 없기에 더 아름다운 것이었다. 모순적이게도 불안감과 희망은 언제나 함께하는 친구였다. 저녁 공기가 찼다. 시아는 이불을 더욱 꼭 여몄다. 반딧불이 불빛이 새까만 지하실 안을 미미하게 비추었다. 빛에 닿기까지 걷잡을 수 없는 어둠을 거쳐야 한다고 생각하자 시아는 기분이 조금 울적해졌다.

똑똑. 문밖의 노크 소리가 빗방울처럼 후두둑 가라앉은 마음을 두드렸다. 나직하게 퍼지는 리듬에 시아와 쥬드가 동시에 문 쪽을 돌아보았다.

"이렇게 이른 시간에 누가 온 거지?"

시아가 쥬드에게 묻자 쥬드도 이상하다는 표정을 지었다.

"보통 요괴들은 성격 더러운 야콥과 마주치기 싫어서라도 지하실에는 찾아오지 않는데. 다행히 야콥이 아직까지도 정신없이 자고 있기에 망정이지……."

쥬드는 그렇게 중얼거리며 또다시 노크 소리가 들려오는 문 쪽으로 다가갔다.

시아는 서둘러 약초들을 조금 더 깊숙한 그늘 안으로 집어넣었고, 반딧불이는 손등 위에 올렸다. 그리고 덮고 있던 담요를 가지런히 개는데 누군가 그녀의 어깨를 가볍게 두드렸다. 시아는 얼떨결에 고개를 돌렸다.

"안녕하십니까. 또 보는군요."

시아를 이곳으로 끌고 온, 저승사자와도 같은 존재가 그녀의 앞에서 정중하게 인사했다. 순간 할 말을 잃은 시아는 마치 유령이라도 본 것처럼 멍하니 그 얼굴을 쳐다보았다. 상대는 뻔뻔할 정도로 태연한 눈빛으로 그녀를 마주 보았다.

"……왜 온 거예요?"

차가운 목소리가 절로 나왔다. 옆에서 이 상황을 지켜보고 있는 쥬드에게 반딧불이와 담요를 건네며, 시아는 루이를 노려보았다.

"다시는 보고 싶지 않았는데."

시아가 중얼거리자, 상대는 돋보기안경을 추어올리며 무덤덤하게 받아쳤다.

"그렇다면 유감이네요. 불행하게도 우리가 앞으로 더 자주 보게 될 것 같은 예감이 드니까요."

보석을 박아 놓은 듯한 루이의 오드 아이가 날카롭게 반짝였다.

"아직까지는 잘 살아 계시는군요."

루이의 감정 없는 목소리에 시아가 딱딱한 목소리로 물었다.

"그래서 실망했나요?"

루이는 시아의 물음에 무관심한 듯이 팔을 들어 올려 손목시계를 힐끗 쳐다보았다.

"글쎄요, 저는 오늘 당신을 데리고 갈 곳이 있어 방문했을 뿐입니다."

그는 마치 우체부가 배송지로 편지를 가져갈 거라고 말하는 것처럼 태연하게 이야기했다. 그러나 그의 말을 들은 시아는 심장이 가라앉는 듯했다. 시아가 고개를 저었다. 따라가고 싶지 않았다.

"싫다면요?"

시아가 묻자 루이는 이미 이런 반응쯤은 예상하고 있었다는 듯이 침착하게 입을 열었다.

"이런, 벌써 잊으신 건가요. 전에도 말했잖습니까, 요괴가 인간 하나를 잡아가는 건 일도 아니라고."

루이가 손을 내밀었다.

"제가 이 손을 조금만 더 길게 뻗으면, 당신은 제 손에 들린 목줄에 매여 마치 개처럼 저를 따라오게 될 겁니다."

시아를 향해 손을 곧게 뻗은 루이의 표정은 무심했으나, 그가 내뱉는 말들이 그의 감정을 대변하고 있었다. 그는 표정이나 목소리를 드러내지 않고도 상대를 겁주는 방법을 아주 잘 알고 있었다. 따라서 그의 납치 행위는 굳이 다른 거추장스러운 도구가 없어도 충분히 살벌하고 또 품위 있었다.

"무슨 뜻인지 아시겠습니까? 그럼 어서 저를 따라오시지요."

그러니 어쩌겠는가. 이 정중한 협박에 시아도 그저 순순히 그의 말을 들을 수밖에…….

루이는 시아를 이끌고 지하실에서 계단으로 올라가 지상으로 나왔다. 파스텔 색감의 레스토랑 곳곳에서 연기가 나오고 있었고 정원의 향기가 피어올랐다. 앞에서 뚜벅뚜벅, 자로 잰 듯 딱딱한 구두 굽 소리를 내며 무정하게 걸어가는 루이의 뒷모습은 시아의 마음을 스산하게 만들었다.

지하실 바로 위층에 있는 재료 저장실 앞에서 걸음을 멈춘 루이는, 반듯한 나무판자로 된 문을 열고 시아를 들여보낸 다음 자신도 같이 들어왔다. 나무로 이루어진 복도 양쪽에 말끔하게 나열된 문들은 시아에게 익숙한 것이었다. 레스토랑에 왔던 첫날, 쥬드를 도와 밀가루의 방과 술의 방에 들른 후, 이 재료 저장실에 있는 사육실에서 히로를 처음 만났기 때문이다.

루이는 시아를 지나쳐 한적하고 깔끔한 복도를 걸어갔다. 시아는 뒤도 안 보고 앞서가는 저 무례한 납치범이 이번에는 또 무슨 꿍꿍이일까 불안감에 떨며 그를 따라갔다. 그러나 루이는 그런 그녀의 마음을 모른 채 아니, 애써 외면한 채 꼿꼿하게 제 갈 길을 갈 뿐이었다.

얼마 후, 루이는 어느 낯익은 문 앞에 멈추어 섰다.

"어, 여긴 사육실이잖아요!"

시아가 외쳤다. 히로와의 강렬했던 첫 만남이 이곳을 잊을 수 없게 만들었다.

"이곳이 사육실인 건 저도 알고 있습니다만……."

시아의 큰 소리가 거슬렸는지 루이가 사육실 문을 열며 눈살을 찌푸렸다. 시아는 순순히 사육실 안으로 들어가면서도 전혀 뜻밖의 도착지에 더더욱 루이의 목적을 수상하게 생각하지 않을 수 없었다. 기다란 의자 몇 개와 커다란 직사각형의 창문이 전부인 휑한 방 안은 시아가 기억하던 그대로였다. 달빛으로 푸르스레한 방 안에서 시아가 루이를 쏘아보며 물었다.

"여기에 절 왜 데려온 거죠?"

루이가 피곤하다는 듯이 눈을 감았다가 떴다.

"뭐, 좋습니다. 일을 질질 끌고 싶진 않으니 최대한 빠르고 간결하게 설명해 드리고 끝내지요."

보라색과 황금색 눈이 영롱하게 빛나며 시아를 마주 보았다.

"레스토랑에 온 첫날, 해돈 님과 맺었던 계약을 기억하시지요?"

어떻게 잊을 수 있을까. 시아가 고개를 끄덕였다.

"네, 이곳에서 한 달 동안 해돈이 걸린 병의 새로운 치료약을 찾아야 하잖아요. 만약 찾지 못하면 제 심장을 바쳐야 하고."

그러나 뜻밖에도 루이는 그게 다가 아니라는 듯이 고개를 저었다.

"아뇨, 한 가지 빠뜨리신 것이 있습니다."

시아를 혼란스럽게 만들며 루이가 말했다.

"잊으셨나 보군요. 당신은 한 달 동안 이곳 일을 도우면서 치료 약을 찾기로 약속하셨습니다."

시아는 순간 누가 뒤에서 정신 차리라고 등짝을 때린 듯한 기분이 들었다. 잊고 있었던 기억 한 조각이 시아의 머릿속으로 되돌아왔다.

'만약 치료 방법을 알아낸다는 핑계로 식당 일을 조금이라도 소홀히 한다면, 당신은 바로 해돈 님께 당신의 심장을 바쳐야 합니다.'

계약 당시 해돈의 통역관이 시아에게 했던 말이었다. 그리고 불행히도 시아는 저 조항에 자진해서 동의했었다. 시아의 정신이 멍해지며 눈앞이 모자이크처럼 흐려졌다. 치료 약을 찾는 데에만 집중하느라 식당 일을 돕는 건 전혀 생각지도 못하고 있었다.

시아의 표정이 굳는 것을 무뚝뚝하게 지켜보고 있던 루이가 다시 입을 열었다.

"안타깝게도 해돈 님의 상태가 악화되어 당신에게 식당 일을 시키실 여력이 없다고 하십니다. 그래서 그 아래 고위 직원인 하츠가 해돈 님을 대신해, 당신에게 일을 시키기로 하셨습니다."

익숙한 이름에 기분이 가라앉았다. 시아를 아무렇지도 않게 총으로 쏘아 대던 하츠의 모습이 머릿속에서 기차처럼 지나갔다. 시끄러운 기적 소리는 팡팡, 요란하게 터지며 그의 총이 그녀에게 겨냥되었었다고 꼴사납게 상기시켜 주었다.

"하츠가 당신에게 내린 명령은 간단합니다."

낮게 깔린 목소리가 듣기 싫을 정도로 명쾌했다. 유리창 같은 돋보기안경 너머로 별보다 더 반짝이는 보라색과 황금색 눈동자는 마주 보기 거북할 정도로 눈부셨다.

"이곳은 사육실. 마룻바닥에 움푹 파인 저기 저 계단을 내려가면, 각 층마다 각기 다른 종의 가축들이 있는 우리가 나올 겁니다."

이미 전에 히로에게 들어 알고 있었지만, 거칠게 질주하는 기차에라도 탄 듯 속이 울렁이는 바람에 시아는 굳이 루이의 말을 멈추지 않았다. 루이가 계속 말했다.

"그중에서도 맨 아래층에는 이 레스토랑의 비법서 그러니까 비밀 레시피가 적힌 레스토랑 기밀문서가 있습니다."

루이의 입이 열렸다 하면 알지 못할 말들만 잔뜩 쏟아졌다. 시아는 쪼그리고 앉아 그 말들을 머릿속에 주워 담아야 하는 제 처지가 비참했다.

"이 레스토랑에서는 한 달에 한 번, 그 문서를 꺼내어 레시피에 더 추가할 재료들이나 성분을 논의하고 검토해서 보다 훌륭한 요리를 만들려고 하지요. 오늘이 바로 그 문서를 꺼내 레시피를 의논하는 날이고요."

루이가 고개를 숙여 시아에게 물었다.

"자, 이제 당신이 해야 할 일이 무엇인지 아시겠습니까? 당신은 저 맨 아래층까지 내려가서, 그 문서를 가지고 나오기만 하면 됩니다. 물론 쉬운 일은 아닐 겁니다. 하츠는 당신이 식당 일에 실패하길 바라고 이 일을 시킨 거니까요."

기차 안에 울려 퍼지는 안내 방송처럼 딱딱하고 건조한 목소리가 시아의 귓가를 사정없이 때렸다. 루이가 무심하게 등을 돌리려고 하자 정신을 차린 시아가 그를 간신히 붙잡았다.

"아, 잠깐만요. 그러니까……."

사실은 할 말이 없으면서도 시간을 벌어야 했기에 시아는 아무 말이나 뱉어냈다. 시아도 사실은 알고 있었다. 하츠가 자유를 되찾기 위해 그녀를 죽이려고 들 것이란 것을…….

단지 외면하고 싶었을 뿐이다. 굳이 무엇을 묻느냐는 듯한 루이의 눈빛이 시아를 짓눌렀다.

"나를…… 죽일 작정으로 데려오셨군요."

시아가 힘없이 속삭였다. 어째서 당신은 언제나 나를 죽음의 길로만 안내하는 것일까. 시아가 루이를 쳐다보았다. 하나의 관문을 넘었다고 안도하자, 루이가 다시 나타나 그녀를 또 다른 형태의 지옥문으로 끌고 왔다.

"말씀이 지나치십니다. 저는 그저 위에서 시키는 대로만 움직일 뿐. 당신에게 악의를 가지고 이러는 것이 아닙니다."

아무런 죄책감도, 동정심도 느껴지지 않는 딱딱한 목소리로 루이가 말했다. 맞는 말이었다. 루이가 솔직하게 말했다는 것을, 시아도 너무나 잘 알고 있었다. 그러나 그렇다고 해서 그를 원망하지 않기는 어려웠다.

루이도 시아의 마음을 읽었는지 다시 차분하게 입을 열었다.

"누군가의 인상은 그가 가지고 있는 수많은 모습들 중 상대가 어떤 모습을 보았느냐에 따라 결정되지요. 그 점에서는 참 유감입니다."

루이는 몸을 돌리고 그의 긴 슈트를 등 뒤로 펄럭이며 문 쪽으로 걸어갔다.

"그러나 나는 나의 일을, 당신은 당신의 일을 하는 것. 사실은 그저 그뿐인 것을……."

루이가 천천히 문손잡이를 돌렸다.

"그럼, 이제부터 일을 시작하시지요. 제한 시간은 단 십 분입니다. 저는 십 분 후에 다시 와서 당신의 성공 여부를 확인할 겁니다."

마지막으로 문을 열기 전에 그가 고개를 돌려 시아를 쳐다보았다.

"제가 다시 돌아왔을 때 저를 반기는 것이 당신의 시체가 아니었으면 좋겠군요."

"치우는 것도 일이니……." 하고 중얼거리는 목소리가 희미하게 들려왔다. 소리 없이 문이 열렸다.

"신의 가호가 있기를……."

곧 멀어지는 구두 굽 소리만이 뚜벅뚜벅 울려 퍼졌다.

"하아."

그가 나가자마자 시아는 참아 왔던 숨을 내쉬었다. 동시에 더 망설일 것도 없이 재빨리 방 안 계단 쪽으로 달려갔다. 시간이 없었다. 어서 맨 아래층으로 내려가 기밀문서를 가져와야 한다. 계단 아래 펼쳐진 새까만 어둠 속을 내려다보며, 시아는 스스로에게 주문을 걸었다.

"할 수 있어."

주어진 시간은 십 분. 그 안에 모든 것을 해결해야 한다. 아래에 무엇이 있을지 모르기에 소리 없이 천천히 걸어가고 싶었으나 시아에게 허용된 시간 때문에 달려가는 수밖에 없었다. 째깍이는 시간도 달렸고, 단번에 계단으로 뛰어간 시아도 달렸다. 어두워서 앞이 보이지 않으니 마치 땅속으로 파인 아득한 동굴을 내려가는 것 같았다.

그러나 그것도 잠시, 어느 정도 계단을 내려가자 아래에 환한 불빛이 보이기 시작했다. 그 불빛이 존재하는 곳에 어떤 기이한 가축들이 그녀를 기다리고 있을지 몰랐지만 시아는 망설이지 않고 그곳으로 돌진했다. 환하고 아늑한, 따뜻한 층이었다. 온기가 불어넣어 준 안도감이 시아의 머릿속을 부드럽게 맴돌았다. 눈앞의 가축들은 시아가 예상하고 있던 흉측하고 사나운 동물들이 아니었다. 오히려 시아가 너무나도 잘 알고 있는 익숙한 것들이었다.

소와 돼지들이 건초 더미들 위에 여유롭게 늘어져 있었다. 이 평온한 광경을 발견하고 시아는 안도했다. 이들은 온순한 동물들이기에 시아로서는 전혀 두려워할 필요가 없었다. 그러나 하츠가 시아에게 조금이라도 쉬운 일을 내줬을 리 없었다. 시아는 숨을 고르며 방 안을 둘러봤다. 방 안은 그저 소와 돼지들로 가득 차 있을 뿐이었다. 아주, 가득.

한가로이 서 있는 동물들을 보며, 시아는 이상한 점을 알아차렸다. 시아 앞에 있는 동물들은 시아가 알던 것보다 세 배 이상으로 커다랬고, 또 그만큼 더 뚱뚱했다. 웬만한 크기면 봐 줄 만했을 텐데, 이 정도로 덩치가 크니 괴물인지 동물인지 분간이 안 될 정도였다.

설상가상으로 동물들 역시 그들 나름대로 뭔가 이상한 낌새를 느끼고 있었다. 그럴 만도 했다. 매일 일정한 시각에 자신들에게 먹이를 주러 내려오는 보통 요괴들이 아니라, 웬 비쩍 마른 자그마한 아이가 내려와 바들바들 떨고 있으니, 그들 역시 혼란스러웠다. 식욕이 엄청난 동물들은 결국 이 아이가 음식인가 사육사인가 고민에 빠졌다.

외양은 요괴를 닮은 듯하면서도 또 그렇다기엔 너무 약해 보였다. 게다가 자기들에게 먹을 것을 주는 요괴가 저렇게 바들바들 떨고 있을 리도 없었다.

'음식이다!' 동물들은 결론을 내렸다. '저건 음식이야. 저렇게 떨고 있는 것이, 우리를 키워 주는 요괴일 리가 없어. 너무 약해 보여. 먹자.' 짐승들의 머릿속에 자리 잡은 본능이 순식간에 육체를 통제했다. 낮 동안 잔뜩 굶주렸던 동물들은 이미 반쯤 미쳐 버린 눈빛을 하고 있었다. 우람한 덩치들이 어느새 시아 쪽으로 빼곡히 몰려왔다.

시아도 상황 파악을 끝낸 상태였다. 시아는 결코 멍청한 아이가 아니었다. 그녀는 이대로 떨고 있다간 자신이 동물 밥이 되리란 걸 알아차렸다.

'무서워하면 안 돼.'

저들 앞에선 결코 무섭다는 감정을 티 내선 안 됐다. 아니, 그것만으로는 부족했다. 요괴인 척해야 했다.

생각이 거기까지 미쳤을 때 이미 가축들은 시아에게 제법 가까이 다가와 있었다. 일반적인 소, 돼지의 세 배 이상이나 되는 거구들이 침을 뚝뚝 흘리면서 다가오는 모습은 정말이지 징그럽고 무서웠다. 시아는 눈을 질끈 감았다.

"안 돼."

목소리에 힘을 주어 강하게 말했다. 눈을 떴다. 효과는 있었다. 예상치 못한 시아의 강한 목소리에, 접근하던 가축들이 멈칫했다. '뭐야, 음식이 아닌가?' 그들은 혼란스러워하는 듯했다.

"니들 뭐 하는 거야. 얌전히 있어."

가축들이 움찔하는 것을 놓치지 않은 시아가 이번에는 더 강하게 말했다. 표정과 행동은 최대한 태연하고 자연스럽게.

"반항하면 밥 안 줄 거야."

시아는 다시 한번 큰소리치며 그들의 눈동자를 똑바로 노려보았다.

"내 말 들어."

시아가 또박또박, 한 글자 한 글자 힘을 주어 강력하게 말했다. 그리고 가축들의 눈을 피하지 않았다. 다행히도 가축들은 이제 시아를 요괴로 생각하는 모양이었다.

그들은 잠시 망설이는가 싶더니 뒤뚱뒤뚱 본래의 자리로 돌아갔다. 그러나 그렇다고 해서 그들이 의심을 완전히 접은 것은 아니었다. 여전히 그들은 여태 봐 왔던 요괴들과는 달리 너무나 작고 여려 보이는 시아에게서 미련을 버리지 못하고 있었다. 그들은 시아의 살결이 참 쫄깃쫄깃하리라 생각하며 군침을 삼켰다. '만약 그녀가 요괴가 아니라면, 곧바로 달려들어 목덜미를 물어뜯어야지.'라고 생각하며 혹시라도 시아가 수상쩍은 행동을 하지는 않는지 계속해서 살펴보았다.

시아는 살벌한 분위기에 잔뜩 긴장했다. 자신에게 쏠린 거대한 동물들의 눈동자를 느끼며 그녀는 긴장감에 흘러내리는 땀을 무시하고 애써 태연한 척 행동했다.

'계단은 또 어디 있는 거야?'

분명 기밀문서는 맨 아래층에 있다고 했는데, 더 아래층으로 가기 위한 계단이 도대체가 보이지를 않았다. 긴장감으로 터질 듯한 방 안의 공기에 식은땀을 흘리며, 시아는 방을 청소하는 척하면서 계단을 찾아 헤맸다. 바닥이 온통 건초 더미로 덮여 있어 바닥에 나 있는 계단을 찾는 게 쉬운 일이 아니었다.

눈 하나 깜박이지 않고 시아를 유심히 지켜보던 동물들의 의심은 점점 더 커져 갔다. '저 아이가 우리에게 음식을 주지 않고 지금 뭐 하는 거지? 수상해. 수상해.' 바닥에 널브러져 있던 그들은 다시 일어났다. 그리고 열심히 건초들을 뒤적여 계단을 찾고 있는 시아를 주시했다. 시아는 동물들이 점점 더 자신을 먹을 것으로 보기 시작한다는 사실에 불안해 돌아 버릴 지경이었다.

그때, 돼지 한 마리가 시아에게 돌진했다. 미칠 듯한 허기에 시달리던 그 동물은 그것을 더는 참지 못했던 것이다.

"아아악!"

집채만 한 몸뚱이가 달려들어 다리를 무는 통증에 시아는 식겁해 소리를 질렀다. 그러나 거대한 돼지는 아랑곳하지 않았다. 도리어 잔뜩 흥분해서는 시아의 다리를 물고 자신의 우리로 질질 끌고 갔다.

"아아!"

어느새 다른 동물들도 하나둘 시아에게 다가오기 시작했다. 시아는 돼지에게 끌려가면서 밀려오는 두려움에 눈을 질끈 감았다. 무서워서 온몸이 경련했다.

덜커덕. 끌려가면서 바닥에 스친 시아의 손끝에 무언가 덜컹이는 감촉이 느껴졌다. 시아는 감전된 것처럼 눈이 번쩍 뜨였다. 손잡이다! 바닥에 나 있는 문의 손잡이! 이걸 열면 아래층으로 통하는 계단이 있을 게 분명했다.

돼지가 더 멀리 끌고 가기 전에 시아는 황급히 손을 뻗어 손잡이를 잡았다. 손잡이를 잡은 채 돼지가 끄는 대로 끌려가자, 문이 덜컥하고 거칠게 열렸다. 문 너머는 또다시 어두운 동굴처럼 새까맸으나 시아의 눈에 그보다 더한 천국은 없어 보였다.

시아는 돼지 입에 물린 제 다리를 빼내려 안간힘을 썼다. 다리는 쉽사리 빠지지 않았다. 그사이 돼지는 시아가 요괴가 아님을 확신하고 꿀꿀거리며 다른 동물들에게도 신호를 보냈다. 시아는 문이 있는 앞쪽으로 다시 절실하게 몸을 뻗었다. 그녀의 다리는 돼지 침으로 범벅이 되어 있었고, 다른 동물들도 콧김이 바로 곁에서 느껴질 만큼 가까이 다가와 있었다.

가장 빨리 도착한 소 한 마리가 시아의 다리에 코를 박았다. 거칠게 냄새를 맡은 소는 시아를 차지하기 위해 시아의 다리를 물고 있던 돼지를 거대한 몸뚱이로 밀어냈다. 돼지가 끙 소리와 함께 옆으로 밀리며 시아의 다리를 놓쳤다.

'이때다!'

시아는 문 쪽으로 빠르게 달려갔다. 동시에 동물들이 그녀에게 달려들었다. 뚱뚱한 소가 시아의 다리를 한입에 물려고 했을 때, 그녀는 그 문 너머로 뛰어들었다.

돼지에게 물린 다리에 억지로 힘을 주며 시아는 또다시 거침없이 어둠 속을 가르고 내려갔다. 다리가 풀려 버린 탓에 곳곳에 부딪히고, 넘어지고, 구르기를 반복했지만 곧바로 기계처럼 일어서서 이를 악물고 달렸다. 이마에 송골송골 맺힌 땀도 잊고서 입술을 꽉 깨물고는 통증으로 인한 것인지 설움으로 인한 것인지 모를 신음을 삼켜 내면서, 그렇게 시아는 계속해서 뛰었다.

몇 시간 같은 몇 초가 지나갔다. 곧이어 계단 아래 또 다른 환한 빛이 보였고, 시아는 그것에 두려워해야 할지 아니면 안심해야 할지 모른 채로 무작정 빛 속으로 뛰어들었다. 신중하겠다고 잠시라도 멈춰서 망설였다간 시간만 버릴 게 분명했다.

시아는 이번에도 깜짝 놀랄 수밖에 없었다. 좀 전처럼 똑같이 아늑하고 환한, 따뜻한 층에는 시아가 레스토랑에 들어와서 종종 마주쳤던 계란들이 옹기종기 모여 있었던 것이다! 에그 타임의 수많은 계란들의 발생지가 바로 이곳이었다니…….

따뜻한 선반 위에 가지런히 배열된 둥지들 안에서 툭탁이고 있는 계란들과 그 계란들을 품고 있는 암탉들이 목가적인 풍경을 이루고 있었다. 꽤나 요란하긴 했지만, 시아를 물어뜯으려고 했던 거구의 소들과 돼지들에 비하면 계란들은 귀여운 아이들이었다.

안도의 한숨을 내쉬며, 시아는 또다시 아래로 통하는 계단으로 가기 위해 바닥에 나 있는 문을 찾기 시작했다.

"어이, 거기!"

그때, 갑자기 난데없는 목소리가 낭랑하게 퍼졌다. 고개를 돌려서 보니 계란 하나가 시아에게로 굴러오고 있었다.

"으응?"

시아가 어정쩡하게 대답하자 그녀 앞까지 다가온 계란이 소리쳤다.

"보아 하니 너는 요괴가 아니라 인간인 것 같은데. 여기에 온 저의가 뭔지는 모르겠지만 어서 돌아가!"

계란은 작은 손으로 시아에게 어서 가라는 시늉을 했다. 그리고 덧붙이는 말은 시아가 듣기에 의아한 것이었다.

"여긴 조금 있으면 아주 위험해질 거라고!"

"그게 무슨 소리야?"

어리둥절해진 시아가 물었다. 이토록 평화롭고 여유로운 곳에 시아를 위협할 만한 요소가 있을 리 없어 보였기 때문이다.

계란이 대답을 하려고 입을 막 열었을 때, 이미 늦었다는 경고라도 하는 건지, 갑작스레 요란한 소리들이 방 안을 꽉 채웠다. 계란들이 우르르르 바닥을 구르는 소리였다. 방 안은 순식간에 지진이라도 일어난 것처럼 진동하기 시작했다.

혼란스러운 상황에 시아가 다시 질문을 하려는 순간, 계란 하나가 난데없이 빽 소리를 질렀다.

"에그 타임이다!"

그제야 시아는 상황을 파악했고, 동시에 절망했다. 엄청난 소동에 휘말리고 싶지 않았던 시아는 출입구를 찾기 위해 서둘러 몸을 움직였다. 그러나 이미 늦었다. 어느새 방 안은 엄청난 수의 계란들로 바닥이 보이지 않을 정도로 빽빽해졌고, 그들은 어서 위로 올라가 계란이 필요한 요리실들로 가기 위해 바삐 몸을 굴리고 있었다.

시아는 당황한 채 그 자리에서 굳어 버렸다. 계란들이 방 안을 꽉 채운 나머지 발 디딜 틈이 없었다. 도저히 움직일 수가 없었다.

하지만 또 그들이 다 지나갈 때까지 기다렸다간 십 분이 훌쩍 넘어갈 게 분명했다. 곧 시아는 아래로 향하는 문을 찾기 위해 재빨리 고개를 움직였다. 점점 불어나는 계란들 때문에 바닥에 빈틈이 없어 찾는 것이 쉽지 않았으나 결국 가장자리 바닥에 나 있는 문 하나를 발견할 수 있었다. 하필이면 문은 시아로부터 가장 멀리 떨어진 위치에 있었다. 계란들을 다 피해서 저곳까지 가려다간 시간이 너무 많이 걸릴 게 분명했다.

손이 떨렸다. 다리는 더 세게 후들거렸다. 불안감과 공포심이 마음을 바짝 조였다. 시아가 비켜 달라고 애처롭게 소리쳐도 계란들은 듣질 않았다. 이제는 아예 넘치는 계란들

속에서 헤엄치다시피 해야 했기 때문에 다리를 움직이는 것도 힘겨운 상황이었다. 이 속도로는 십 분 안에 내려갔다 다시 올라오기는커녕, 그저 내려가는 것만으로도 십 분을 넘길 것 같았다.

점점 더 요란해지는 계란들 속에서 시아는 절망했다. 문득 울고 싶어졌다. 이대로라면 자신의 심장을 해돈에게 갖다 바쳐야 할 게 분명했다.

"어? 저기 봐!"

갑작스레 허공에서 들려오는 누군가의 외침이 시아의 정신을 화들짝 일깨웠다. 고개를 들어 소리가 난 쪽을 보자, 시아에게 위험을 경고했던 계란이 다른 계란들 무리에 섞여 허우적거리고 있는 것이 눈에 들어왔다. 그 계란은 자그마한 팔을 열심히 파닥이며 시아의 옆쪽을 계속 가리키고 있었다.

그쪽으로 고개를 돌려 보자 웬 자그마한 빛 하나가 시아의 눈에 들어왔다. 그 빛의 존재가 무엇인지 알아챈 시아는 깜짝 놀랐다. 반딧불이였다. 작지만 밝은 빛으로 예쁘게 날아다니는 반딧불이. 어떻게 이런 곳에 반딧불이가 들어왔는진 모르겠으나 시아는 홀린 듯이 그 신비로운 생명을 지켜봤다.

반딧불이는 시아의 머리 위 공기를 가르고 유유히 날아서 그녀 바로 뒤쪽에 있는 벽에 찰싹 붙었다. 그리고 무언의 시위라도 하듯이 그 위에서 고집스럽게 움직이지 않았다. 그 비상한 움직임에서 묘한 느낌을 받은 시아가 반딧불이가 앉은 벽을 유심히 살펴보았다. 그 벽은 다른 곳들과는 다르게 유난히 먼지가 많이 쌓여 있었다.

반딧불이의 행로를 따라, 시아의 손이 벽 쪽으로 움직였다. 부드럽게 스치듯이 손바닥으로 벽을 한번 쓸어 보자 미세한 먼지들이 춤추듯이 공중으로 날아올랐다.

수많은 계란들이 파도처럼 넘실대며 방 밖으로 빠져나가고 있었지만 암탉들이 품고 있는 둥지에서 새로운 계란들이 계속해서 생겨나는 바람에 방 안은 아직도 불어나는 계란들로 한가득이었다. 점점 더 많은 계란들이 바글거리며 시아를 방해했으나 그녀는 신경 쓰지 않았다.

오히려 이제 그녀는 웃고 있었다. 벽 표면에 덮여 있던 먼지들을 죄다 털어 내자 벽이 아닌 다른 것이 모습을 드러냈다. 엘리베이터였다.

"고마워."

시아는 이 근사한 반딧불이에게 감사의 말을 속삭이며 조용히 웃었다. 상황이 역전됐다. 숨겨져 있던 지름길이 나타난 것이다.

반딧불이를 주머니에 살며시 넣은 시아가 탑승하자, 엘리베이터는 추락이라도 하듯 무시무시한 속도로 내려갔다. 몸이 아래로 떨어지는 느낌에 시아는 눈을 꽉 감고서, 여태 소비한 시간들을 계산했다. 계단을 내려가 가축들을 속이고 다시 내려가는 데에 대략 삼 분에서 사 분이 걸린다. 다시 계단을 내려가 에그 타임에서 탈출하기까지 걸린 시간이 이 분 정도. 엘리베이터가 워낙 빠르다 보니 이걸 타고 내려갔다가 다시 올라가는 데엔 몇 초밖에 걸리지 않을 터. 그렇다면 시아는 기밀문서를 사 분 안에 가지고 와서 엘리베이터에 타야 십 분 안에 모든 일을 마칠 수 있을 것이다.

손바닥에 땀이 쫘악 차오를 정도의 긴장감 속에서, 시아는 미끌미끌한 두 손을 모으고 제발 성공하게 해 달라고 간절히 기도했다. 그렇게 생각을 정리하며 각오를 다졌을 때, 엘리베이터가 부드럽게 멈추며 목적지에 도착했음을 알렸다. 이윽고 문이 열렸고, 시아는 북처럼 울려 대는 심장에 심호흡을 하며 엘리베이터에서 내렸다.

피부에 느껴지는 뜨거운 온도에 시아는 무심코 고개를 들었다. 파란 불꽃이 시아에게 달려들었다. 어마어마하게 빠른 속도였다. 시아는 비명을 지르며 몸을 아래로 숙였다. 시아가 서 있었던 공간을 지나간 불은 순식간에 사라졌다. 심장이 빠르게 뛰었다. 시아는 경계하며 앞을 살폈지만, 더는 불이 보이지 않았다. 시아는 놀란 마음을 진정시키며, 엘리베이터 밖으로 나왔다. 다른 층과는 달리 어두웠다. 오직 반딧불이의 자그마한 빛에만 의존한 채, 시아는 문서를 찾아 고개를 바쁘게 움직였다.

"오! 오! 오! 아니, 세상에!"

어딘가에서 갑작스레 터져 나온 요란한 목소리가 시아를 화들짝 놀라게 했다.

"아니, 시아 양이었습니까!"

"히로?"

아담한 용, 히로가 밝은 얼굴로 저벅저벅 걸어왔다. 전혀 예상치 못한 등장에 시아는 할 말을 잃었고, 히로는 뭐가 그렇게 좋은지 헤실헤실 웃으며, 마치 손님을 반기는 집주인처럼 시아에게 다가와 친숙한 손길로 그녀를 톡톡 두드렸다.

"아아, 죄송합니다, 시아 양! 원래는 폐쇄되어 있어야 할 엘리베이터가 갑자기 움직이길래, 침입자인 줄 알고 공격해 버렸습니다."

히로는 방금 전 무시무시한 불꽃을 날린 것이 아무렇지도 않은 일 중 하나인 것처럼 해맑게 조잘거렸다.

"마침 심심했었는데! 저를 보려고 여기까지 직접 와 주시다니 이거 참 감동이군요."

히로가 두 손으로 발그레해진 얼굴을 감싸며 호들갑을 떨었다.

"역시 저를 그리워하실 줄 알았습니다!"

환하게 웃으며 저를 반기는 히로를 보며, 시아는 놀라움과 함께 반가움을 느꼈다. 그러나 시아에게는 히로처럼 한가롭게 그들의 재회를 기뻐하고 있을 여유가 없었다. 정신을 차린 시아가 말을 꺼냈다.

"히로, 저번에 여기서 '수호'하는 일을 한다고 했었잖아요. 그게 혹시……."

"아! 맞습니다! 저는 이곳에서 레스토랑의 비밀 레시피가 적힌 기밀문서를 수호한답니다."

히로가 자랑스럽다는 듯이 외쳤다.

"아무래도 이게 우리 식당 요리의 비법이기 때문에 외부로부터 철저히 보호해야 하지요. 그래서 그에 어울리는 위엄과 강력한 힘을 소유한 제가 그 문서를 관리한답니다."

히로의 말을 들은 시아는 기분이 날아갈 것 같았다. 왜 진작 예상하지 못했을까. 전에 히로가 이곳에서 무언가를 수호한다고 분명 말을 했었는데.

"히로."

차오르는 기쁨을 억누르며 시아는 애써 차분하게 히로를 불렀다.

"그 레시피 문서 좀 잠깐만 나한테 빌려줄래요? 제가 지금……."

"안 됩니다."

말이 채 끝나기도 전에 칼같이 들려오는 거절에 시아는 당황했다. 제 귀가 의심될 만큼 히로답지 않은 단호한 목소리였다.

"히로, 뭔가 오해한 것 같은데, 나 이거 진짜로 급한 상황……."

"안 됩니다."

두 번씩이나 반복하는 걸 보면 확실히 잘못 들은 것은 아니었다. 시아는 저도 모르게 서운함과 원망이 가득한 시선으로 그를 절박하게 바라보았다.

하지만 히로는 엄격했다.

"죄송합니다만 이건 우리 레스토랑의 기밀입니다. 외부로 새어 나가면 레스토랑 운영에 치명적인 타격을 입을 수도 있게 된단 말입니다."

흥분한 그가 호들갑을 떨며 설명했다.

"이런 기밀문서는 마냥 태연하게 걸어와서 달라고 한다고 쉽게 줄 수 있는 물건이 아닙니다. 시아 양 당신이라도요."

좌절한 시아의 표정이 굳어지기 시작했고, 간만에 자신의 역할을 수행하며 열정이 불타오른 히로는 고개를 쳐들고 거들먹거렸다.

"이건 레스토랑 직원들한테도 함부로 주지 못하는 문서라고요. 그럴 거면 제가 여기 뭐하러 있겠습니까?"

그가 삐죽 미소 지으며 잘난 체했다. 그리고 자신의 뒤를 그 작은 손가락으로 가리키며 말했다.

"저기 금고 보이시죠?"

시아가 눈살을 찌푸리고 보니, 히로가 가리킨 쪽에 얌전히 놓여 있는 금고 하나가 어둠 속에서 어렴풋이 보였다. 콧김을 길게 내뿜은 히로가 제 가슴을 팡팡 치면서 떵떵거렸다.

"문서는 저 금고 안에 있어요. 저를 제외하곤 아무도 금고를 열 수 없죠. 어디 열 수 있으면 열어 보세요. 그럼 가져갈 수 있게 해 드릴게요."

그가 장난기 어린 눈빛으로 시아를 놀렸다. 해 볼 테면 해 보라는 투의 약 올리는 말투에 시아는 망설이지 않고 금고 앞으로 다가갔다. 나무로 탄탄하게 만들어진 금고는 이제 시아가 손만 뻗으면 닿을 만큼 가까운 거리에 놓여 있었다. 그러나 시아는 자신이 이것을 열수 있는 방법은 없다는 걸 알고 있었다.

히로가 자신만만해하는 것도 무리는 아니었다. 마치 새것처럼 보이는 금고에는 아무리 살펴봐도 여닫을 수 있는 문이 없었다. 도대체 여기에 어떻게 문서를 넣고 빼는 걸까? 시아는 머리를 굴렸다. 어서 기지를 발휘해서 이걸 열어 문서를 가지고 돌아가야만 했다. 오직 히로만이 열 수 있다는 이 금고. 히로를 어떻게 속여야 그가 이것을 열게 만들 수 있을까. 바짝바짝 타들어 가는 마음에 발을 동동 구르며 시아는 머리를 미친 듯이 굴렸다. 십 분이 되기 전에 빨리 돌아가야 했다.

우선 시아는 히로가 가지고 있는 그만의 능력에 대해서 떠올려 보았다. 그때 시아의 뇌리에 불꽃이 퍼뜩 스치고 지나갔다.

'그래, 그는 용이잖아. 불을 만들 수 있어. 그리고 이 금고는……. 아!'

거기까지면 충분했다. 생각을 마친 시아는 서둘러 히로를 향해 고개를 돌렸다. 지금 이 순간에도 지나가고 있는 일 분 일 초가 아까웠다.

"히로."

히로가 고개를 들었고, 시아는 입꼬리를 올려 삐딱한 미소를 지으며 물었다.

"너, 정말로 문서를 수호하고 있는 거 맞아? 다른 용이 또 있는 거 아니야?"

시아의 갑작스러운 도발에 히로의 눈동자가 당황한 듯 흔들렸다. 그는 잠시 자신이 들은 말을 의심하는 듯싶었지만 시아의 삐뚤어진 미소를 보더니 이내 눈썹을 구겼다.

"하! 아니, 시아 양! 지금 저를 놀리시는 겁니까?"

억울함, 분함, 서운함 등 감정을 제대로 실은 그의 목소리가 방 안을 울렸다. 그러나 시아는 물러서지 않았다.

"아니, 그렇잖아. 용이라면서 키도 내 팔뚝 정도밖에 안 되고, 아까 불도 보니까 되게 조그맣던데."

그 말을 들은 히로의 얼굴이 붉게 물들었다. 그는 금방이라도 눈물이 톡 떨어질 듯한 눈을 한 채 작은 주먹을 꽉 쥐고선 파르르 떨며 소리쳤다.

"정말 너무하시네요! 시아 양은 아무것도 모르시면서……."

"그럼 보여 줘 봐."

시아가 여유롭게 히로의 말을 받아쳤다. 팔짱을 끼고선 최대한 얄미워 보이는 표정을 지으려고 노력하며 비아냥거렸다.

"네가 정말로 강한 용이라는 걸 증명해 보라고."

시아가 고개를 거만하게 쳐들고 히로를 깔보듯이 내려다보았다. 시아는 속으로 자신의 완벽한 연기에 흡족해했다. 물론 히로에게는 미안하지만 어쩔 수 없었다.

"제가 못 할 줄 아십니까? 잘 보십쇼! 제가 엄청난 용이라는 걸 증명해 보이겠어요!"

히로가 울부짖었다. 이렇게 단순할 수가 없다. 속으로 못된 미소를 지은 시아는 겉으로는 아무렇지도 않은 척 태연하게 입을 열었다.

"좋아, 그럼 저쪽을 향해 보여 줘 봐. 할 수 있는 한 최대한 강력하게 해 보라고."

시아의 말이 끝나기가 무섭게 히로는 자신을 깔본 시아에게 보라는 듯이, 아주 거칠고 매서운 어마어마한 양의 불을 손으로 뿜어냈다. 강렬한 파란 불꽃이 마치 로켓처럼 빠르게 발사되어 금고를 향해 맹수와 같이 돌진했다. 무시무시한 불꽃이었다. 히로의 손에서 한꺼번에 우르르 쏟아져 나오는 불꽃들을 보며, 시아는 자신도 모르게 입을 쩍 벌렸다. 하지만 지금은 불꽃놀이 구경이나 하고 있을 때가 아니었다. 시아는 금세 정신을 차렸다.

"이제 그만."

시아가 나직이 속삭였고, 그 말을 들은 히로는 불을 멈추고 자랑스러운 듯이 가슴을 쫙 펴며 시아를 향해 찬사를 기대하는 듯한 초롱초롱한 눈빛을 보냈다. 그러나 시아의 관심은 다른 데에 쏠려 있었다. 시아가 앞쪽으로 걸어갔다. 발소리가 어둠 속에서 고요히 울렸다.

"여기 있다."

시아의 목소리가 차분하게 울려 퍼졌다. 놀랍게도 자신만만한 미소로 다시 이쪽으로 돌아오는 시아의 손에는 양피지가 돌돌 말린 채 들려 있었다. 그것을 본 히로의 눈동자가 커졌다.

"아니, 어떻게……?"

시아가 조용히 웃었다.

"금고에 문도 안 달린 데다, 이상할 정도로 새것 같아서 매번 히로의 불로 태워 열고 다시 만드는 건 아닐까 생각했어요. 나무로 만들어진 금고는 불에 타더라도, 그렇게 중요하다는 문서는 불에 타지 않도록 힘을 써 두었을 거라 예상했고요."

이번에는 히로가 입을 쫙 벌리고 시아를 쳐다보았다. 방 안이 너무나 어두운 나머지 히로는 시아가 가리킨 쪽에 금고가 있다는 사실을 깨닫지 못하고 있었다. 멍하니 서 있는 히로를 보며, 시아는 친절한 미소를 짓고 문서를 흔들어 보였다.

"고마워요. 나중에 꼭 돌려줄게요."

시아는 의기양양하게 엘리베이터에 탔다.

굳어 있는 히로를 뒤로하고 문이 닫혔고, 엘리베이터는 초고속으로 위로 돌진했다. 그렇게 몇 초가 지났을까. 가슴 앞에 두 손을 모으고 쿵쿵쿵 뛰는 심장을 느끼며 간절히 기도하고 있던 시아는 엘리베이터가 멈추고 문이 열리자마자 잽싸게 밖으로 뛰쳐나왔다. 제발 십 분이 넘지 않았기를 바라며…….

다행히 방 안에는 아무도 없었다. 시아는 호흡을 고르고 상기된 뺨을 가라앉히며 사육실 방문을 바라보았다. 점점 더 빨라지는 심장 박동이 빈방 안의 침묵을 통째로 흔들어 댔다.

정적에 대답이라도 해주듯, 곧이어 소리 없이 문이 열렸다. 문으로 여유롭게 들어오던 루이는 방 안에서 문서를 들고 서 있는 시아를 발견하고 그 자리에서 얼어붙은 듯 걸음을 멈췄다. 시아를 마주 보는 루이의 눈동자가 미세하게 흔들렸다. 그는 시아를 믿기지 않는다는 눈빛으로 쳐다보며 할 말을 잃었다. 한동안 침묵이 흘렀다.

루이의 얼어붙은 눈동자를 마주 보던 시아의 얼굴에 서서히 의기양양한 미소가 떠오르기 시작했다. 일단 한 가지는 분명했다. 미션 성공!

자신이 미션에 성공했다는 놀라움과 기쁨에 가슴이 부풀어 오른 시아는 그대로 방에서 나와 지하실로 쏜살같이 내려갔다. 그리고 숨을 헐떡이며 문을 열고 안으로 들어갔다.

문이 요란한 소리를 내며 벌컥 열리자, 칙칙한 지하실에서 다 죽어 가듯이 멍하니 있던 야콥과 쥬드의 시선이 단번에 시아에게 향했다. 문가에서 가쁜 숨을 몰아쉬는 시아를 본 쥬드의 눈동자가 접시처럼 커다래졌다. 그가 긴 다리로 성큼성큼 시아 쪽으로 돌진했다. 순식간에 시아의 어깨를 움켜잡은 쥬드는 다짜고짜 그녀를 몰아붙였다.

"어떻게 됐어?"

그가 다급한 얼굴로 물었다.

"어?"

고작 이것이 시아의 대답이었는데도 쥬드는 긴장감 없는 시아의 표정만으로도 결과를 짐작할 수 있었다.

"해냈구나!"

쥬드의 얼굴이 환해졌다. 그는 방싯방싯 해맑게 웃으며 시아의 어깨를 팡팡 두드렸다.

"그래! 이래야 내 동생이지!"

"누가 네 동생이야?"

그러나 말은 그렇게 하면서도 시아 역시 쥬드를 따라 활짝 웃고 있었다. 방금 전 겪은 아슬아슬했던 순간들이 아무것도 아니었던 것처럼 느껴졌다. 그렇게 둘이 방방 뛰던 찰나 뒤쪽에서 날벼락이 떨어졌다.

"시끄러워!"

돌아보니 야콥이 한 마리의 미치광이 맹수처럼 으르렁대

고 있었다.

"이 멍청한 비둘기들! 비둘기들 눈에는 내가 지금 한가한 마녀로 보이냐! 계속 떠들 거면 나가든지, 방으로 들어가든지 썩 꺼져 버려!"

야콥은 마치 음악에 심취한 지휘자처럼 손을 현란하게 저어 가며 정말로 비둘기들을 내쫓는 것 같은 시늉을 했다. 시아와 쥬드는 곧바로 입을 다물고 쥬드의 방으로 슬그머니 들어갔다.

"그래서 어떻게 해낸 건데? 자세히 좀 말해 봐."

쥬드는 방 안에 들어가자마자 눈동자를 빛내며 시아에게 이야기를 재촉했다. 왠지는 몰라도 그는 지금 과도하게 호들갑을 떨고 있었다. 그러나 이 순간만큼은 시아 역시 잔뜩 들뜬 상태였다. 시아가 신이 나서 입을 막 열려는 찰나, 시아는 문득 무언가가 이상하다는 것을 깨달았다.

"야, 야!"

시아가 말을 하려다가 말자, 애가 탄 쥬드가 그녀를 이리 흔들고 저리 흔들며 대답을 부추겼다. 시아의 표정은 여전히 어딘가 미묘했다. 천천히, 시아의 시선이 쥬드의 커피색 눈동자로 옮겨 갔다.

"너…… 어떻게 알았어?"

갑작스러운 물음에 쥬드가 떨떠름한 표정을 지었으나 시아는 계속해서 말을 이었다.

"내가 아까 루이를 따라 지하실을 나갈 때 넌 내가 무엇 때문에 나가는지 몰랐을 거 아냐. 그런데 어떻게 알았지?"

시아는 미심쩍다는 눈빛으로 쥬드를 빤히 바라보았다. 그러자 쥬드의 얼굴이 점점 더 붉게 물들기 시작했다. 그의 눈동자는 시아의 눈을 피해 이리저리 바쁘게 움직였다. 그리고 그런 행동들이 쥬드를 더 수상해 보이게 만들었다.

"말해 봐."

이번에는 시아가 쥬드를 부추겼다.

"뭐가……?"

쥬드가 말끝을 흐리며 모르는 척했으나 불행하게도 그는 연기에는 도저히 재능이 없었다.

"내가 무슨 말 하는지 알잖아."

시아가 계속해서 심문하자, 난처한 분위기에 못 견딘 쥬드가 결국 항복을 선언했다.

"……아, 알았어. 말할게, 말한다고."

쥬드는 한숨을 크게 한 번 푹 쉬더니, 시선을 바닥에 고정한 채로 입을 열었다. 그는 시아가 루이를 따라가서 했던 일들을 자신이 어떻게 알아냈는지에 대해 긴 설명을 횡설수설 늘어놓기 시작했다.

"네가 나간 다음 나 혼자 지하실에 남아 있었는데, 야콥이 마침 깨어난 거야. 근데 그때 내 표정을 보고 야콥이 뭔 일이냐고 묻길래 대충 상황을 말해 줬지."

시아의 눈치를 힐끗 본 쥬드가 설명을 계속했다.

"그랬더니 야콥이 네가 뭘 하러 간 건지 자기는 알고 있다면서 잘난 척을 해 대는 거야. 그래서 야콥한테 들었지. 네가 루이한테 왜 끌려간 건지."

그러고는 난처하다는 듯이 더는 말을 잇지 못했다. 시아의 시선을 피하는 쥬드를 시아가 예리한 시선으로 주시했다. 이제야 퍼즐이 맞춰지는 것 같았다. 시아의 입가에 미소가 떠올랐다.

"그 반딧불이, 네가 보낸 거지?"

시아의 물음에 바늘에라도 콕 찔린 듯 움찔하는 쥬드의 반응이 모든 것을 설명해주었다. 부끄러운 듯이 괜히 소리를 버럭 지르고 있는 쥬드를 보며, 시아는 웃음을 터뜨렸다. 그러니까 시아가 위험에 처해 있다는 사실을 알게 된 쥬드가 그녀를 도와주기 위해 자신이 갖고 있던 반딧불이를 보내 엘리베이터를 찾아 준 것이었다.

"고마워, 너 아니었으면 못 했을 거야."

시아가 진심으로 인사했다. 그러자 쥬드는 바락바락 소리를 지르다가도 인사를 듣는 것이 기분 좋은지 금세 얌전해졌다. 그가 아무말도 하지 않고 있자, 시아는 부끄러워하는 쥬드를 그만 봐줘야겠다고 생각하며 방에서 나갔다.

시아는 나름대로 유쾌했던 소란에 종지부를 찍은 후 흐뭇한 미소를 지으며 지하실로 들어섰다. 구석에서 야콥이 낡은 책들을 뒤적이며 중얼중얼 무어라 알 수 없는 주문들을 요란하게 외쳐 대고 있었다. 그런 야콥의 모습은 언제 봐도 괴상하게만 느껴졌지만, 시아는 이제 그것에 자못 익숙해져 있었다.

시아가 곁으로 다가가자 뭔가에 열중하던 야콥이 동작을 멈추고 시아 쪽으로 휙 고개를 틀었다.

"뭐냐? 용건만 말하거라!"

거대하고 굵직한 목소리가 툭 튀어나왔다. 시아가 슬며시 웃으며 입을 열었다.

"고마워요."

갑작스러운 인사에, 야콥은 시아가 그런 말을 하리라고는 전혀 예상하지 못하고 있었는지 잠시 눈을 껌벅였다. 그러더니 두꺼운 입술을 들어 올리며 시아의 얼굴만 한 네모낳고 거대한 이빨을 씨익 드러냈다. 뱀처럼 야비한 미소였다.

"뭐가 고맙다는 거지? 나는 너한테 호의를 베풀어 준 기억이 없는데."

그러나 시아는 사실을 알고 있었다.

"아니에요, 쥬드가 저를 도와줄 수 있도록 제 처지를 말해 주었잖아요. 아닌 척해도 알고 있어요. 당신은 사실 처음부터 이 모든 상황을 다 지켜보고 있고, 또 아주 가끔은 저를 도와주고 있다는 것을요."

다른 요괴들은 알려 주지 않았던 하츠의 과거사를 말해 준 것도 야콥이었다. 어디서부터 어떻게 시작해야 할지 몰라 쩔쩔매는 시아에게 하츠를 제 편으로 만들라고 방향을 잡아 준 것도 야콥이었다. 유감스럽게도, 해돈에게 인간의 심장을 먹으라는 처방을 내린 것 역시 야콥이었다. 여왕, 하츠, 악마, 해돈, 저주, 시아.

이 기괴한 세상이 돌아가는 방향키를 어쩌면 야콥이 휘어잡고 있는 것일지도 모르겠다는 생각이 들었다. 모든 사건의 발단을 제공한 장본인이자 그 모든 상황을 지켜보며 결정적인 순간에 앞으로 나서서 사건의 방향을 살짝 바꿔 놓고 아무도 모르는 새에 다시 슬그머니 빠져 버리는 이 마녀를, 시아는 이해할 수 없었다.

그러나 한 가지 확실한 것은 야콥이 시아를 도와주고 있다는 것이었다. 그것이 물론 순수한 선의에 의한 행위가 아니라는 것쯤은 시아도 알고 있었다. 왜 자신에게 하츠에 대한 것을 알려 주냐는 시아의 질문에 자신의 것을 되찾기 위해서라고 했던 야콥의 대답이 시아의 뇌리에 아직 뚜렷하게 박혀 있었다.

리본과 레이스로 도배된 진분홍색 드레스와 키의 절반을 차지하는 거대하고 흉측한 얼굴이 전혀 어울리지 않는 이 이상한 마녀는 보이는 것만큼 그렇게 단순하지 않았다. 거대한 머릿속이 거침없다는 것을 입증하듯 아무렇게나 탁탁 내뱉는 말들마저도 온통 꼬여 있는 듯했다.

"내가 너를 도와준다고? 기가 막히는군! 네 멋대로 지나치게 과장해서 생각하는구나. 나는 그저 심심풀이로 말을 해 준 것뿐이야."

말도 안 되는 거짓말이었다.

14

여왕의 성

“으아아아아악!”

공포에 질린 목소리가 한산했던 복도를 쩌렁쩌렁 울렸다.

“살려 주세요! 쫓아오지 마!”

닭똥 같은 눈물을 흩날리며 히로가 애처롭게 소리 질렀다.

“멈춰라!”

그러거나 말거나 돌아오는 것은 기어이 그를 잡고야 말겠다는 의지가 가득한 대답이었다.

널따란 복도를 달리며 히로는 눈물을 흘렸다. 허무했다. 오로지 그 문서를 지키는 데에만 힘써 왔건만, 지금 그는 단

한 번의 실수로 인간에게 문서를 빼앗겨, 빌어먹을 스테이크 신세가 되게 생겼다. 비참한 심정으로 끔벅이는 눈동자에서 굴러떨어지는 눈물을 삼키며, 히로는 처량하게 도망치고 있었다. 그를 쫓아오는 요리사의 눈빛은 한 마리의 굶주린 사자와도 같았다.

"잘못했어요! 다시는 문서를 뺏기지 않겠습니다!"

달리는 와중에도 히로는 자그마한 새끼손가락을 공중에 들어 올려 보이며 약속했다. 하지만 소용없었다. 불행히도 이 요리사는 자신의 일에 지나치게 열정적이었다.

"나한테 빌어 봤자 소용없다. 나도 위에서 시키는 대로만 움직일 뿐이라……."

말로는 어쩔 수 없는 거라지만 그의 이글거리는 눈동자를 보면 누가 봐도 그가 히로를 요리 재료로 탐내고 있다는 것을 알아챌 수 있었다.

여태껏 중대한 문서를 수호하고 관리하는 역할을 이행해 오던 히로는 레스토랑에서 남다른 대우를 받아 왔다. 덕분에 잘 다듬어진 우윳빛 비늘은 탐스러웠고, 번지르르 윤기가 돌며 찰랑이는 은빛 갈기 역시 보기만 해도 잘 관리되었다는 것을 알 수 있었다.

"거기 서!"

요리사가 더욱 우렁차게 호통치며 쫓아왔고 거기에 놀란 히로는 으앙, 울음을 터뜨리며 숨 가쁘게 도망갔다.

"거참, 도망가 봤자 소용없다니까! 하츠가 너를 요리하라고 한 이상, 너는……."

"하츠?"

눈물을 삼켜 가며 도망가던 히로가 요리사의 입에서 나온 이름에 그 자리에서 우뚝 멈춰 섰다.

"잡았다!"

덕분에 히로를 따라잡은 요리사가 팔자 주름이 생기도록 싱글벙글한 웃음을 지으며 히로를 낚아챘으나 히로는 전혀 동요하지 않았다. 그 대신 비장한 표정으로 입을 열었다.

"나를 하츠한테 데려다주십시오. 지금 당장."

어차피 계속 도망칠 수도 없는 노릇이었다. 차라리 이런 말도 안 되는 명령을 내렸다는 그 높으신 분을 직접 찾아가 보는 것이 더 효과적일 것이다.

"누구 맘대로 데려다 달라말라야. 네가 갈 곳은 내 요리실 도마 위뿐이다!"

히로를 잡아 기세등등해진 요리사는 이 탐스러운 재료로

자신이 요리할 수 있다는 생각에 희열을 느끼며 소리쳤으나, 히로는 요리사가 생각했던 것만큼 만만한 용이 아니었다.

히로가 손가락을 들어 올려 튕기자 그 위로 자그마한 파란 불이 피어올랐다. 히로의 황금색 눈동자가 번뜩였다.

"용이 진심으로 협박하기 전에 말을 들어주는 것이 가장 현명한 일입니다."

히로가 요리사의 얼굴에 불꽃을 가져다 대며 자신만만한 미소를 드러냈다. 어차피 요리사를 공격해 벗어나 봤자 또 다른 요리사들이 우르르 몰려들어 그를 잡으려 할 것이고 그들을 물리치면 또 다른 요리사들이 오고, 그렇게 끝없이 반복되다가 결국은 잡힐 게 뻔했지만 지금은 그렇게 할 상황이 아니었다.

"다시 한번 말하겠습니다. 나를 하츠에게 데려다주십시오."

복잡하게 조무래기들만 상대하다가 힘을 빼느니, 한 번에 위로 훌쩍 넘어가서 윗놈과 대면하는 것이 더 효과적인 방법일 테니까.

히로의 손가락 위로 불꽃이 더 화려하게 춤을 췄고 그것은 또 그만큼 뜨겁게 타올랐다. 요리사는 얼굴을 찡그렸다. 그에게는 선택권이 없었다.

"……젠장. 좋아, 하지만 그 뒤에는 순순히 내 요리실로 따라와야 할 것이다."

요리사의 동의를 받은 히로가 불꽃을 거두며 환하게 웃었다.

"글쎄요, 제가 하츠를 직접 만나고 난 후에도 나를 요리하라는 그의 명령이 과연 계속될까요?"

의미심장한 말을 뱉으며, 히로가 거만하게 고개를 쳐들었다. 그가 꽉 쥔 주먹을 공중으로 쳐들며 씩씩하게 소리쳤다.

"자, 그럼 하츠에게로……!"

히로의 행동이 못마땅한지, 어느새 그를 들고 있던 요리사의 미간은 더 좁아졌으나 곧이어 그는 어쩔 수 없다는 듯이 발걸음을 움직였다. 마치 가마를 탄 듯한 기분에 들뜬 히로는 이빨이 훤히 보이도록 커다란 미소를 지었다. 장난스럽고 유쾌한 미소 속에서 칼 같은 송곳니들이 번뜩였다.

"앞으로 무슨 일이 펼쳐질지 기대되는군요. 결과 역시, 볼만하겠죠."

히로가 키득거렸다. 용 대 악마. 약 백 년 만에 적수를 만났다. 생글생글하던 황금빛 눈동자에서 장난기가 싹 사라지며 눈빛이 날카롭게 돌변했다.

'이거, 싸울 맛 나겠네.'

한편 그 시각, 하츠가 있는 곳에서는 밤하늘의 서늘한 바람이 난간을 타고 베란다 안으로 들어왔다. 차가운 감촉에 하츠는 후드를 올려 머리 위에 썼다. 가시처럼 기다란 속눈썹 아래 검은 눈동자가 베란다 밖을 무표정하게 내다보았다.

'그 일을 하는 동안 여왕에게 뇌물을 전하는 일은 쉬게 해 주지.'

해돈이 얼마 전에 했던 말이 떠올랐다. 인간이 실패할 만한 식당 일을 시켜 심장을 가져오는 대신, 여왕의 궁전에 가서 뇌물을 전하는 일은 쉬게 해 준다…….

이 말을 들었을 때만 해도 다시는 그 지겨운 여왕님의 용안을 보지 않아도 될 줄 알았다. 그런데…… 성공했다, 인간이. 굶주린 가축들을 만나게 하고 에그 타임에 맞추어 그곳에 보내는 등 장애물들을 준비해 놓았는데, 그 모든 것을 뚫고 용이 지키고 있는 문서를 가져온 것이다.

처음 루이가 성공 소식을 전했을 때에는 드디어 루이가 과다한 일에 머리가 단단히 돌아 버려 농담이라도 하는 줄 알았다.

'단, 만약 네가 시킨 식당 일을 인간이 성공적으로 해낸다면 너는 여왕에게 뇌물을 어마어마하게 많이 가져다주어야 할 거야.'

제대로 들으려고도 안 했던 해돈의 마지막 말이 실현될 것이라곤, 그는 꿈에도 몰랐다. 하츠는 눈을 감았다 떴다. 새까만 허공에 지긋지긋한 여왕의 얼굴이 유화처럼 그려져 울컥 짜증이 솟아났다. 지우려도 지울 수가 없었다. 비행을 시작하기 위해 흉측하고 거대한 날개를 만들어 냈을 즈음, 쾅 문이 요란하게 열리며 등 뒤에서 상당히 거슬리는 목소리가 쩌렁쩌렁 울렸다.

"하츠! 비겁하게 숨어 있지 말고 정면으로 승부하자! 너와 나! 단둘이서!"

하츠가 고개를 돌려 목소리가 들려온 쪽을 쳐다보자 자그마한 용이 비장한 표정으로 그를 노려보고 있었다. 그 뒤에는 요리사가 민망하다는 듯이 땀을 뻘뻘 흘리며 서 있었다.

상황을 대충 파악한 하츠가 어이없다는 듯이 요리사를 쳐다보았다.

"요리를 하라고 했지 언제 이쪽으로 데려오라고 했어?"

그러나 자그마한 용은 아랑곳하지 않고 소리쳤다.

"시끄럽다! 무고하고 선량한 자를 괴롭히지 말고 우리 둘이 당당하게 겨루자!"

하츠의 시선이 히로에게로 옮겨졌다. 텅 빈 듯한 눈동자가 히로를 싸늘하게 주시했다. 히로는 하츠가 자신을 공격할 것이라고 예상하며 준비 태세를 갖추었다. 정적이 흘렀다.

이윽고 하츠가 천천히 몸을 움직였다. 하지만 그는 그대로 돌아서서 난간 쪽으로 걸어갔다. 히로는 당혹스러운 나머지, 하츠의 뒷모습을 멍하니 바라보았다.

'설마 무시하는 건가?'

하츠는 곧 허공으로 뛰어들 것처럼 거대한 날개를 펼친 채, 난간 바로 앞까지 성큼성큼 걸어갔다. 무안할 정도로 무관심한 하츠의 모습에 잠자코 돌아설 만도 했지만 히로는 포기를 몰랐다. 그가 불꽃을 튕겨 내며 손가락을 과감하게 앞으로 뻗었다. 파란색 불꽃이 공기를 가르고 화르륵 타오르며 하츠의 왼팔을 향해 돌진했다.

왼팔에 느껴지는 통증에 놀란 하츠가 뒤를 홱 돌아보았다. 매섭게 쏘아보는 차가운 눈초리를 받으며, 히로는 고개를 휙 젖혀 그를 거만하게 올려보았다.

"불만이면 어서 덤비……."

히로의 말이 끝나기도 전에, 하츠가 눈에 보이지도 않을 만큼 빠른 속도로 달려들었다. 순식간에 하츠의 주먹이 무시무시한 힘으로 히로에게 내리꽂혔다. 조그마한 배에 충격적인 타격을 입은 히로가 바닥을 부수며 날아갔다. 엄청난 통증에 히로가 주춤하는 사이, 하츠는 뒤돌아서 다시 앞으로 걸어갔다.

그러나 겨우 이 정도로 물러설 히로가 아니었다. 그가 다시 한번 불꽃을 쐈고, 그것에 또 한 번 신경이 곤두선 하츠가 어마어마한 속도로 히로에게 달려들었다. 로켓처럼 자신에게로 발사되는 그로부터 살기를 느낀 히로는, 공격을 피해 베란다 난간으로 도망쳤다. 그리고 곧이어 하츠에게 불꽃을 쏘며, 허공으로 재빨리 뛰어들었다.

제대로 약이 오른 하츠는 얍삽한 용을 쫓아 허공으로 달려들었다. 하츠는 흉악하고 거대한 날개를 우악스럽게 펄럭이며 구름들을 지나 어두운 하늘 위로 올라갔다. 매서운 바람이 휘몰아치며 무시무시한 소리를 냈다.

하츠는 구름 속에서 날개를 거칠게 움직이며 주변을 바라보았다. 사방은 온통 구름으로 가득했다. 날개가 맞바람에 부딪혀 내는 소음을 들으며, 하츠는 그만하고 여왕의 궁전으로 가야겠다고 생각했다.

하츠가 앞을 향해 나아가는 순간, 그를 통째로 집어삼킬 정도의 거대한 불길이 앞으로 달려들었다. 하츠는 몸을 돌리며 불길을 피했다. 온몸의 피부에 뜨거운 열기가 느껴질 만큼 어마어마한 불길이었다. 그 새하얀 불길은 자신의 방에서 용이 쏘았던 작고 파란 불꽃보다 훨씬 더 거대하고 뜨거웠다.

하츠는 무언가 이상한 낌새를 감지하고 주변을 둘러보았다. 심해처럼 어두운 허공에서 구름들이 시야를 가리고 있었다. 안개처럼 뿌연 구름 사이로, 그것을 초월하는 크기의 거대한 몸집의 움직임이 보였다.

하츠는 구름 너머를 주시했다. 곧 구름을 가르고, 그 뒤에 있던 존재가 서서히 모습을 드러냈다. 산 하나의 크기는 가뿐히 넘길 만한 거대한 용 한 마리가 날카로운 황금색 눈동자를 번뜩이며 하츠를 마주 보았다. 장엄하고도 고고한 오라가 신성한 자태에서 위엄 있게 풍겨져 나왔다.

"……서프라이즈."

히로가 속삭였다.

하츠는 아담하던 용의 반전에, 그를 잠시 동안 훑어보았다. 작았던 용은 이제 산 하나는 거뜬히 뒤집어엎을 수 있을 정도로 우람해졌다. 그는 바닷속 한 마리의 인어처럼 허공을 가르며 꼬리를 움직였고, 구름보다 더 깨끗한 자태에서는 전에 없던 위엄이 넘쳐흐르고 있었다. 히로는 하츠의 근처에서 하늘을 유영했다. 그가 우윳빛 몸을 움직일 때마다 밤하늘 위에 낮이 공존하는 것 같았다. 날카롭게 올라간 황금색 눈동자가 위험하게 번뜩였다.

하츠는 그제야 용이 자신을 레스토랑 밖으로 끌어낸 이유를 알 수 있었다. 레스토랑 안에서는 거대한 몸뚱이를 마음 놓고 움직일 수 없기 때문이었다.

바짝 굳어 있던 하츠의 입술이 느슨하게 풀어지며 천천히 움직였다.

"몸뚱이가 커지면 이길 수 있을 거라고 생각하나?"

하츠의 목소리는 차분했지만, 히로는 그 속에 조소가 섞여 있다는 것을 알았다.

그는 하츠의 비아냥거림에 대답이라도 하듯, 어마어마한 양의 불을 그에게 내뿜었다. 유령처럼 새하얀 불이 하츠를 단번에 잿더미로 만들어 버릴 기세로 번졌다. 하츠는 불을 피하고는 빛과 같이 빠른 속도로 히로에게 돌진했다. 기다렸다는 듯 자신을 쫓아오는 불길을 피하며 그는 히로의 두꺼운 몸 위로 달려들었다. 어느새 날카롭게 길어진 하츠의 손톱이 히로의 몸을 깊숙하게 파고들었다.

손톱이 혈관을 파고드는 감각에 하츠가 이를 드러내고 웃었다. 광기를 번뜩이며 미소 지은 것은 그의 얼굴이 아닌, 악마의 얼굴이었다. 하츠와 히로는 굶주린 맹수들처럼 게걸스럽게 서로를 물어뜯고 할퀴었다. 그들은 구름으로 가려진 허공에서 한 덩이의 먼지처럼 뒤엉켰다.

하츠가 칼날 같은 손톱으로 히로의 몸통을 깊숙이 찌르자 붉은 피가 새어 나왔다. 히로가 고통 속에서 거대한 몸을 뒤틀며 고개를 젖혀 하츠의 어깨를 날카로운 이빨로 물어뜯었다. 어깨에서 밀려오는 고통에 하츠는 신음을 뱉으며 물러났다.

곧이어 히로의 새하얀 불길이 하늘을 온통 뒤덮었다. 재빨리 몸을 움직여 가까스로 피한 하츠는 문득 이상한 감촉을 느끼고 고개를 돌렸다. 한쪽 날개의 끝부분이 타 버린 것이 눈에 들어왔다.

"하! 소문으로만 듣던 그 까마귀 날개도 별거 아니었군. 내 불꽃 한 방이면 잿더미가 돼 버리다니."

자신이 만들어 낸 결과물에 신이 난 히로가 깐족거렸으나 하츠의 표정은 심각해 보였다. 아무런 반응이 없자 히로는 순간 당황했다.

"왜, 왜 그러냐! 드디어 항복하려는……."

굳어 있는 하츠를 보며 히로가 의기양양한 목소리로 정적을 깼다. 그러나 그는 천천히 고개를 드는 하츠의 얼굴을 보고 말을 멈추었다.

하츠의 눈에는 눈보라가 어느 때보다도 거세게 몰아치고 있었다. 한층 탁해진 눈은 살기를 뿜어냈고 분노로 번뜩였다. 예상하지 못한 하츠의 반응에 히로는 당황했다. 그는 자신이 하츠를 이기면, 겁을 먹은 하츠가 제게 매달리며 다시는 용 스테이크를 만들라고 하지 않겠다고 울고불고 빌 줄 알았던 것이다.

히로가 주춤하는 사이, 하츠의 입에서 의외의 말이 들려왔다.

"용 스테이크가 되라는 말은 취소하지."

'용 스테이크는 취소라, 이건 좋은데.'

히로는 혼란스러웠다. 검은 눈동자가 금방이라도 자신의 목을 조를 것처럼 소름 끼치게 노려보고 있었기 때문이다.

"산 채로 기름에 튀겨 튀김 요리로 만들어 주겠어."

속삭이는 듯한 목소리가 히로의 머릿속을 깊숙하게 찔렀다. 맙소사. 히로는 제 귀를 의심하며 그대로 얼어붙은 채 하츠를 쳐다보았다.

그 순간, 하츠가 눈에 보이지 않을 정도의 속도로 달려들었다. 지구의 모든 중력이 그에게서 사라진 듯했다. 이글이글 타오르는 그의 주먹이 혜성처럼 날아왔다.

"오늘 해돈이 여왕에게 다녀오라는 명령을 내렸는데 덕분에 여왕의 성까지 걸어가게 되었어."

어마어마한 힘이 거대한 히로에게 내리꽂혔다. 하늘이 진동했고, 히로의 몸은 힘없이 휘청거리다가 앞으로 푹 고꾸라졌다.

히로는 그제야 하츠가 화난 이유를 알게 되었다. 자신이 자초한 상황을 인지한 히로는 꿀꺽 침을 삼켰다. 이렇게 된 이상, 남은 방법은 딱 하나였다.

뻥 뚫린 하늘 위, 거대한 우윳빛 몸이 구름을 가르고 앞으로 나아갔다. 그리고 그런 히로의 몸 위에 어색한 자세로 앉아 투덜거리는 자는 다름 아닌 하츠였다.

"……정말 짜증 나는군."

불평을 하면서도 떨어지지 않기 위해 히로의 갈기를 잡고 있는 두 손에서는 힘이 빠질 줄을 몰랐다. 제 몸 위에 앉아 바짝 얼어붙어 있는 하츠를 느끼며, 히로도 퉁명스럽게 대꾸했다.

"저라고 해서 그쪽을 업고 가는 게 좋지는 않습니다만."

그러자 하츠가 코웃음을 치며 쏘아붙였다.

"네가 나를 여왕의 궁전까지 태워 준다고 해서 내가 널 살려 둘 것 같아? 레스토랑에 돌아가자마자 넌 바로 튀김기행이야."

그러나 히로도 만만치 않았다.

"그럼 내리세요. 어디 한번 잘 걸어갔다 와 보시죠."

"……튀김 요리는 취소하도록 하지."

그렇게 해서 둘은 여왕의 궁전까지 아옹다옹 사이좋게 날아갔다.

어느덧 몇 시간이 흘러 아침이 되었다. 밤 동안의 여정과 끝없는 다툼으로 지쳐 있던 히로와 하츠는 저 위에서 햇빛을 반사하며 사방에 환한 길을 내고 있는 여왕의 궁전이 시야에 들어오자마자 동시에 안도했다.

"여기 내려서 들어가."

하츠가 입을 열었다.

"여왕의 병사들은 몹시 예민해. 거대한 도마뱀이 자기들 쪽으로 날아오는 걸 보면 기겁해서 공격할 거야."

히로는 하츠의 단어 선택이 마음이 들지 않았지만, 그것을 따질 만큼 기운이 넘치지는 않았기에 잠자코 땅으로 내려갔다. 아래에는 봄바람이 풀들을 살랑살랑 빗질하는 푸르른 들판이 펼쳐져 있었다.

다시 원래 크기로 돌아온 히로와 하츠는 발밑에서 느껴지는 오랜만의 감각에 잠시 휘청이고는, 서로를 무시하며 궁전 쪽으로 걸어가기 시작했다.

시간이 흘러 하츠와 히로가 궁전 바로 앞까지 다다랐을 때, 히로는 궁전의 모습에 입을 다물지 못했다. 날아올 때는 궁전에 반사되어 비친 햇빛 때문에 잘 보이지 않았는데 가까이에서 보니 궁전은 그가 여태껏 살아온 레스토랑과는 전혀 다른 모양, 전혀 다른 색깔이었다. 너무나 독특했고, 또 어찌 보면 지나치게 단순했다. 나무보다는 높게, 태양보다는 낮게 떠 있는 궁전은 다이아몬드 모양이었다. 어느 보석보다도 눈부신 광채 때문에 궁전은 마치 은하수에서 도려낸 것 같았다. 상당히 신선한 디자인의 궁전에, 히로는 기대감에 부풀어 하츠를 좇아 가까이 다가갔다. 태양의 거울이라도 되는 양 햇빛을 그대로 반사하며, 빛나는 건물의 한쪽 면이 하츠와 히로가 서 있는 방향을 향해 열렸다.

순식간에 나타난 통로에 히로는 멈추어 서서 그 모습을 바라보았다. 반면 이미 이 일에 제법 익숙했던 하츠는 양손을 주머니에 찔러 넣은 채 건물 안으로 걸어 들어갔다. 히로는 서둘러 그 뒤를 좇아갔다. 재미있는 구경거리를 놓칠 수는 없었다.

궁전 내부의 방은 바닥보다 천장이 더 넓은, 거꾸로 된 사다리꼴 모양의 구조였다. 원뿔 두 개를 맞붙여 놓은 것 같은 다이아몬드 모양의 외형이 내부에도 그대로 반영된 듯했다. 아마도 중간 지점을 지나 더 위로 올라가면 이번에는 똑바로 된 사다리꼴 모양의 방들이 점점 작아지며 계속될 것이다. 벽과 바닥, 천장은 모두 크리스털을 녹여 만든 듯 화려하게 반짝이고 있었다. 마치 얼음으로 만든 터널 같았다. 터널은 넓고 공허했다.

"여왕의 궁전이라면서 왜 아무도 없는 겁니까?"

소란보다는 침묵이 더 두려운 법. 이상할 정도로 고요한 궁전 안의 모습에 히로가 속삭이듯 물었다.

"왜 없겠어? 다 숨어 있는 거지."

하츠가 당연하다는 듯이 대답했다.

"지금도 저기 기둥이랑 벽들 사이사이에 숨어서 우릴 보고 있어."

고갯짓으로 사방을 가리키며 하츠가 중얼거렸다.

"우리가 허튼짓하면 바로 체포하려고."

하츠의 말에 히로는 주변을 둘러보았다. 누군가 숨어 있다기엔 인기척이 조금도 느껴지지 않아 텅 빈 공간처럼 보였다. 섬뜩한 기분이 들었다.

"여왕은 지금쯤이면 우리가 왔다는 보고를 받고 기다리고 있을 거야. 빨리 와. 오래 기다리게 하면 혼나거든."

하츠가 멀찍이 서 있는 히로를 재촉하며 넓은 궁전을 가로질러 어딘가로 익숙하게 걸어갔다. 히로가 쫄래쫄래 그 뒤를 따라갔다. 둘은 자잘한 보석 가루들로 덕지덕지 칠을 해 놓은 화사한 문 앞에 다다랐다.

이 문 너머가 목적지라는 것을 눈치챈 히로는 조용히 심호흡했다. 곧 요괴 섬 최고의 권력과 힘을 갖고 있는 통치자, 여왕을 직면하는 순간이 올 것이다. 히로는 광이 나는 벽면으로 자신의 모습을 점검했다. 그와는 반대로 하츠는 망설일 필요가 없다는 듯이 벌컥 문을 열고 들어갔다. 문을 열자마자, 새하얀 방 안에서 차가운 한기가 느껴졌다.

히로는 하츠를 따라 방 안으로 걸어 들어가면서 사박사박 밟히는 바닥의 감촉이 낯설다고 생각했다. 뻣뻣하면서도 부드러운 느낌. 어떤 재질인가 싶어 아래를 내려다보니 의외의 광경이 눈에 들어왔다. 방 안 바닥을 꽉 채우고 있는 것은 마치 하얀 바다와도 같은 순백의 비단이었다. 카펫도 아니고 굳이 비단을 바닥에 깔아 놓은 이유가 무엇일까. 히로는 속으로 여왕의 무분별한 소비를 비웃으며, 뽀얀 물결을 따라 고개를 움직였다. 새하얀 비단은 점점 위로 올라가 눈덮인 산맥을 형성하고 있었다. 고개를 더 들어올리니 방을 다 채울 정도로 넓은 웨딩드레스 자락이 황금색 왕좌까지 기다랗게 이어져 있었다. 비단의 정체는 웨딩드레스였다.

왕좌 위에서는 드레스를 입은 여왕이 꼿꼿하게 앉아 그들을 내려다보고 있었다. 세상에서 가장 아름다운 시체가 눈만 뜨고 있는 것 같았다. 여왕의 앙상한 몸은 기다란 드레스로도 감춰지지 않았고, 새파랗게 질린 얼굴은 아름다웠으나 너무 말라서 해골을 떠올리게 했다. 눈썹은 없었고, 커다란 눈 아래로는 다크서클이 진하게 있어 그늘을 형성했다. 새파란 입술은 한 번도 열려 본 적 없었던 것처럼 굳게 다물려 있었다. 가슴까지 굵은 웨이브를 그리며 내려오는 머리칼 위에서 황금색의 왕관만 번쩍였다.

여왕은 곧 죽어도 이상하지 않을 것 같았다. 그럼에도 웨딩드레스를 입고 묘한 분위기를 풍기는 여왕의 모습에서 히로는 눈을 뗄 수 없었다. 여왕의 웨딩드레스 자락을 따라 시선을 옮기자, 어깨뼈 쪽에서 얇은 날개가 드레스 사이로 곱게 뻗어 있었다.

히로는 눈매를 좁혔다. 날개의 모양이 꼭…… 꿀벌의 그것과 같았다. 벌이라…….

그때, 예리한 용 히로는 여왕의 드레스 뒷자락 아래로 보이는 커다란 은색 독침을 발견했다. 독침과 날개의 모양, 크기를 보니 여왕벌이 틀림없었다. 흥미가 생겨 고개를 돌려 방 안의 다른 쪽도 관찰을 해 보는데, 눈을 녹여 만든 것처럼 반짝반짝 빛나는 새하얀 방 안의 양쪽 벽에 가지런히 배치되어 있는 여왕의 병사들이 그의 눈에 들어왔다. 죄다 꿀벌이었다. 황금색 갑옷으로 온몸을 무장한 병사들의 갑옷 꽁무니에는 통통한 독침이 날카롭게 튀어나와 있었고, 얇은 날개가 양쪽 어깨뼈에 도드라져 보였다.

예상보다 더 재미있는 모습에 히로는 금세 즐거워졌다. 레스토랑에 갇혀 있다 나오니, 신기한 게 너무 많았다. 직위만 여왕인 게 아니라 정말로 여왕벌이라니, 정말로 재미있는 상황이 아닌가. 히로는 자신이 경험하고 있는 이 새로운 모험과 기회에 새삼 감격하며 하츠를 뒤따라갔다.

어느덧 왕좌 앞에 다가선 하츠가 천천히 한쪽 무릎을 꿇고 고개를 조아렸다. 차가운 긴장감이 숙연한 침묵을 옥죄이는 가운데, 하츠가 입을 열었다.

"요괴 섬 최대 규모의 레스토랑 오너, 해돈 님께서 여왕님의 너그러운 용서를 구하며 선물을 바칩니다."

하츠는 그 답지 않게 정중한 말투로 예의를 갖추며, 두르고 있던 후드 재킷 속에서 호화롭고 사치스러운 물건들을 하나둘 꺼내 놓았다. 한눈에 보아도 그 값이 어마어마하리란 걸 알 수 있는 비단과 달콤한 향이 은은하게 흘러나오는 와인, 다채로운 빛깔을 자랑하는 보석 등등 매력적인 선물들이 끊임없이 쏟아져 나왔다.

가져온 뇌물들을 선보이는 절차가 끝나자, 또다시 침묵의 시간이 그들을 찾아왔다. 하츠와 히로는 고개를 숙인 채 주변을 볼 수가 없었다.

얼어붙은 방 안에서 누구 하나 말을 꺼내지 않았다. 히로가 그들이 하츠의 말을 듣기는 한 건지 의심하기 시작할 무렵, 기다란 드레스가 대리석 바닥을 훑는 소리가 들려왔다. 여전히 고개를 숙이고 있는 탓에 그녀의 표정을 볼 수는 없었지만, 하츠는 또각또각 울리는 높은 구두 굽 소리가 제게로 향하고 있다는 것만큼은 확실히 알 수 있었다. 빙산 같은 바닥이 날카롭게 꽂히는 구두 굽에 곧 금이 가고 갈라질 것 같았다.

얼마 지나지 않아 일정한 박자에 맞춰 천천히 울리던 소리가 하츠의 앞에서 멈추었다. 아쉽게도 바닥에 금은 가지 않았고, 모든 것은 멀쩡했다.

하츠는 자신의 바로 앞에 펼쳐진 기다란 드레스 자락을 바라보았다. 새하얀 드레스 자락을 따라 거만한 목소리가 미끄러져 나왔다.

"해돈, 왕령 위반."

제 주인의 죄명을 읊으며 칼날을 가는 듯한 목소리에도 하츠는 태연하게 자리를 유지했다.

"하츠. 규율 위반, 사회 질서 와해, 왕의 명예 실추."

제 앞에 무릎 꿇은 자의 이름을 호명하며, 여왕이 차분하게 말을 이었다.

"하! 그런데 지금 그자들이 용서를 구걸하고 있네."

여왕의 드레스 자락 사이로 루비 보석이 촘촘히 박혀 있는 구두가 삐죽이 보였다. 구두는 뾰족한 앞코로 하츠가 꺼내 놓은 뇌물들을 옆으로 밀어 버렸다. 하찮은 고물처럼 옆으로 굴러간 뇌물들을 신경 쓰지 않고, 여왕은 하츠 앞으로 더 가까이 다가왔다.

앙상한 손가락 하나가 미끄러지듯 내려와 하츠의 턱을 들어 올렸다. 여왕의 얼굴은 이제 하츠의 무표정한 얼굴과 숨결이 닿을 정도로 가까워져 있었다. 그녀는 머리 위에 눌러 쓴 황금색 왕관이 앞쪽으로 기울어지는 것도 상관없는 듯 더욱더 고개를 숙여 하츠에게 속삭였다.

"용서를 할까, 말까?"

다정한 목소리는 더 이상 칼날을 갈고 있지 않았다. 하츠는 속으로 웃었다.

"마음대로 하세요."

하츠가 손을 뻗어 기울어진 왕관을 여왕의 머리에 제대로 씌워 주며 대답했다.

“용서를 구하는 건 제가 아니니까요.”

그가 관심 없다는 듯 말하자 여왕은 싱긋 웃으며 그의 턱을 잡고 있던 손가락을 내렸다. 여왕은 뒤를 돌아 그대로 왕좌로 돌아갔다. 그리고 오만한 표정을 한 채 왕좌에 등을 기댔다.

히로는 불안한 표정으로 여왕과 병사들의 눈치를 살폈다. 히로는 하츠의 무신경한 대답 이후로 여왕의 분위기가 어딘가 묘하게 바뀌었다는 것을 감지했다. 그때 왕좌 위에 늘어지게 앉아 있던 여왕이 병사들을 향해 미묘한 눈빛을 보냈다. 그러자 히로가 미처 반항할 틈도 없이, 병사들은 하츠와 히로의 손목에 은빛 수갑을 채우기 시작했다.

“뭐, 뭡니까?”

당황한 히로가 물었지만, 병사들의 딱딱한 눈빛을 누그러뜨리진 못했다.

히로는 희망을 담은 애처로운 눈동자로 재빨리 하츠를 올려다보았다. 그러나 하츠는 살벌한 벌 떼에게 체포되는 것이 하루 일과 중 하나라도 되는 것처럼 태연했다. 심지어 병사들이 하츠의 팔에 수갑을 채울 때에는 살갑게 어리광까지 부리는 것이었다.

"아, 아. 살살 채워 줘요. 자국 안 남게."

그러면서 선뜻 두 손목을 내주는 모습이 참으로 가관이었다. 부아가 치밀어 오른 히로가 하츠를 향해 혀를 내둘렀으나 상황은 이미 그가 따라가기 힘든 속도로 빠르게 흘러가고 있었다.

"이번에도 꽤 자신만만한가 보군."

여왕이 수갑이 채워진 하츠를 내려다보며 말했다.

"네가 해돈의 뇌물을 전해주러 올 때마다 항상 이 같은 상황이 반복되는구나. 나는 항상 너를 가두고, 너는 그런 내게서 언제나 탈출하지."

그녀가 사근사근 속삭였다. 짙은 다크서클 위의 눈동자는 금방이라도 초점을 잃을 것 같았지만, 그럼에도 불구하고 눈빛에는 여왕의 감정이 노골적으로 드러나 있었다.

"이젠 뭐, 질리지도 않는구나. 아니, 오히려 이번에는 네가 어떤 수로 내게서 빠져나가려 할까 기대가 될 정도인걸."

기대에 차 있는 눈빛. 여왕은 분명, 이 상황을 즐기고 있었다. 그녀에겐 이 모든 상황이 연극 놀이와 같았다. 자신의 공간 안에 상대를 가두고, 그가 빠져나가지 못하도록 더 세게 더 아프게 옥죄는…….

"나에게 이런 희열을 선사하는 요괴는 이 세상에서 너 하나밖에 없어."

연극의 결과는 매번 같았지만, 패배가 거듭될수록 승부욕도 더더욱 거칠게 타오르는 법이었다.

"그래서 네가 특별한 거야."

그리고 그 승부욕은 때때로 소유욕으로 번져 나가기까지 한다.

"결혼식에서 보자고. 신랑."

애정과 집착, 그 모호한 경계선에서 반복되는 끝없는 방황.

수갑이 채워진 채 병사들에게 이끌려 방을 나가면서도 하츠는 도무지 긴장이라는 걸 하지 않았다. 아니, 오히려 평소보다 기분이 더 좋아 보이기까지 했다.

납득할 수 없는 그의 태도에 기가 막힌 히로는 하츠의 등에 대고 소리를 질렀다.

"도대체 대가리에 뭐가 든 겁니까! 뭘 믿고 그렇게 위풍당당한 건데! 머리통이 작으니 뇌까지 콩알만 한 겁니까?"

"머리는 나보다 네가 더 작지 않아?"

하츠가 병사들이 편하게 붙들 수 있도록 제 팔을 벌려 주며 심드렁하게 대꾸했다. 그렇지 않아도 속에서 열불이 나고 있는데 민감한 부분까지 들쑤시다니……. 히로는 더더욱 흥분했다.

“지금이 그딴 말장난이나 하고 있을 때입니까? 나는 아직 변신하기 전이니까 작은 거 아닙니까!”

“와아, 뇌 크기와 기능은 연관성이 없다니, 새로운 사실인 걸. 변신해도 무식한 건 똑같았잖아.”

심드렁한 표정으로 수갑을 내려다보며 한가롭게 받아치는 말이 히로의 속을 긁어 댔다. 그러나 요괴 섬의 지배자 앞인 만큼 정도를 지나치는 행동은 할 수 없었다.

히로도 키득거리는 여왕에게 같잖은 인사를 몇 마디 중얼거리고 물러섰다. 그 역시 그대로 병사들에게 붙들려 어디론가 끌려가는 수밖에 없었다. 아무리 여왕의 병사들이라고 할지라도 감히 벌 떼 따위가 용을 끌고 가는 것은 천인공노할 만한 일이었다. 하지만 붙잡혀 가면서 고래고래 소리 지르는 것은 품격 떨어지는 짓거리라는 걸 잘 알고 있었기에, 히로는 ‘하츠가 다른 묘책을 세워 놨겠지.’라는 생각으로 점잖게 병사들이 이끄는 대로 일단 따라갔다.

마침내 병사들이 그들을 복도 맨 끝쪽 방에 감금했을 때, 히로는 일말의 기대를 품고 하츠를 돌아보았다. 그러나 하츠는 다리가 아프다고 투덜거리며 방 안의 호화스러운 소파에 누워 버렸다.

"대체 어쩌자는 겁니까? 이제 병사들도 없고, 이럴 때 몰래 빠져나가는 게……."

참다못한 히로가 큰 목소리로 불만을 토로했다. 느긋한 표정으로 소파에 팔을 베고 누워 있던 하츠가 감고 있던 눈을 뜨며 히로를 쳐다보았다.

"멍청하긴……. 그렇게 하다간 개죽음이야. 밖에 병사들이 얼마나 많은데."

그러나 히로는 물러서지 않았다.

"하지만 우린 용과 악마입니다! 저들은 그저 일개 꿀벌일 뿐이고요. 우리 둘이서 뭉치면 그야말로 최강일 텐데, 저까짓 벌 떼 하나를 이기지 못하겠습니까?"

하츠가 부드럽게 지적했다.

"네 말대로 저들이 고작 꿀벌에 불과하다면 어떻게 이 나라 여왕을 보좌할 수 있었겠어?"

한가롭게 손톱을 매만지며 하츠가 "쯧." 하고 혀를 찼다.

"너도 이미 봐서 알겠지만, 여왕은 여왕벌이야. 즉, 이곳에 있는 꿀벌들은 모두 여왕의 자식들이란 말이지."

"아니, 그럼 이곳 병사들이 모두 여왕의 자식들이란 말입니까?"

놀란 히로가 되묻자 하츠가 당연하다는 듯이 대꾸했다.

"그래. 그러니 여왕의 육체에서 태어난 병사들이 그녀에게 얼마나 헌신적이겠어? 그들은 태어나자마자 무조건 여왕에게 충성하도록 세뇌당하고, 목숨을 바쳐서라도 기어이 여왕의 명에 따르지."

"어떻게 본인 자식들을 그런 식으로 이용할 수 있는 거죠?"

"여왕에게 그들은 자식이라는 개념으로 인식되어 있지 않아. 자신을 위해 몸 바쳐 일할 소모품으로 생각할 뿐. 꿀벌 중 오직 여왕벌만이 생식 기능을 가지고 있다는 점을 이용해, 최대한 많은 자식들을 낳아 어마어마한 규모의 군대를 만드는 거지."

애초에 사랑과 자비라는 감정을 묻고 살아왔기에 그녀는 여왕이라는 지위와 권력을 손에 넣을 수 있었고, 또 그 덕분에 모든 것을 발밑에 깔고 군림할 수 있었다.

"여왕은 하루에도 수십, 때로는 수백 마리의 자식들을 낳아. 그래서 그녀의 병사들은 무한할 정도지."

그것이 여왕이 이 나라에서 왕좌를 지키는 방법이었다.

"물론 여왕 혼자서 아기를 낳을 수는 없어. 배우자가 필요해."

아아. 히로는 고개를 끄덕였다. 우리의 진귀하신 여왕께선 사랑을 거부했으나 또 그것을 필요로 하셨다.

"그래서 여왕은 언제나 웨딩드레스를 입고 있어. 하루에도 몇번씩 결혼을 하고, 식이 끝날 때마다 배우자의 혼을 흡수해 출산하는 것이 그녀의 일상이거든. 그리고 혼을 흡수당한 배우자는 바로 시체가 되고 말지."

지금까지 얼마나 많은 남자들이, 세상에서 가장 아름다운 식을 올린 다음 신부의 무심한 발밑에서 차갑게 식어 갔을까. 또 앞으로 얼마나 많은 남자들의 삶이 그렇게 처참하게 끝이 날까.

"여왕과 결혼식을 올리면 당신 역시 결국 혼을 흡수 당한 채 죽음을 맞이하겠군요."

히로의 머릿속에는 여왕이 하츠에게 결혼식에서 보자고 인사하던 장면이 떠올랐다. 히로는 불안한 눈길로 하츠를 바라보았다. 여왕이 하츠와도 결혼식을 올리기를 원한다면, 하츠가 해돈의 뇌물을 전하러 여왕의 궁전에 왔을 때마다 그와 결혼식을 올리려 했을 것이다. 그러나 하츠는 누구와도 결실을 맺지 않았을뿐더러, 멀쩡하게 잘 살아 있었다.

'하츠는 그에게 반복적으로 들이닥쳤을 필연을, 어떻게 피해 왔던 걸까?'

히로의 속마음을 읽었는지, 하츠가 너무나도 당연하다는 듯이 대답했다.

"정답은 탈출이지. 언제나 그래 왔듯이."

좀 전까지만 해도 본인의 입으로 이곳의 병사들은 무한하다고 말했던 그가 탈출이라는 단어를 가볍게 언급하자, 히로는 반박하지 않을 수 없었다.

"병사들도 그렇게 많은 곳에서 이런 구석진 방 안에 갇혀 있는데, 도대체 무슨 수로 탈출을 한단 말입니까? 게다가 여기 병사들은……."

"뭐가 문제야?"

히로가 탈출이라는 그 두 글자 뒤에 숨겨진 모순들을 차례로 열거하려는데, 하츠가 여유롭게 웃으며 히로를 쳐다보았다.

"항상 탈출에 성공해 왔던 전문가가 여기 있는데."

그러나 히로는 여전히 답답했다.

"그럼 한번 말해 보세요. 이번에는 대체 어떻게 탈출을 하겠단 말입니까?"

정곡을 찌르는 히로의 말에 가늘어지는 눈매가 예리했다. 천천히 올라가는 입꼬리는 이미 자신감에 가득 차 있었다. 그리고 눈부실 정도로 악랄한 미소를 보며, 히로는 깨달았다. 자신이 지금, 요괴 섬 최고이자 최악의 악당으로 악명 높았던 사람과 함께라는 것을…….

하츠는 더 이상 소파에 누워 있지 않았다. 그는 넓고 화려한 방 한편에 자리 잡고 있는 녹색 전신 거울 앞에 서서, 이번 결혼식에서는 어떤 정장을 입게 될까 상상했다. 뭐든 상관없겠지만, 그래도 저번처럼 몸에 너무 꽉 끼지는 않았으면 좋겠다. '움직이기' 쉽게.

여러 가지 상상을 하며, 하츠는 빙그레 웃었다. 악당의 사기극은 그렇게 즐겁게 계획되었다.

거울 위 홍차색 시계의 분침이 그 아래에 서 있던 악당의 상상에 질려 몇 걸음 도망칠 무렵, 병사들의 지시에 따라 정장으로 갈아입은 하츠는 소매 단추를 잠그며 식장으로 걸어가고 있었다.

양옆에 엄숙한 병사들을 끼고 규칙적으로 울리는 구두 굽

소리에 맞춰 걷던 그는, 식장에 들어서기 전 주방 앞에서 돌연 발걸음을 멈췄다. 갑자기 멈춰 선 그의 행동에 병사들이 경고를 담은 눈빛으로 그를 노려보았으나 하츠는 결백하다는 듯 두 손을 훤히 들어 보이며 차분히 말했다.

"잠깐 물 좀 마시고 와도 될까?"

그가 물었다. 갑작스러운 요구를 하는 그가 수상하다는 듯이 더더욱 경계 태세를 갖추는 병사들을 보며, 하츠가 한숨을 쉬었다.

"진짜 물만 마신다니까. 정 의심되면 수갑을 채워도 좋아."

그러면서 두 손을 선뜻 내미는 하츠였다.

"……좋다. 대신 같이 들어가도록 하지."

병사 중 한 명이 엄숙하게 대답했다. 제 손에 수갑이 채워지는 걸 얌전히 바라보던 하츠가 어깨를 으쓱였다.

"상관없어."

수갑이 채워진 채로 그는 병사와 함께 주방에 들어갔다. 얼마 후, 그는 정말 아무런 일도 일으키지 않고 밖으로 나왔고, 이윽고 식장 앞에 다다랐다. 금색 테두리가 박힌 빨간 문 앞에서, 하츠는 의기양양한 미소를 지었다.

그는 깊게 숨을 내쉬며, 검은 정장과 어울리는 새까만 흑

발을 쓸어 넘겼다.

"자, 그럼 시작해 볼까."

하츠가 단번에 문을 열고 식장 안으로 들어섰다. 붉은 카펫 위를 당당하게 걸어가는 신랑의, 여우처럼 가늘어진 눈매 속 검은 눈동자가 자신만만하게 반짝였다.

딸깍. 하츠가 탈출을 시도할 경우에 대비해 식장 밖에서 문을 잠그는 소리가 음악처럼 경쾌하게 들려왔고, 드디어 사기극이 시작됐다.

《기괴한 레스토랑 1권》 끝

기괴한 레스토랑 1

2021년 9월 17일 초판 1쇄 | 2022년 4월 22일 5쇄 발행

지은이 김민정
펴낸이 최세현 **경영고문** 박시형

책임편집 김명래 **디자인** 윤민지 **교정교열** 이민영
마케팅 권금숙, 양근모, 양봉호, 이주형, 박관홍, 신하은, 정문희
디지털콘텐츠 김명래 **해외기획** 우정민, 배혜림
경영지원 홍성택, 이진영, 임지윤, 김현우, 강신우
펴낸곳 팩토리나인 **출판신고** 2006년 9월 25일 제406-2006-000210호
주소 서울시 마포구 월드컵북로 396 누리꿈스퀘어 비즈니스타워 18층
전화 02-6712-9800 **팩스** 02-6712-9810 **이메일** info@smpk.kr

ISBN 979-11-6534-409-2 (03810)

• 이 책의 국립중앙도서관 출판시도서목록은 서지정보유통지원시스템 홈페이지(http://seoji.nl.go.kr)와 국가자료공동목록시스템(http://www.nl.go.kr/kolisnet)에서 이용하실 수 있습니다.

• 잘못된 책은 구입하신 서점에서 바꿔드립니다.
• 책값은 뒤표지에 있습니다.
• 팩토리나인은 (주)쌤앤파커스의 브랜드입니다.